DEFINITIE VAN LIEFDE

NHUNG DAM BIJ DE BEZIGE BIJ

Duizend vaders

Nhung Dam

Definitie van liefde

ROMAN

2023
DE BEZIGE BIJ
AMSTERDAM

Dit is fictie. Elke gelijkenis met bestaande personen of gebeurtenissen berust op toeval.

De auteur ontving voor het schrijven een projectsubsidie van het Nederlands Letterenfonds en was writer in residence bij Deltaworkers in New Orleans.

Eerste druk maart 2023
Omslagontwerp Studio Jan de Boer
Foto auteur Imke Panhuijzen
Vormgeving binnenwerk Peter Verwey, Heemstede
Druk en bindwerk Wilco, Amersfoort
ISBN 978 94 031 8111 0
NUR 301

debezigebij.nl

Proloog
9

Rose
13

Ava
129

Europa
279

Terug van nooit weggeweest
313

‘…het ontstaan van het leven was dus een vrijwel volslagen onwaarschijnlijke gebeurtenis.’

– JAMES LOVELOCK

PROLOOG

Je zou kunnen zeggen dat ze het voor elkaar had met het prachtige witte huis waarin ze woonde, het huis gelegen aan de Bayou St. John, vlak bij het New Orleans City Park, met aan weerszijden grote ramen.

Je zou kunnen zeggen dat ze geluk had met zo'n grote hoeveelheid melanine in haar huid, die maar soepel bleef in de felle zon, dat ze geluk had met haar geliefde Jason, die haar elke ochtend een kop koffie op bed bracht en haar in zijn huis liet wonen.

Als toneelspeler stond ze in de adem en het zweet van andere spelers. Ze liet zich dichter bij de dood komen dan je als levende ooit kon komen.

In verloren uren zat ze te schrijven. Een verhaal over een man aan de rand van de wereld, over ontdekkingsreizen naar verre streken om er geluk te zoeken, een verhaal zwart-op-wit.

Magie. Goudvlokken. Sterrenregen.

Het was lente. Zo'n schaarse, volmaakte lente. Met blinkende kristallen op de Mississippi, en ergens aan de oever een radio die onophoudelijk fijne deuntjes speelde.

Rose, zo liet zij zich noemen. Er was nog niets aan haar te zien, toch kon ze er niet omheen. Haar lijf veranderde. Ze was permanent vochtig daar beneden, had gevoelige borsten en een aanhoudende trek in oranje vruchten.

Ik zou me fatsoenlijk willen voorstellen, maar dat gaat niet, dat moment is gepasseerd. Ik sta dichter bij de oergoden, uit Chaos geboren, dan bij de mens. Dus noem mij maar Stem. Onzichtbaar.

Vraag me niet waar ik ben. Vanwaar ik praat en denk. Vraag me al helemaal niet hoe ik me voel na alles wat er gebeurd is. Je zou denken dat uitgerekend ik die goddomse aarde zou haten, maar nee, ze is prachtig. De plek waar een wonder in een vingerknip ontstaat. Hoe de aarde met elke stuiptrekking magistrale watervogels baart, maar ook rivierkreeften en krabkoekjes, pelikanen en stofzuigerzakken, en iets als hete saus, alsof het niets is.

Dit alles mocht ik door de ogen van Rose zien. Ik had me verheugd, klaargemaakt voor het leven. Maar ik zat ernaast. Het was de enige lente dat ik bij haar zou zijn.

Dus vraag me niet te vertellen over wie ik ben, wat er van me geworden is. Bovendien, dit verhaal gaat over haar.

Ze was naar de brug gekomen. De brug die de stad in tweeën splijt. Auto's zoefden haastig langs haar heen, alsof iedereen behalve zij een eindbestemming had.

Terwijl de rivier wild van koers veranderde, zochten haar ogen de overzijde. Een wijk van vermiste personen. Huizen op Caffin Avenue die sinds de overstroming bewoond werden door geesten. Verlaten auto's in donkere steegjes.

En te midden van dat alles stond haar ouderlijk huis.

De plek waar ze was opgegroeid, de snackbar waar haar ouders nog altijd de meervallen uit het frituurvet vissen.

Het gaf haar een gevoel iets te missen, zonder dat ze haar vinger erop kon leggen.

Er kwam een bericht binnen, het was van Garrett.

Het landschap leek ineens compleet anders. De wind was gaan liggen en er voeren geen vrachtschepen meer. De zon hulde de uiterwaarden in een zachte gloed. Als genade een kleur had, zou het er vast zo uitzien.

Ik kom eraan, antwoordde ze Garrett.
Vastbesloten hem te vragen naar de dag waarop het allemaal begon met Jason, vandaag precies vijf jaar geleden.

Rose

'Dus de Chaos waarmee alles is begonnen,
is ook de Chaos waarmee alles zal eindigen.'

– STEPHEN FRY

23 APRIL – GARRETT

'Je weet dat hij niet graag op anderen wacht. Volg mij maar, Rose. Hij zit in de tuin.'

Ik loop achter Molly aan door het koele landhuis. Gauw veeg ik wat zweetdruppels van mijn voorhoofd. In de weerspiegeling van een ingelijste theateraffiche check ik vluchtig mijn haar.

Verwilderd.

In zijn ligstoel gooit Garrett zijn armen geërgerd omhoog: 'Ik dacht dat je niet meer zou komen. Het zijn altijd de actricetjes die net een paar minuten te laat komen, laatkomers gaan het nooit redden in het vak.'

Hij staart me nijdig aan met die blik van hem. 'Alsof jullie goddomme nog voor je iets bereikt hebt, een grande entree denken te kunnen maken.'

Zijn neus is schraal geworden in de hete zon, ook zijn tenen zijn verbrand. Zo vroeg in het jaar is het nog nooit zo warm geweest.

'De luchtvochtigheid is ondraaglijk,' puft hij met een zware stem, 'het is zo benauwd, alsof er permanent een alligator op mijn borst ligt.'

Dan lacht hij. 'Nou, kom op, Rose, niet zo serieus kijken.'

In de tuin scharrelende kippen en een geit die een uitzonderlijke hoeveelheid melk produceert, een dozijn kuikentjes piepend eromheen. De overvloed aan jong leven maakt me misselijk.

'Molly heeft net verse citroenlimonade gemaakt,' zegt Garrett. Hij gebaart dat ze een extra glas moet halen.

'Van Verna-citroenen uit Spanje,' vult Molly aan, 'ik heb een godsvermogen moeten betalen om ze hier te krijgen.'

'*Ik* heb een godsvermogen betaald,' corrigeert Garrett haar.

Molly haalt haar schouders op en verdwijnt in het huis. Het landhuis is gevuld met donkerhouten meubels en schilderijen met gouden lijsten waarbinnen schepen op woeste zeeën varen. Een haard die al jarenlang verstopt is door kraaiennesten.

'Die citroenen zitten boordevol vitamines,' zegt Garrett, 'daar zit haar kracht als assistente.' Hij werpt een blik richting het huis, waar Molly in de keuken rommelt. 'Mijn immuunsysteem een beetje op peil houden. Iemand als ik moet daar blijkbaar extra op letten, dat laat ze me dan ook voortdurend weten, de jeugd denkt zich maar alles te kunnen permitteren.'

Vastbesloten het hem te vragen.
Over die ene avond.
Uitgerekend hij zou het nog moeten weten, al is het inmiddels vijf jaar geleden.

'Gisteren aten we moussaka in de tuin,' zegt Garrett. 'Dit is nog nooit gebeurd, dat april dag na dag de veertig graden aantikt. Regenstormen, ja, maar dit, nee.'

Een halve eeuw houdt hij consciëntieus een dagboek bij, inclusief alle details over het weer. Zwartleren boekjes vol verslagen van een half leven aan theaterregies en geschreven toneelstukken, de wijn die die dag opengetrokken was, gekozen gerechten in restaurants, onverwerkte emoties, gemiste treinen en vliegtuigen, mensen die op zijn zwarte lijst horen – opdat hij het altijd zou onthouden, zo zegt hij het zelf, omdat je in het vak keer op keer dezelfde mensen tegenkomt en hij niet de fout wil maken het te vergeten – of ze het te vergeven. Elk jaar leest hij zijn dagboeken terug, en wacht als een slapend luipaard op de savanne zijn kans af de mensen van zijn zwarte lijst te vernietigen voor wat ze hem hebben aangedaan.

De Dinosaurus wordt hij genoemd. Garrett de Dinosaurus. Niet alleen om de diepe groeven in zijn reptielenhuid, maar ook omdat hij zijn toneelspelers naar hogere hoogtes weet te brengen met zijn oeroude kennis van de theaterwetten. Hij weet iemand te maken of breken. Zodra de Dinosaurus talent in je bespeurt is het een onmiskenbare garantie voor succes. Dat bewijst hij al decennialang; toneelspelers die avond aan avond de bron in henzelf weten aan te boren en omarmd worden door het grote publiek.

'Garrett,' vraag ik voorzichtig. 'Heb jij iets geschreven over 23 april 2017?'

'In mijn dagboek?'

Ik knik.

Hij fronst zijn wenkbrauwen. 'Is dat niet de Cassandra-dag?'

'Ja.'

'Jezus, Rose. Waarom zou je dat weer op willen halen?' Garrett zucht.

'Ik moet iets weten.'

Garrett slaakt nogmaals een zucht en hijst zich uit de ligstoel. 'Dat is niet een dag waar je ooit nog aan terug zou moeten denken.' Hij loopt naar binnen en laat mij alleen in zijn tuin achter. 'En Rose?' Hij stapt weer even het gras op.

'Ja?'

'Ontspan een beetje. Je bederft mijn hele middag met dat gespannen lijf van je.'

De tuin voelt groot. Molly gluurt door het raam naar me. Als ze ziet dat ik haar zie, draait ze haar hoofd weg. Vanuit de woonkamer klinkt Ella Fitzgerald uit de speakers – *My romance, doesn't need to have a moon in the sky – My romance, doesn't need a blue lagoon standing by.*

De gebroken nachten brengen me in een staat van valse alertheid, klaar om aan te vallen.

Bij de eerste ontmoeting met Garrett kwam ik vijf minuten te laat. Ik had gereageerd op een oproepje in de krant, waarin stond dat de beroemde Garrett Knox jong talent zocht. Na het opsturen van mijn foto mocht ik komen auditeren. Het was in het Petit Theatre. Ik keek mijn ogen uit toen ik voor het gebouw in authentiek koloniale Spaanse stijl stond, het had iets weg van een haciënda zoals je die in Mexico tegenkomt. Na het spelen van mijn auditiemonoloog bleef de zenuw in mijn linkerooglid onophoudelijk trillen. Garrett had weinig gezegd. Hij was achter me komen staan en legde zijn hand op mijn buik, ter hoogte van mijn middenrif. 'Nog eens, en ontspan. Nog eens.'

Ondanks de ongemakkelijkheid van zijn nabijheid, stroomden mijn woorden soepeltjes over mijn lippen, waardoor het voelde alsof elke volgende zin ter plekke ontstond. Ik transformeerde die middag van een onbenullige snackbardochter naar koningsdochter Cassandra, die de toekomst kon voorspellen, met het tragische lot dat niemand haar geloofde. Een Cassandra zoals hij nog nooit gezien had, hoewel hij me dat laatste pas later bekende. Elke actrice van mijn leeftijd zou een moord doen voor deze rol, had hij me duidelijk gemaakt.

Een dag later kreeg ik een mailtje dat ik was aangenomen. Mijn eerste rol op het toneel, in de regie van de beroemde Garrett Knox.

De première draaide uit op een fiasco. Het stuk verliep traag en log. Ik had mijn zenuwen niet in bedwang. Het Petit Theatre, hoe klein ook, voelde te groot voor me. Leven in de schemer had ik geleerd, maar hoe ik me staande moest houden in het felle licht, wist ik niet. Telkens raakte ik mijn tekst kwijt als ik een fonkeling in het publiek zag, een weerkaatsing op een diamanten oorbel, een gouden broche van iemand uit het publiek. Ik raakte afgeleid door al die schitteringen en hakkelde door het hele stuk. Garrett was nog voor het applaus vertrokken. Het publiek klapte lauwtjes. Tijdens het buigen was ik in een staat van verwarring en onzekerheid. Na afloop was de foyer leeg. Nadat de ontvangen bloemen wegens bezuinigingen weer bij het theater waren ingeleverd, stond er buiten iemand in het portiek op mij te wachten.

De man die eerder als enige vanuit de zaal hard bleef klappen, terwijl het publiek al aan het wegdruppelen was. Ik ging naast deze vreemde man in het portiek staan, schuilend voor de regen.

Thuis at ik de restjes van een koud geworden pap met boter, ik schraapte de pan tot hij leeg was.

Als Garrett even later terugkomt met een gerafeld boekje, ligt Molly in haar okergele bikini met dat jeugdige lijf van haar te zonnen in het gras. Garrett leest een passage voor uit een willekeurige dag. 'Mardi Gras. Het is regenachtig, koud. Mensen zetten hun doorweekte maskers en kostuums op deze carnavalsdag bij het grofvuil. Trombones ingepakt, uitgelopen schmink, het lijkt wel een slachtpartij.'

Ik ben niet in staat te luisteren naar wat Garrett me voorleest.

'Zie je nou wel!' zegt hij, 'het is in april nog nooit zo warm geweest. Hooguit een dagje, maar nooit zoals nu. Alsof de aarde regelrecht op de zon afstevent.'

'En de Cassandra-dag... ' vraag ik heel zachtjes.

Garrett klapt zijn dagboek dicht. Hij is er klaar mee.

'Niets?' Ik wil dat hij beter zoekt, beter kijkt tussen de woorden. Had ik hem niet verteld over de man waar ik naast ging staan in het portiek? Niet wetende dat hij een grote rol in mijn leven zou spelen, dat die ontmoeting zou leiden tot dit moment. Dat hij de oorzaak zou zijn van de situatie waar ik me nu in bevind; een permanente misselijkheid die te pas en te onpas samen met al het oude slijk van mijn jeugd omhoogkomt. Had hij daar niets over geschreven? Ik wil terug naar hoe we elkaar ontmoet hebben, alsof ik daarmee een moeilijke puzzel zou kunnen oplossen.

'Niets,' zegt Garrett, 'behalve de catastrofe op de première, maar dat weet je zelf natuurlijk ook.'

Garrett plukt wat verschroeide blaadjes van de basilicumplant weg. Ineens raak ik in paniek. Ik zie dat hij liegt, iets achterhoudt over Jason.

'Molly blijft maar plantjes en kruiden kopen,' zegt Garrett geagiteerd, 'ook al heeft het in deze hitte geen enkele zin. Alsof ze hoopt dat de volgende het wel zal redden. Heel naief.' Dan mompelt hij wat: 'De seizoenen zijn in de war – de aarde gaat naar de kloten – wij hebben het zelf gedaan – geen omkeren meer aan, ook al geloven we van wel – het heeft geen enkele zin meer afval te scheiden of te stoppen met paling eten – dan kun je maar beter een beetje bijbruinen om er toch maar het beste van te maken…'

Hij steekt zijn neus in de zon en zegt: 'Afgelopen december maakte ik godbetert een kerstwandeling tussen de narcissen en sloeg ik een mug op mijn voorhoofd dood.'

Ik vertel hem niets, niets over mijn angst. Niets over de blik die Jason me een paar dagen geleden gaf. Ik zit en ik luister naar de Dinosaurus, als een stille Boeddha zonder verlangens naar morgen. Ik luister verdoofd naar alle tegenstrijdigheden van de wereld volgens de Dinosaurus. De man waar de meeste mensen een moord voor zouden doen om bij in de buurt te mogen zijn.

Garrett associeert erop los: 'De aarde gaat naar de kloten, we stevenen regelrecht op de verdoemenis af, ik zou Flaubert eens moeten herlezen, hij wist allang dat een gelukkig mens enkel in het bezit moet zijn van domheid, egoïsme en een goede gezondheid, of Proust, ook een goeie, met zijn madeleines.'

Dan komt hij ter zake.

'Kom eens naast me zitten, hier, in de schaduw.' Hij slaat met zijn vlakke hand op de stoel naast hem. Het is onder de parasol iets koeler. Zijn overhemd ruikt naar muffe sigaren vermengd met Morgenfris, de favoriete wasverzachter van Molly.

Garrett is achter me gaan staan en legt zijn beide handen op mijn schouders. 'Adem eens diep in, je ziet er gespannen uit. Adem uit.'

Ik zucht en laat langzaam een luchtstroom uit mijn borst ontsnappen.

'Ze willen het.'

Ik begrijp niet wat hij zegt. Ik probeer me om te draaien, maar hij houdt mijn schouders stevig omklemd.

'Jou.' Zijn stem trilt. 'Ze willen jou, de Europeanen. Het heeft me wat gekost, ik moest mijn ego inleveren, smeken tegen mijn natuur in, maar het is me gelukt. Zet door alle plannen voor de komende maanden maar een streep. Over zeven maanden sta jij in de theaters overzee.' Hij ontspant zijn greep en klopt op mijn schouders zoals hondenbezitters dat bij hun hond doen bij goed gedrag.

Ik draai me om.

'Off-off-segment, precies het segment waar we jou gaan profileren. Amsterdam. Münster. Vanuit daar kom je in het hart van alles.'

Ik voel een steek in mijn buik. Nu pas voel ik dat ik mijn adem ingehouden heb. Dit verandert alles, en toch zeg ik: 'Dank je… ik ben er blij om.'

'Een klein theater in een buitenwijk van Amsterdam,' licht Garrett toe. 'Een weekje om te kijken of het aanslaat. En daarna naar Duitsland. Ze willen de theatersolo over je moeder, een héle tournee. Thank god dat ze krankzinnig is geworden.' De atheïst slaat een kruis op de borst.

Ik weet er niets op te zeggen.

'En ik weet wat je denkt,' stelt Garrett me gerust, 'je denkt aan je moeder, maar zet je zorgen opzij. Ik zorg dat alles goed komt. Daar is het makkelijker. Daar kent niemand je. Daar geven ze geen snars om wie je moeder is. Het wordt tijd dat we alles wat er gebeurd is achter ons laten.'

Ik kijk naar Molly die zich omdraait in het gras, ze laat ook haar rug bruinen. Het geeft me een glimp van een ander leven, een van lang geleden. Zo voelt het. Lang geleden, maar eigenlijk ook weer niet. Nee, Garrett heeft het mis, ik denk niet aan mijn ontaarde moeder. Molly pakt een kuikentje op en houdt het in haar handpalmen, alsof het warm gehouden moet worden, ze doet het met zo'n moederlijke overgave dat ik er bijna van moet huilen. Ja, denk ik, ik wil moeder worden, juist om nooit meer de oude te hoeven zijn.

Na een stilte zeg ik: 'Ik ga maar naar huis.' Als ik opsta, duizelt de tuin van Garrett om me heen. 'Mag ik eerst nog even plassen bij jullie?'

Op het toilet hoor ik Ella nog steeds zingen. *Men are not a new sensation – I've done pretty well I think.* Haar trillende stem die door alle ellende in haar leven maar door is blijven zingen – *I'm wild again, beguiled again – A simpering, whimpering child again* – dwars door alle klappen en scheidingen, dwars door alle scheuren en onwrikbare muren van racisme en oneerlijkheid – *Bewitched, bothered, and bewildered – am I. Bewitched, bothered, and bewildered – no more.*

◆

Ik was tweeëndertig toen ik Jason ontmoette. 23 april 2017. Mijn wereld was in een avond van donker naar licht gegaan, van klein naar groot. Ik woonde allang niet meer in de snackbar waar ik was opgegroeid. De snackbar aan de *verkeerde* kant van de brug zoals mensen dat hier zeggen. Maar als je er zelf woont zou je zoiets nooit zeggen. Dan zie je niet waar je bent.

Jason redde me van een onbeduidend leven. Samen was er geen eenzaamheid. Na een koude dag was er bij thuiskomst altijd een stem die *hallo* zei. Hij bracht mijn wereld naar een punt waar zij alleen maar groter kon worden, groter en groter, tot ze ondraaglijk groot zou worden. We wisten niet dat we erin zouden verdwalen, in die wereld, dat zij ons zou vermorzelen. Geen van beiden hadden we ooit geleerd te leven in een grote wereld, hoe je erin kon bewegen alsof die je toebehoorde. De avond van mijn debuut, waarin Cassandra verjaagd werd door het schouwburgpubliek, stond hij als enige op, en applaudisseerde. Wie was deze persoon in het portiek? Ik ging naast hem staan. Schuilde voor de storm. We keken naar twee mensen die gebukt door de regen naar huis renden. Buiten lichtte de lucht geel en oranje op door het onweer, precies de kleuren van de raketijsjes die ik in mijn jeugd graag at. Hij stak zijn tong uit en zei: 'Ik zou de hele lucht willen oplikken.'

Ik moest erom lachen.

Twee dagen later stond in de krant dat mijn debuut een flop was. Een totaal ongeloofwaardige en hysterische Cassandra.

Een toneelspeelster die volkomen misplaatst op het toneel stond, verloren, alsof ze er niet hoorde.

Ik was de enige smet op het blazoen van Garrett. Toen de wereld over mijn debuut viel, zei Garrett dat het kwam door de frituurgeur uit mijn jeugd die nog aan me kleefde. Als bloedhonden weten de mensen altijd te ruiken waar je daadwerkelijk vandaan komt. Garrett werd nog vastbeslotener dat in mij naar boven te halen wat hij had gezien op die ene middag tijdens de auditie. Hij zou van mij een ster maken, koste wat het kost. Al zouden er doden moeten vallen, had hij wel eens grappend gezegd; 'koste wat het kost gaan we jou op dat toneel zetten, al zouden er doden moeten vallen'. Ik wist toen nog niet waarom hij zo vaak in termen van leven of dood sprak. Als ik toen had geweten wat ik nu weet, dat het spelen meer zou kosten dan me lief was, zou ik er destijds niet uit verrukking van opgegloeid zijn.

Toen ik kind was had ik geen besef hoe hoog dromen kunnen reiken. Ik keek naar de andere kant van de brug waar mensen tuinen hadden, beignets aten, stola's om hun halzen wikkelden, naar musea gingen, zich mooi kleedden, een avondwandeling maakten om naar de lichtjes van de stad te kijken. Aan fitness deden.

Bij ons klonk de zonsondergang elke avond als startsein voor de schooiers, schurken, rovers, hoeren. Waar mensen die een huis bezaten erin leefden alsof ze het de volgende dag weer in moesten leveren, ontheemd en verloren.

Mijn ouders, opgegroeid bij die onstuimige zee in Azië, zagen in de Mississippi hun dagelijkse emoties weerspiegeld.

Ook al wonen zij er allang niet meer, toch spreken zij nog altijd de taal van de zee, met woorden van woestenij en grilligheid, die je zomaar tijdens het ontbijt of avondeten konden meesleuren als je iets deed wat hun niet beviel.

Ik ben opgegroeid hier, zwom hier in water, dat volgens hen geen fractie van de kracht bezat van de zee daar. Ik speelde op lullige heuvels die geen geschiedenis droegen, omdat ze opgespoten waren door de gemeente.

Met vissaus en kleefrijst in mijn bloed, bleef ik qua lengte lang achter bij mijn klasgenoten die na elke zomervakantie als kool waren gegroeid. Volgens moeder had het niets met de zoete pindakaas te maken die ze aten, maar kwam het door een gebrek aan pistolen in hun zakken en een overvloed aan zelfvertrouwen. Ik wist niet beter dan in een wereld te blijven waarin ik klein zou blijven, maar op een dag was hij daar. Jason. Hij bracht me naar een wereld waar grenzen kunnen verschuiven, waar het lot niets betekende, maar alleen wilskracht bepaalde hoe je verhaal zou eindigen.

Hoe kon ik weten dat het reiken naar die hoogte uiteindelijk diep vanbinnen iets bij me zou breken?

Dit is de dag dat de digitale test aangeeft: zwanger (2-3 weken).
Dit is de dag dat een sperwer hoog overvliegt, op zoek naar een prooi.

In mijn witte huis bloedt een blauwe kaars over het tapijt. Een stroom van gesmolten kaarsvet sijpelt over het vloerkleed.

Jason vloekt.

Het kleed heeft hem een vermogen gekost.

In de wachtruimte bij de dokter lees ik folders over artrose, medische fitness en eentje over rouw. Soms gaat het niet om dood of verlies, staat erin, maar om nooit uitgekomen verwachtingen.

Er bestaan allerlei soorten rouw.
De man wiens zoon moordenaar wordt.
Er zijn allerlei soorten verlies.
Kinderen met een verslaafde vader,
of een moeder met geestesziekte,
hebben geen ouders.

Ook de dokter zegt dat ik zwanger ben.

Mijn moeder. Mijn vader. De plek waar ik ben opgegroeid. De snackbar onder de brug die uitkijkt over het woeste rivierwater. De brug die op mistige dagen doorzichtig leek, als een aquarel, een waterbel, en de illusie wekte dat je zo naar de overkant zou kunnen als je zelfvertrouwen groot genoeg was.

Ik heb met de scherpe woorden van mijn theatersolo diepe snijwonden in mijn moeders pols gekerfd. Zij was bijna doodgebloed en het had mij een sterrenregen in de krant opgeleverd. Ik was er. Eindelijk. Aan de kant waar de Emily's en Abigails woonden. Waar ik vrienden kon maken.

'Wat doet dit alles met jou?' zou de psycholoog me later deze lente vragen. Dat was toen de bladeren van de hitte voorzichtig van kleur begonnen te veranderen. Toen alles in mijn leven anders was dan ervoor.

Ik kon er niet op antwoorden.

Ik ben zevenendertig. Mijn vrienden zijn Claire, Dorian, Jenna, Levi, Garrett. Mijn oude vrienden aan de andere kant van de brug waren Huy, Malika, Tyrone, Precious en iemand die zich graag Lucky Alphonse liet noemen.

Mijn ogen voelen zwaar van al dat niet huilen. Van die ingehouden tranen die achter mijn oogleden drukken. Ik zoek naar wat ik over het hoofd had gezien, in de gesprekken in de bus, in de coulissen van de theaters, of tijdens de koffie bij Mary's Bar in het Imperial Hotel.

Wat had ik over het hoofd gezien?

Een oude geest klopt als een specht in mijn herinneringen.

Hoe sterk of zwak je vlees blijkt voor het toneel, bepaalt wie blijft of sterft op het toneel. Dit soort dingen zegt de Dinosaurus altijd. Nog weer zo'n leven-of-doodopmerking.

VREDE EN KALMTE

Het boekje van de monnik droeg Rose altijd bij zich. Alsof daar het antwoord in zou staan. In een wereld van onderlinge verbondenheid is rust te vinden, schrijft de monnik. Als je kunt zeggen:

De rivier leeft in mij.
De maan leeft in mij.
Mijn geliefde leeft in mij.
Mijn vijand leeft in mij,
zal er geen strijd, geen storm, geen oorlog meer zijn.

Voor mij klinkt dat logisch. Alles wat de monnik schrijft klinkt logisch. De ander, dat ben jij ook.

Logisch.

Voor mij bestaat er geen ruimte tussen de dingen. Er is niets tussen wolken en vogels, niets tussen gedachten en emoties, niets tussen het ene en het andere. Niets tussen haar en mij. Maar ja, zulke dingen kun je niet uitleggen, daar moest ze zelf achter komen, Rose.

En dat leren kon op zo'n aardbol blijkbaar een mensenleven duren.

Ik moet nederig toegeven: ik weet alles en tegelijk weet ik niets.

Ik weet bijvoorbeeld niet waarom ze zich Rose liet

noemen, terwijl haar ouders haar de naam Hoa hadden gegeven.

Elke avond klopte ik zachtjes, maar ze hoorde me niet. Ik kon haar alleen maar laten zien hoe schitterend de wereld was. Dus goed, ik liet anderen tegen haar aan praten, misschien dat via de woorden van deze mensen mijn stem haar wel kon bereiken.

24 APRIL – DORIAN

Dorian zit buiten. Het is op dit tijdstip nog rustig op het terras van Mary's Bar. 'Nog gefeliciteerd,' zeg ik. 'Sorry dat ik te laat ben.'

'Ach,' zegt hij.

'Zal ik bubbels bestellen?'

'Nee joh, ik heb het gisteren al gevierd met basketbal kijken. Ik hou toch niet van verjaardagscadeautjes.'

Dorian bestelt grutten met een stuk gefrituurd brood.

'Je hebt toch niet gevochten?' vraag ik.

'Nou, een litteken gaat het wel worden.' Dorian tikt voorzichtig op het verband dat om zijn voorhoofd gewikkeld zit. 'Ik ben toch geen vechter, kijk nou naar me.'

'Jezus, Dorian,' zeg ik, 'dat ziet er niet goed uit.'

'Ik heb een klap gekregen.'

'Een klap, van wie?'

'Van de maffia,' zegt hij op dramatische toon.

Ik kijk hem verbaasd aan.

'Grapje.' Hij lacht. 'Was het maar waar, dan had ik tenminste iets om over te schrijven. Nee, ik ben gevallen, van de fiets.'

Dorian schrijft romans, hij grijpt elke gelegenheid aan om dat aan zijn omgeving duidelijk te maken. Ik zie dat hij al iets te drinken voor zichzelf besteld heeft, ik excuseer me nog een keer dat ik te laat ben.

'Hou eens op met dat ge-sorry, Rose.'

'Ja, je hebt gelijk.'

'Maar wat was je dan aan het doen?'

'Niets. Aan het schrijven,' zeg ik.

'O ja. Je verhaaltje over de avonturier,' zegt Dorian. 'Gaat dat een beetje?'

'Ja,' zeg ik.

'Ja?' vraagt hij.

Ik waag het niet hem nog een keer te vertellen over mijn boek, waarin mijn hoofdpersonage, Max, ten koste van alles naar een exotisch oord reist om fortuin te maken. Een poging tot geluk. Ver weg van alles wat hij kent.

'Acteurs hebben nog nooit een regel uitgesproken die ze zelf bedacht hebben,' zegt Dorian. 'Knap hoor, dat jij een poging doet een boek te schrijven, alsof je daarmee iets probeert te bewijzen, het is niet makkelijk. Als schrijver,' zegt hij met zijn hoge geknepen stem die eerder bij een cartoonfiguur past dan bij een serieuze romanschrijver, 'kan ik een hele dag vastzitten, maar uitgerekend als ik naar een afspraak moet, komt er een goed idee in me op. Alsof de goden me tarten. Daar loop je ook nog wel tegenaan, als je wat verder bent.'

Dorian heeft vijf romans op zijn naam staan. Elke was weer een bevalling, zegt hij altijd. Bij wijze van spreken dan. Tijdens football krijgt hij wel eens een elleboog in zijn maag, omdat hij klein van stuk is en excessief goed kan verdedigen, waarna hij soms minutenlang op het gras kronkelt, en zich daardoor een bevalling wel enigszins kan voorstellen, hij is tenslotte een schrijver met een goed ontwikkelde verbeeldingskracht, voegt hij eraan toe.

'Om te kunnen schrijven,' zegt Dorian terwijl hij een hap van zijn brood neemt, 'moet ik de ene na de andere afspraak inplannen om ze vervolgens allemaal weer af te kunnen zeggen. Dat werkt het allerbeste. Gelukkig zijn al mijn vrienden ook schrijvers, op jou na dan. Daardoor wordt mijn afzeggedrag niet alleen geaccepteerd, maar zelfs aangemoedigd.' Zijn bruine, schouderlange krullen vallen over zijn hoofdverband. 'Mijn vrienden weten wat het betekent als ik het laat afweten,' zegt hij, 'een schrijver met een doorbraak.'

De zon staat hoog aan de hemel. Aan de overkant van het terras zitten mensen op de harde groene bankjes te roosteren in de zon, ze luisteren onverstoorbaar naar de straatmuzikant die voor ze staat te spelen. De vrouw naast ons laat haar krant rusten op haar zwangere buik en neemt af en toe een hap van haar zoeteaardappeltaart.

Ze zitten er allemaal bij alsof er niets aan de hand is.

Het is pas vijf dagen geleden dat ik het toilet uit kwam met het staafje in mijn hand. Op Instagram zag ik zo'n positieve test wel eens in een taart gestopt. Of in de schoen van de man. *Verrassing.* Maar ik wilde onze langverwachte uitslag niet verstoppen.

Het licht scheen zo prachtig van beide kanten onze kamer in. De houten vloer was warm onder onze blote voeten. Trillend van opwinding liet ik de zwangerschapstest voor zijn neus bungelen, hij was druk bezig zijn koffer in te pakken. Al weken was hij nerveus voor zijn vijfdaagse seminar in New

York. *Unleash the power within* van motivational speaker Tony Robbins. Misschien waren het de zenuwen, hield ik mezelf nog voor.

Jason keek bij mijn kreet op, wierp een blik op het tweede blauwe streepje, en zei verder niets. Er druppelde wat urine op zijn koffer. De boeddha in de kamer glimlachte naar me, alsof dit allemaal in de lijn der verwachting lag. De wierook met sandelhout brandde hevig. Jason ontvouwde zijn boxers, vouwde ze nogmaals op, stopte zijn Happy Socks, die hem naar zijn zeggen geluk brachten, in bolletjes in zijn schoenen om ruimte te besparen, en vroeg of ik zijn portemonnee kon aangeven. Hij sloeg met zijn vuist tegen de bank, omdat zijn koffer niet dichtging en riep: 'Kutkoffer.' Woedend smeet hij een deel van zijn spullen er weer uit. Toen de koffer uiteindelijk dichtging riep hij opnieuw: 'Kutkoffer.' Zonder mij nog een keer aan te kijken, gooide hij de deur met een luide smak achter zich dicht.

Jason is geen lezer, hij valt erbij in slaap. Hij heeft gevoel voor symmetrie en diepte, niet voor woorden. Hij excelleert in architectuur en bouwkunde, weet echt van onecht te onderscheiden, weet feilloos gekunstelde ontwerpen en goedkope uitvoeringen aan te wijzen.

In de dagen dat hij in New York is, schrijf ik hem een brief. Twee kantjes. Als ik klaar ben lijkt de brief geschreven door een vreemde, in het handschrift van een andere vrouw, uit een ander leven.

Alle keren dat we hand in hand over de dijk hadden gelopen, liet hij me de schoonheid van de stad zien. Hij zei telkens 'aan *deze kant* van de brug' alsof hij eigenlijk bedoelde: daar, aan de andere kant, daar kom jij vandaan, en hier ben je thuis. Ik liet hem niet merken dat het me pijn deed. Ik dacht aan Chef Menteur Hwy, waar mijn ouderlijk huis staat, naast het trailerpark en dicht bij het winkelcentrum, ik dacht aan alles wat ik had achtergelaten, de mensen, maar vooral mijn oorsprong.

En op deze nieuwe plek in de stad, waar ik maar moeilijk mijn draai kon vinden, werd het ineens een andere wereld. Hij maakte deze wereld volledig, omdat het er een met hem was.

We haalden de lekkerste pho van de stad en ik deed mijn best om die niet te vergelijken met de pho van mijn ouders. We liepen door het park, waar hij me het Roosevelt Hotel liet zien, verlicht door honderd lampionnen. We stopten aan het water bij de grote schouwburg, waar hij me de opdracht gaf mijn ogen te sluiten en te visualiseren dat ik er op een dag zou staan. We liepen door het City Park en aten oesters met hete saus en ketchup bij een tentje aan Magazine Street. We maakten foto's bij de fontein die hier nooit kapot was. Hij liet me strakke voorgevels en gerestaureerde raamwerken zien. Er was zoveel groen. Ik keek op naar de hoog reikende seringen en de harmonie tussen wind en vogels. We vielen in slaap onder de Tree of Life. Het was een wereld waar je niet na het gerucht van een steekpartij bij de wasserette opgelucht hoefde te zijn dat je die dag geen was had. Een wereld waar je niet zomaar een tand kon breken vanwege de gaten in het asfalt.

Ik hield van Jason, maar het was een soort liefde die niet zonder prijs kwam. Des te meer ik zijn liefde toeliet, des te meer ik me verwijderd voelde van de plek waar ik vandaan kwam. Ver weg van het huis waar ik in opgroeide, ik kon het op een bepaald moment zelfs niet meer verdragen naar huis te gaan om moeder op te zoeken. Mijn groeiende liefde liet een koud gat achter in mijn hart, wat ik aanvankelijk nog niet begreep, waarom het soort liefde waar ik altijd naar verlangd had tegelijkertijd een eenzaam en leeg gevoel teweeg kon brengen. Ik wist diep vanbinnen dat als ik met hem zou trouwen en we kinderen zouden krijgen, ik voorgoed zou zijn overgestoken naar de kant die mijn ouders nooit hebben weten te bereiken.

Ik had de brief aan Jason verscheurd en in de prullenbak gegooid. Onderweg naar Dorian bedacht ik dat ik na het spelen in Lafayette pas ver na middernacht thuis zou komen. Ik rekende uit dat de theatertournee doorliep tot midden juni, dan zou ik bijna drie maanden zwanger zijn.

Dorian praat ineens over zijn eerste relatie waar hij wel twee jaar mee samen is geweest, de *lange* relatie, noemt hij die.

Ik zwijg, het lukt me niet om hem iets te zeggen over mijn situatie. Ik bestel een cola en een whiskey. De behoefte een glas alcohol vast te houden en er gewoon naar te kijken, even te vergeten hoe mijn leven er in een oogwenk anders uit is komen te zien.

'Mijn lange ex...' vertelt Dorian, hij heeft inmiddels zijn grutten helemaal opgepeuzeld.

Ik schiet in de lach: 'Je zegt het alsof zij lang is.'

'Nou,' zegt Dorian, 'zij is óók lang, 1,96 om precies te zijn. Ze had van die engelachtige lokken die ze om haar vingers draaide als spaghettislierten om een vork. Ze was kunstenaar. Soms sloot ze zich drie dagen op om een schilderij te maken. Ongelooflijk vond ik dat. Er kwam dan altijd iets abstracts uit dat ons hele bestaan omvatte, ze wist de wereld in slechts drie dagen te scheppen. Soms in alleen maar blauw en geel. Dat zag ik God nog niet doen.'

'Jij sluit je toch ook op om een boek te schrijven,' zeg ik.

'Ja, dat is waar.' Hij doet zijn bril af en probeert een vuiltje uit zijn oog te wrijven. 'Ja, dat is zeker waar.'

Een lege fles rolt voorbij, we doen een halfslachtige poging hem op te pakken, maar geen van beiden hebben we zin om van onze stoel af te komen.

'We hadden aan de lopende band ruzie,' zegt Dorian. 'Ze ontwikkelde een fobie, werd bang voor haar eigen huis. Bij mij was er wel eens ingebroken, de dief had toen alleen maar de drie mango's uit de fruitschaal meegenomen. De politie zei dat ik de voorraadkast maar niet te vol moest stoppen en de knip goed op de deur moest doen. Maar zoiets was bij haar nooit gebeurd.'

Dorian weet het vuiltje maar niet uit zijn oog te halen.

'Was ze bang voor inbrekers?' vraag ik.

'Nee, ze was gewoon bang voor haar huis.' Dorian vertelt dat zijn ex bang was voor haar meubels, keukengerei, de boiler, bang voor de energie die er heerste. Ze kwam steeds vaker bij hem slapen, eerst in de weekenden, maar algauw vaker, totdat alles bij hem lag, ook haar tampons. 'Ik werd er zo ongemakkelijk van,' vertelt hij. Dorian had zijn vriendin aan een nieuw huis geholpen, waar ze hem overigens nooit voor bedankt had. Het was voor hem eigenlijk ook geen moeite, ze bleek in aanmerking te komen voor een sociale huurwoning. 'Haar schilderijen verkochten voor geen meter,' zegt Dorian, 'niemand was geïnteresseerd in haar zogenaamde betekenisvolle kunst. Mensen wilden liever iets geruststellends als koeien in een wei, klaagde ze altijd, iets wat ze wisten te herkennen, een heldere zonsondergang of zo, maar niet het soort werk dat zij maakte.'

Dorian laat een stilte vallen, tikt met zijn voet nerveus op de tegels. 'Ook in haar nieuwe huis was ze bang,' zegt hij met een scheef lachje. 'Nadat ik het uit had gemaakt heb ik drie maanden onafgebroken gekotst, zonder ook maar een gram af te vallen.'

Er zitten geen mensen meer op het terras, iedereen is vertrokken of naar binnen verhuisd. Ik moet plassen en zeg dat ik even het hotel in ren. Aan de muur van het toilet hangt een rek met gratis ansichtkaarten; *Vertrouw nooit een date die gonorroe correct spelt.*

Als ik terugkom, zegt Dorian: 'Ik heb je fiets overeind gezet, er kwam ineens een windvlaag opzetten. Maar ik ben blij hoor,' gaat hij onverstoorbaar verder, 'dat het uit is. Toen ik haar een halfjaar later met haar nieuwe vriend tegenkwam op straat… ik zag ze lopen door de French Quarter ter hoogte van die goeie Thai, ken je die, daar moet je eens de tom yam kung nemen, zag ik die ene blik van haar. Ik herkende hem gelijk. Het was die vreselijke blik nadat ze ruzie had gemaakt, nadat ze hemel en aarde bij elkaar had geschreeuwd, waarbij ze niet zelden haar schilderijen aan stukken scheurde en ik een regen van blauw en geel over me heen gesmeten kreeg. Ik herkende hem zo, die blik, maar nu was ie voor een ander.'

Dorian begint nu ook over zijn *nieuwste* ex, zo noemt hij haar. 'Die bleef maar aan mijn kop zeuren.' Hij vertelt dat het bij *deze* altijd maar ging over de toekomst, het perspectief. Hij spreekt de woorden uit alsof het iets vies is. 'Ze was altijd maar aan het huilen.'

Zijn nieuwste ex had hem onophoudelijk gevraagd hoe hij het voor zich zag, dat leven van hem, schrijvend in een schrijvershuis, slapend op een matras op de grond, hoe konden zij ooit een toekomst opbouwen? Moest zij soms een bed bouwen van al zijn boeken, hun toekomstdromen bouwen op zijn schamele schrijversinkomen? Dat hij het maar niet in zijn hoofd moest halen een liefdesverklaring te geven door middel van een citaat uit een roman of iets anders vulgairs.

'Ze was bloedmooi,' zegt Dorian honend, 'jezus, wat een vloek. Zij had een knettergoede baan, en toch altijd maar over de toekomst zeuren, wanneer ik iets ging maken van mijn leven, dat ik al zevenendertig was, alsof ik mijn eigen leeftijd niet kon onthouden. Ze wist het feit dat ik schrijver ben tegen me te gebruiken, wie doet dat nou, ze had me ook kunnen verheerlijken. Als we sushi gingen eten moest ik de rekening betalen, het was voor het feminisme, zei ze, ik moest de rekening niet voor haar betalen, maar in naam van alle vrouwen. Alsof ze me ermee wilde confronteren dat ik als schrijver nooit de wereld van sashimi kon betreden, maar eerlijk is eerlijk, ik zou zonder haar nooit sushi gaan eten. In feite deed ik het voor haar plezier, de ene rauwe plak vis na de andere rauwe plak vis naar binnen werken voor een bedrag waar ik een week van kon leven. Naarmate ik ouder word,' zegt Dorian, 'heb ik gewoon geen zin om tijd te verspillen, snap je? Vroeger dacht ik nog dat mijn partners konden veranderen. Dat zij aan hun slechte eigenschappen zouden gaan werken als de liefde maar groot genoeg was. Nu weet ik: we veranderen niet, we passen ons hooguit aan, en dan zo minimaal mogelijk.'

Nu probeert Dorian iemand te vinden waarmee de verschillen klein genoeg zijn om die te overbruggen. Waarbij hij onderweg niet te veel van zichzelf hoeft achter te laten om met een ander gelukkig te kunnen zijn. Hij wil geen energie meer steken in daten, in zich in de ander te verdiepen, leuke dingen te doen. Hij wil zo efficiënt mogelijk de dingen afvinken: wel of geen kinderwens, stemgedrag, morele overtuigingen, familiewaarden.

'Voor je een contract bij je uitgever tekent,' zegt hij, 'kijk je toch ook even of er geen rare, onoverkomelijke dingen in staan, voor je een hele investering van een roman erin stopt.' Dorian steekt zijn neus de lucht in alsof er plotseling iets te ruiken is en vervolgt zijn relaas: 'Nietzsche zegt dat liefde een staat is waarin je de waarheid niet ziet. Ik ga me in ieder geval nooit meer blauw betalen aan rauwe plakken tonijn. Het is gewoon het beste om met een collega iets te beginnen,' zegt hij zonder merkbare ironie. 'Je kunt er wel om lachen, Rose, maar dan kun je tenminste eerst elkaars romans lezen om te kijken wat voor vlees je in de kuip hebt.'

Dorian slaat zijn armen over elkaar heen en kijkt naar de lege tafel naast hem. De zwangere vrouw is ongemerkt vertrokken.

‘Soms denk ik dat ik mijn eigen liefdesleven saboteer,’ zegt hij, ‘om iets te hebben om over te schrijven... Het is niet makkelijk, wie weet gaat het jou misschien lukken ook, dat schrijven, je moet er in ieder geval een behoorlijk dikke huid voor hebben. Ach, ik ben blij voor je dat je in ieder geval al een uitgever hebt die bereid is voor je te vechten, dat zie je niet vaak. Alexander toch?’

‘Ja, Alexander.’

‘Ziet hij... het idee van de avonturier zitten?’

‘Het gaat niet over een avonturier,’ zeg ik geïrriteerd, ‘maar, ja, mijn uitgever vindt het een origineel idee, een verhaal geschreven uit noodzaak en zo.’

‘Ja-ja...’

We zitten een poos in stilte.

‘Wil jij kinderen?’ vraagt Dorian ineens.

‘Geen idee.’ Mijn maag krimpt ineen. ‘Ik geloof het wel.’

‘Ach, tijd genoeg,’ zegt hij, ‘hebben jij en Jason al plannen?’

‘Vast wel.’ Nog voor Dorian erop door kan gaan, zeg ik dat ik de bus moet halen. ‘Spelen in Lafayette vanavond.’

‘Lijkt me vermoeiend,’ zegt Dorian, ‘elke avond optreden, reizen door het hele land. Poeh. Dat je hier zo rustig kunt zitten als je zoiets moet doen.’

Hij staat op, nu zie ik pas dat hij sandalen aanheeft met daarin dikke wollen wandelsokken. ‘Poeh,’ zegt hij nog een keer. ‘Ik zou de hele ochtend in bed blijven als ik jouw schema had.’

Ik open het slot van mijn fiets en klem mijn rugzak onder de snelbinders.

‘Aan wat doet je boek trouwens denken?’ vraagt Dorian op de valreep.

'Ach, Dorian...'

'Maar nou?'

'Geen idee,' zucht ik.

'Geloof ik niet. Kom op, Rose, aan welke schrijvers doet het denken?'

'Ehm... aan Salinger of Paustovski? Misschien heeft het ook iets van F. Scott Fitzgerald.'

Dorian begint keihard te lachen. 'Nou, toe maar, daar noem je gelijk de groten op.'

'Ik zei maar wat,' zeg ik kortaf.

'Hoeveel heb je geoefend?'

'Wat bedoel je?'

'Nou, hoe heb je het schrijven geoefend, hoeveel woorden heb je geschreven, vóór je aan dit verhaal van je begon?'

Dorian zegt dat hij al acht ongepubliceerde boeken in zijn la had liggen voordat hij het in zijn hoofd haalde aan zijn debuut te beginnen. De beroemde auteur John Jr., met wie hij bevriend is, trok eens een uitpuilende la voor hem open. Daar sprongen tientallen ongepubliceerde manuscripten uit.

'Je bent geen echte schrijver als je niet genoeg hebt geoefend,' zegt Dorian, en hij begint weer te lachen, harder nog: 'Dat is een goeie,' brult hij, 'ha ha ha, Paustovski en Salinger.'

'Zij waren ooit toch ook maar zoals jij en ik?'

'Ja maar, Rose, deze zijn wel heel groot. Die zaten niet aan een plein koffie te leuten zoals jij en ik.'

Terwijl ik na de afspraak met Dorian richting de tourbus fiets, reken ik in het ritme van de trappers: nog 37 weken, nog 36 weken, nog 35 weken.

In mij, wat zou er dan in mij veranderen?

Er is een zin die ik maar tegen mezelf blijf herhalen.

Nam mô A di đà Phật.

Ik herhaal en herhaal die tot mijn gedachten stoppen. Deze mantra moet toch een vibratie hebben die in alles terugkomt, denk ik wanhopig, een vibratie die te herkennen is in de natuur, in het heelal, in de trillingen van de bladeren, de vogels. Zouden ze me kunnen horen, vraag ik me af, die bladeren, het water, zijn ze met mij bezig?

Kalmte en haast wisselen elkaar af. Net als vreugde en angst. Maar ook seconden en uren buitelen over elkaar heen.

Overbewust van weken, maanden, van tijd. Tot wanneer je kunt werken, vraag ik me af. Een zwangere vrouw met mijn vak. Een vrouw die niet de kleur wit, of geld, of liefde in bezit heeft.

Ik denk aan de brief aan Jason. De vellen met daarop al mijn dromen, angsten, wensen die nu in snippers over een oude kip in de vuilniszak liggen.

HERA

Rose las me een verhaal voor. De godin Hera, die voor eeuwig een granaatappel in haar hand houdt, het symbool van de vruchtbaarheid.

Granaatappel schijnt bitter te zijn, een vrucht met heel veel zaden, die kun je gelukkig allemaal doorslikken. Soms blijft er een stukje tussen je kiezen steken. Voor mensen is het belangrijk om goede tanden te hebben. Daar verzinnen ze ook talloze producten op. Flosdraad, mondwater, tandenborstels, fluoridetandpasta, smintjes. Als je een slecht gebit hebt, is het volgens Rose maar moeilijk iemand te vinden die van je zal houden.

Terwijl Hera boven op de berg Olympus stond, werd ze overmand door een gevoel: jaloezie. Ik weet veel van goden, maar niet dat ook zij verdrietig kunnen zijn.

Haar man had voor de zoveelste keer de lippen van een ander gekust, de hals van een ander gestreeld. Zeus, die met zijn handen de borsten van een andere godin had gestreeld. Telkens weer.

Hera stond daar maar, boven op die berg, en zag al die geile beelden voor zich, van aanrakingen die haar man voor een ander had gereserveerd. Zelfs een sterke windvlaag, die zomaar opkwam, wist haar wraakzuchtige gevoelens niet uit haar te wervelen. Boven op de wereld, met haar zoon Hephaestus aan haar zijde, dacht ze aan het verraad van haar man.

Ze had op die hoge plek de kans haar zoon alles te leren over wat er te zien was, maar deed het niet. Ze leerde Hephaestus niet over de wereld, niet over de mens, niet over de rivieren of rivierkreeften. Nee, in plaats daarvan smeet ze haar zoon van de berg.

Pats.

Maar hij ging niet dood. Natuurlijk niet, hij was geen mens, hij was een god.

De andere goden smeekten hem weer terug te keren naar de berg, naar de plek waar hij vandaan kwam, waar hij opgegroeid was, waar hij thuis was, terug naar zijn moeder, ze smeekten hem: 'Ga naar huis.'

Maar op zijn beurt riep hij: 'Ik heb geen moeder.'
Hij wist zich van zijn moeder los te snijden.
'Ik heb geen moeder.'

Hij wist zich van zijn moeder los te snijden. Zoals het Rose nooit was gelukt. Ook al was Rose nooit van welke berg dan ook gesmeten. Misschien omdat er op de plek waar ze opgroeide geen bergen waren.

Ik weet niet waarom ze me het verhaal vertelde.

Ze bleef steeds maar over de goddelijke kracht van Hera praten. Hoe zij heerseres was over hemel en aarde. Rose kon er maar niet over uit hoe een godin als Hera zelfs met al haar krachten niet haar temperament wist te temmen en moest aanzien hoe haar man keer op keer de ene na de andere heldin pakte.

Lust. Seks. Sperma.

De eeuwige strijd tussen haar en Zeus werd weerspiegeld in natuurverschijnselen, zoals de ruzies tussen Rose en Jason weerspiegeld werden in de gedeukte houten deur van het witte huis, de scherven van het servies of de kapotte leuning van de bank.

Wij zijn toch te nietig, dacht Rose telkens weer, we zijn toch te klein om ook maar iets van belang teweeg te brengen? Als de goden hun temperament al niet in toom kunnen houden, hoe konden zij dat dan van de mens verwachten? Wij zijn toch geen goden? Wij zijn toch te klein om oceanen te laten golven, te klein om stukken grond te laten openscheuren, te klein om de lucht te doen trillen. Waarom gebeurde dat toch in hun strijd?

Adem in.

Mijn geliefde leeft in mij.

Zei ze tegen zichzelf. Keer op keer.

Adem uit.

Mijn geliefde leeft in mij.

Evenals de maan, de bomen, het water.

Mijn vijand.

Adem in.

Adem uit.

25 APRIL – JENNA

Een spel van oplichtende rode lampen voor ons; aan en uit, aan en uit. Onderweg naar het theater belanden we in de file. We zijn de stad nog niet eens uit. Het remmen en optrekken maakt me misselijk. Jenna zit in haar gewoonlijke Adidas-outfit naast mij. Ze is vanochtend nog even naar de sportschool geweest.

'O ja?' veins ik mijn interesse voor de stagiaire.

Ze merkt mijn afgewende blik niet en klaagt dat ze het artiestenleven maar tegen vindt vallen. 'Dat heb ik flink onderschat.' Ze zucht: 'De hele dag maar je energiehuishouding in de gaten houden omdat je 's avonds moet knallen. Mijn vriend vroeg of ik mee ging skaten het afgelopen weekend, maar ik was bang dat ik zou vallen of zo, heel raar. Ik ben in mijn leven nog nooit bang geweest om te vallen. Sinds ik op het toneel sta zorg ik zó goed voor mezelf,' giechelt ze, 'beter dan ik ooit heb gedaan, niet omdat ik meer van mezelf ben gaan houden of zo, hoor, maar ik ben ineens zo bang om gewond te raken. Uitvallers in ons vak worden nooit meer teruggevraagd, toch, Rose?'

Ik knik zachtjes.

Ze lacht. Diezelfde ontwapenende lach die Garrett bij de eerste ontmoeting van zijn stoel had geblazen. Hij had haar, nog voor ze aan haar auditiemonoloog was begonnen, gelijk een rol aangeboden.

Ik rek me uit, knipper met mijn ogen, die droog en zwaar voelen. Het spelen in Lafayette de vorige dag is me zwaar gevallen. De coulissen bleven tot een uur voor aanvang in een donker, nachtblauw werklicht gehuld. De technicus moest nog wat lichtstanden aanpassen. Op het toneel gingen spotjes tijdens de soundcheck aan en uit.

Niet huilen, bleef ik tegen mezelf zeggen. Niet huilen.

Een uur later zou ik in vol ornaat een blik opzetten alsof ik de wereld zou kunnen veroveren, spelen alsof er niets aan de hand was.

Tijdens de voorbereiding bewogen de andere acteurs zich als schimmen om mij heen. Kleding klaarzetten, rekwisieten controleren, opwarmen. Hier en daar een grap over een geblesseerde knie of de venkelworst die op het menu stond. Er werd een naaisetje uit de kleedkist opgeduikeld. Ethan was uit zijn broek gescheurd, ter hoogte van zijn bilnaad.

Ik legde mijn kostuums klaar op een stoel in de volgorde waarin ik ze aan moest trekken. Hoe kon dit gebeuren, bleef ik aan mezelf vragen. Welke signalen heb ik gemist?

Sinds zijn vertrek naar New York heeft Jason me niet meer gebeld of ge-sms't.

In de tourbus is doorgaans plek om alleen te kunnen zitten, maar vandaag niet. Ethan is met ons meegereden. Hij voelde zich te eenzaam in zijn eigen auto. Zijn contrabas neemt als een reus twee volledige stoelen in beslag. Als een minnaar houdt Ethan zijn instrument vast, bij bochten of heftig remmen omklemt hij haar nog steviger om te voorkomen dat ze valt en uit elkaar splintert.

Jenna zit met haar Eastpak-rugzak op schoot en heeft haar enorme bos krullen tot een sjaal gewikkeld tegen het raam. Vol bewondering kijk ik hoe ze haar lichaam moeiteloos in en uit weet te vouwen, zonder last te hebben van het gebrek aan beenruimte. Ze is niet zozeer lenig of soepel, ook al lijkt het zo, maar zij weet haar lijf op een hoekige manier aan te passen aan haar fysieke ruimte, efficiënt en opgeruimd, zoals een vouwfiets in een overvolle trein. Haar benen opgetrokken, knieën tegen de rugleuning van de stoel voor zich, haar nek in een hoek gekanteld, en haar blik half naar buiten gericht. Dezelfde soepelheid waarmee ze over het toneel beweegt.

'Al die auto's…' zegt Jenna tegen me, 'tot mijn twaalfde was ik nog nooit op de snelweg geweest.'

Ik kijk haar verbaasd aan.

'Mijn ouders hebben geen auto. Nooit gehad ook. Tja, ze zijn supermilieubewust.'

We kijken naar de grijze rijbanen, de remlichten voor ons, de borden langs de weg die Gonzales en Old Jefferson aangeven. 'Het is een soort sciencefictionervaring,' zegt ze, 'zoals in *Battlestar Galactica*, waar de mensen eeuwig op een ruimteschip leven.'

Ongevraagd vertelt ze me in geuren en kleuren waar de serie over gaat: 'Die mensen zijn dus op zoek naar een thuis,' zegt ze opgewonden, 'naar grond, zuurstof, groen en zo, een planeet waar ze zich kunnen vestigen. Ze komen ook andere ruimteschepen tegen. Als je ziet hoe ze steeds maar vechten voor wat ze waard zijn, Rose, het is zo cool. Moet je je voorstellen, altijd maar op zoek naar grond voor je kinderen. Mijn moeder is creools en mijn vader Schots,' vertelt ze zonder enige aanleiding, 'waardoor onze familieweekenden supermerkwaardig zijn.' Ze vertelt hoe zij met haar volle bos kroeshaar en getinte huid als een vreemde tussen haar roodharige ooms en tantes staat tijdens familiebezoeken. Volgens Garrett maakt dat haar uniek, een sensationele verschijning waarmee ze de ogen van het publiek zonder enige moeite op haar gericht weet te houden.

'Er is in die serie trouwens ook een scène waarin een vrouw aan het joggen is,' zegt Jenna met drukke handgebaren, 'dat was zo raar! Die vrouw liep eindeloos rondjes door het ruimteschip. Wat is dat voor een leven, als je nooit door een bos kunt rennen, of langs het water.'

'Zoals mensen in de sportschool,' zeg ik mechanisch.

'Ja, dat is waar. Ja, dat is zeker waar.' Ze lacht.

Weer die lach.

Ze kijkt met grote ogen naar het grijze asfalt en de hectometerpaaltjes. 'Dat ik dit in mijn jeugd nooit gezien heb.' Plots legt ze haar hand op mijn been. 'Ik ben blij dat ik zoveel van je mag leren tijdens deze stage.'

Ik weet niet wat ik erop moet zeggen en glimlach flauwtjes. Dan is het eindelijk even stil. Ze zegt niets over het incident bij Garrett, dus ik houd mijn mond er ook maar over.

'Dat wij dadelijk drie uur lang moeten springen,' zucht ze, 'ons in het zweet werken voor een groep mensen die ernaar gaan kijken. Als je erover nadenkt is dat minstens zo raar als leven op *Battlestar Galactica*. Ons artiestenleven is eigenlijk ook een soort sciencefictionervaring, vind je niet, Rose?'

Tijdens het ontbijt had ik Jason in mijn telefoon geblokkeerd, om hem na een minuut weer te deblokkeren.

I go hard, I go hard – Get what's mine, take what's mine. Beyoncés stem galmde door de kamer.

Ik hapte wezenloos wat van mijn koud geworden gumbo en keek naar hoe dat lijf van haar eruitzag. Geen idee waarom ik haar documentaire had opgezet. Beyoncé was pas bevallen van een tweeling, een moeizame bevalling, vertelt ze, bijna gestorven aan een bloedvergiftiging. De artiest was inmiddels bijna honderd kilo.

Ik at mijn stoofpot tot op de bodem leeg, ook de garnalenkoppen slikte ik door, terwijl ik keek hoe Beyoncé zichzelf op een hongerdieet zette voor haar nieuwe show. *I dream it, I work hard – I grind 'til I own it – I twirl on them haters – Albino alligators.*

Ze at geen vlees, geen vis, geen zuivel of suiker. Ze had haar carrière lang hard gewerkt, maar nog nooit zo hard als nu, zegt ze. Ik zie haar dansen, en dansen, en dansen. En dansen, en dansen. *I go hard, I go hard – Get what's mine, take what's mine – I'm a star, I'm a star – 'Cause I slay, slay – I slay, hey, I slay, okay.*

Het vet van haar lijf klotst op en neer. Ze had honger. Tranen en zweet vermengen zich.

De offers, zegt ze.

Ik word nooit meer de oude, zegt ze.

Ze werkte en werkte, maar kwam erachter dat ze voor het verkeerde sprong, voor het verkeerde zong, voor het verkeerde danste. Ze moest niet de vrouw worden van voor de bevalling, maar een nieuwe. Een sterkere.

Wat doen kinderen met je?
Dat doen kinderen met je.

'Is dit kip,' vraagt Jenna. We bestuderen het stukje dat ze aan haar vork heeft geprikt. Het theater in Baton Rouge is groot, we voelen ons een beetje verloren in de ruimte waar we zitten te eten.

'Nee,' zeg ik, 'ik denk tofoe.'

'Weet je het zeker? Wil jij...?' Ze steekt de vork naar me toe alsof er mogelijk een besmettelijke ziekte aan zit. 'Door de saus kan ik het maar moeilijk zien,' zegt ze met een vies gezicht. 'Ik durf het niet te proeven.'

Ik steek het stukje in mijn mond. De curry is lekker en de boontjes zijn knapperig, maar ik kan niet met zekerheid zeggen of dit stukje wel of geen vlees is.

'Ik heb nog nooit in mijn leven vlees gegeten,' bekent ze.

Ik kijk haar ongelovig aan: 'Nog nooit?'

'Mijn ouders hebben ons zonder vlees opgevoed. Zonder auto's, maar ook zonder vlees. Op school vonden ze dat kindermishandeling. Ik werd op mijn elfde een keer uit huis geplaatst. Nadat ik mijn pleegouders ervan overtuigde dat ik echt geen vlees miste, mocht ik weer naar mijn ouders terug. Soms ben ik best benieuwd hoe onze aarde er vanuit de lucht uitziet. Ik denk eigenlijk nooit echt aan vlees,' zegt ze, 'dat maakt boodschappen doen best makkelijk, als je de vleesafdelingen in de supermarkt vermijdt, is hij een stuk kleiner en overzichtelijker. Dat bbq'en heb ik sowieso nooit begrepen. De geur van verbrand vlees roept bij mij nou niet direct gezelligheid op. Ik denk dan aan genocide, brandstapels en oorlogsdingen. Of... eigenlijk,' ze bedenkt zich en speelt wat met het stukje kip/tofoe en zegt: 'Ik heb eigenlijk wel een keer kip gegeten. Tijdens het kerstdiner op school.'

Zij had met haar vader vegetarische empanada's gemaakt, die ze naast de kipspiesjes van Jim op de kersttafel zette. 'Mijn klasgenoten waren in die tijd nieuwsgierig naar tietjes en seks,' zegt ze, 'maar tijdens dat kerstdiner werd ik ineens nieuwsgierig naar kip.' Ze had stiekem een stukje in haar mond gestopt en herinnert zich nog de taaie structuur, het heen en weer verplaatsen in haar mond, van de ene kies naar de andere, het eindeloze kauwen. Ze wist niet wat precies het juiste moment was om door te slikken, en durfde al helemaal niet aan iemand te vragen of dit de bedoeling was, dit lange kauwen. 'Na het doorslikken werd ik binnen een paar minuten misselijk en heb ik het uit moeten spugen. Echt kotsen, zeg maar.' Ze beeldt het kokhalzen uit.

Ik probeer me voor te stellen hoe Garrett naar haar kijkt. Alles wat hij in haar ziet. De redenen te vinden waarom hij zei wat hij zei. Waardoor het allemaal tot een incident leidde. Nee, ook al is zij vijftien jaar jonger dan ik, ik zie niet wat hij ziet. Ik zie in Jenna niet de jongere versie van mezelf. Niet iemand die ik in het vizier moet houden en voor wie ik me de benen uit mijn lijf moet blijven rennen, om op een dag niet door haar ingehaald te worden. Zij is niet iemand die bereid is alles voor de kunst op te geven, dat zie ik zo. Skaten opgeven is iets heel anders dan het moederschap opgeven. Maar dat is niet iets waar Garrett zich mee bezighoudt.

25 APRIL – LEVI

Een paar uur later gaat het rode doek dicht, het publiek schuifelt richting de foyer. Ik raap de theerekwisieten bij elkaar, leg het geweer terug in de kist en hang mijn bezwete witte jurk in de kleedkist voor ik een vluchtige douche neem. Er hangt een schimmellucht in de douche, alsof niemand zich hier in tijden heeft gewassen. Mijn voeten staan in een troebel plasje. Als ik de kraan verder opendraai, borrelt er steeds meer water op uit het putje. Ik zie mijn oude vuil wegzinken en weer bovendrijven.

Ethan staat te wachten tot de douche vrijkomt.

Ik negeer zijn gebonk op de deur en probeer de scènes door mijn hoofd te laten gaan. Ik kan me niet herinneren hoe de voorstelling is gegaan. Tijdens het spelen was ik alleen maar bezig mijn misselijkheid weg te slikken. Verbazingwekkend hoe mijn lijf uit zichzelf de ingestudeerde stapjes heeft gezet en mijn mond de afgesproken woordjes uitsprak.

Vanuit de foyer hoor ik een slap applaus: 'Bravo, bravo!' Ik zie aanvankelijk niet waar het vandaan komt, maar als ik mijn blik door de menigte laat gaan, zie ik hem staan aan de bar. Ik ben blij een goede vriend te zien, hem kan ik altijd alles vertellen.

'Ouderwets klinkt het hè,' zegt hij als hij lachend op me afkomt. 'Bravo. Wie zegt dat tegenwoordig nog! Vroeger klapten de mensen nog voor acteurs als ze de foyer binnenkwamen.' Levi geeft me een stevige omhelzing, ik moet er bijna van huilen. 'Het leek me leuk om je als een grande dame te ontvangen,' zegt hij. 'Ik wilde je een daverend applaus geven, maar in mijn eentje is dat een beetje lastig.'

Levi is net een dag terug van zijn reis naar Nepal. Hij excuseert zich voor zijn jetlag en ongewassen haren. Hij wil me iets laten zien. 'Niet schrikken, hoor.' Hij stroopt zijn mouwen op en toont me zijn schrammen. 'En hier nog een.' Op zijn andere bovenarm zie ik een diepe rode kras waarvan de korst nog maar net is gedroogd.

Levi is drie jaar jonger dan ik, maar ziet er na zijn reis oud en versleten uit. Zijn blonde lokken zijn sprieterig geworden en hij is afgevallen. Een ongemakkelijk lichaam verdwaald in veel te grote kleding.

In het hondenasiel waar hij twee maanden vrijwilligerswerk deed, haalden de mishandelde honden bij elk gebaar van liefde naar hem uit. 'Ik gaf ze alleen maar liefde,' zegt hij, 'maar ze waren zo beschadigd dat ze dat niet eens meer wisten te herkennen.'

Even overweeg ik hem alles te vertellen, maar voor ik de kans krijg, praat hij in één ruk door. 'Elk teken van liefde maakte ze nog agressiever, als ik wat liefs zei, gromden ze. Als ik ze probeerde te aaien, sprongen ze op en lieten ze hun tanden zien.' Alleen als hij ze negeerde en ze van zich afsloeg, kwamen de honden uit zichzelf naar hem toe. Dan gingen ze wel aan zijn voeten liggen en blaften ze om zijn aandacht. 'Op zulke momenten legden ze hun hoofd in mijn schoot.'

Gedurende een paar seconden kijkt hij me aan zonder iets te zeggen. Dan trekt hij zijn te grote broek op en zegt: 'Sorry dat ik niet op je berichten heb gereageerd, jezus, wat kun jij er een hoop sturen, maar ik was bijna dood geweest.'

Ik denk dat hij een grap maakt, een uitvergroting om zijn verhaal kracht bij te zetten. Die intrinsieke honger van acteurs om gehoord en gezien te worden. Hij kijkt om zich heen, buigt zich naar me toe en zegt fluisterend: 'Ik heb daar een vierdaagse wandeltocht in een soort niemandsland gedaan, ja, héél stom om zoiets te doen zonder gids.' Hij zegt dat hij heus wel goed was voorbereid, hij had allerlei survivalspullen bij zich; een boekje met tips, een uitgeprinte kaart, zijn telefoon. Hij had twee mueslirepen en een fles electrolyte-water mee. Zijn wandelschoenen konden elke weersomstandigheid aan. Er kon weinig misgaan. Hij onderbreekt zelf zijn verhaal en draait zich richting de bar om iets te bestellen.

'Die hitte was ondraaglijk voor mijn eczeem,' zegt Levi als hij zich weer naar me toe draait, 'het zoute zweet prikte in mijn open schrammen. Mijn lenzen waren vettig door de zonnebrandcrème, er waren hele stukken die ik maar met gesloten ogen liep.' Voor zonsondergang zou hij bij het eerste dorp aankomen. Daar zou hij uitrusten en zijn water bijvullen voor hij de volgende dag weer door zou lopen. Achteraf gezien was er een cruciaal moment waarop het mis was gegaan, vertelt Levi, die inmiddels een whiskey sour krijgt geserveerd. Hij neemt er een grote slok van. 'O, dit heb ik zo gemist,' roept hij terwijl hij zijn hoofd in zijn nek gooit.

Het publiek kijkt zijdelings naar me en glimlacht schuw, alsof ze niet zeker weten of ik degene ben die zojuist in de voorstelling heeft gespeeld. Niemand komt op me af. Daar zorg ik wel voor. Ik straal het uit, de ongemakkelijkheid van iemand met pijn.

'Wil je trouwens ook iets?' vraagt Levi aan me.

Ik schud mijn hoofd.

'Neem ook zo'n lekkere cocktail, hij is heerlijk.'

'Straks misschien.'

'Je bent niet ook zo eentje die in mijn afwezigheid gestopt is met alcohol, hè?'

'Nee, waarom zou ik.'

'En Rose, je kent me, ik geloof niet in kruispunten in het leven, cruciale afslagen. Het is vaak een aaneenschakeling van stomme beslissingen, niet één specifiek moment waarop alles in duigen valt. Met vreemdgaan is er ook niet één specifiek moment dat je die grens overgaat. Je kunt me nu wel zo raar aankijken, Rose, maar vaak is er dan een heel proces aan voorafgegaan. Het flirten, de ander die naar je lacht, het emotioneel afstand nemen van je eigen partner, de verhalen die je niet meer aan je geliefde vertelt, maar bewaart voor je flirt. En dan komen de fantasieën, het elkaar per ongeluk onschuldig aanraken, die hand op je been. Al die dingen gebeuren al ver voordat je iemands pik in je mond hebt. Dat zogenaamde cruciale moment bestaat niet.' Maar tijdens de wandelingen was dat er, volgens Levi, wel degelijk.

Hij drinkt in één teug de rest van zijn glas leeg. 'Op de tweede dag was er een punt waarop het leek alsof het pad helemaal verdwenen was, opgelost in het niets. Voor mij zag ik geen voetstappen in het zand, en achter me waren mijn eigen voetstappen ook niet meer zichtbaar. Alsof de wind ze, na het zetten ervan, gelijk weer had weggevaagd.'

De zon begon al flink te zakken, vertelt hij, het natte zweet op zijn rug voelde koud. 'Ik kon alleen maar denken aan mijn terugreis.'

Bij terugkomst zou hij nieuwe castingfoto's laten maken en het bekende rondje van regisseurs mailen. Tot nu toe had hij het moeten doen met schamele rollen, een knecht die een brief op en af kwam brengen in klassieke stukken, en in de moderne stukken moest hij vaak naakt.

Als homoseksueel was het al moeilijk genoeg om in de grote stad echte liefde te vinden. Op zijn zoektocht raakte hij steeds meer ontmoedigd door de anonimiteit in de bars, de overvloedige seks, dat het niet veel uitmaakte of het veilig of onveilig gebeurde, alsof je gedoemd was tot een potje Russische roulette met je gezondheid. Hij voelde zich gedwongen zijn voorkeur voor top in te wisselen voor bottom, waardoor echte liefde vinden hem maar niet lukte.

'Ik heb altijd geleerd dat je moet blijven staan als je verdwaalt,' zegt Levi, 'maar die regel gaat niet in alle situaties op. De theorie van staan blijven is alleen van toepassing als er daadwerkelijk iemand op je staat te wachten. Er stond niemand op mij te wachten. Daar in de bergen van Nepal niet, en thuis niet. Ik liep maar verloren door en begon als een wildeman te schreeuwen: Help! Help! Ik had om moeten keren. Dat doe je gewoon niet zo gauw, hetzelfde pad nog een keer bewandelen, teruggaan, dat zit niet in ons. Verdwaalde mensen lopen nou eenmaal nooit *terug*.'

Levi begint steeds harder te praten: 'Ik dacht daar ter plekke te sterven zonder ooit liefde te hebben gekend.' Terwijl hij snikkend de longen uit zijn lijf aan het roepen was, was dat het enige wat hij kon denken, dat er geen geliefde op zijn begrafenis zou zijn, geen geliefde die een helikopterzoektocht in zou zetten. 'Ik moest zo hard huilen omdat ik moederziel alleen was,' zegt hij.

Terwijl Levi doorpraat, blijf ik in mijn hoofd voorwerpen opnoemen die ik om me heen zie; kapstok, pinda's, stoel. Door het slaapgebrek voel ik me gedesoriënteerd. Alles is opeens anders. Glas, schilderij, wijn. Geen enkele connectie met de dingen om me heen. Ik zoek naar een opening in zijn verhaal om te beginnen over Jason.

'Na uren te hebben geschreeuwd,' gaat Levi door, 'was mijn keel helemaal rauw. Mijn water was bijna op. Ineens hoorde ik onder aan de berg, parallel aan het pad, een rivier stromen. Op dat moment maakte ik mijn tweede cruciale fout. Ik was de berg afgedaald, dat moet je dus niet doen.'

Hij vraagt me wanneer je in je leven nou echt niet meer weet waar je bent, dat je echt verdwaald bent.

Ik trek mijn schouders op. Dan zucht ik een keer diep, alsof ik daarmee het verdriet uit mijn longen kan laten stromen. Ik zeg verder maar niets, niets over de wereld die vreemd op me overkomt.

'Toen ik besefte dat het een gruwelijke fout was om van het pad af te gaan,' zegt Levi, 'wilde ik weer naar boven klimmen, maar de rotsen brokkelden onder mijn vingers uit elkaar, ik kon geen enkele grip vinden.' Hij schudt zijn hoofd. 'De zon was bijna volledig onder, ik had geen puf meer om te schreeuwen. Toen ik een soort gerinkel hoorde, dacht ik dat ik aan het hallucineren was. Ik zweer het je, Rose. Het klonk steeds dichterbij, op het pad waar ik zojuist vanaf was gegaan liepen drie geitenhoeders. "Lost," riep ik. "I am lost." Ze zagen me wel, maar leken op geen enkele manier bereid me te redden.'

Na wat overleg tussen de mannen, terwijl de geiten ongeduldig op het pad drentelden, de mannen verstonden geen Engels en van hun handgebaren werd hij ook niet wijzer, hesen ze hem toch omhoog. 'Ik liep stilletjes achter hen aan, urenlang, op een smal bergpaadje langs de steile afgrond. Ik probeerde op mijn kaart mee te kijken, maar had geen idee waar ze naartoe gingen. Ik dacht aan Indiana Jones, hoe heet die film ook alweer, die ene waarin hij door inboorlingen werd meegenomen om hem te roosteren als offer.

Je kent me, Rose, ik ben geen jankerd, maar ik kon maar niet stoppen met huilen. Ik was bang dat als ze dat zagen, ze me achter zouden laten, het is niet makkelijk om geruisloos te huilen als je doodsbang bent. Ik was kapot toen we middernacht aankwamen in het dorp. Ze stuurden een medicijnvrouw op me af. Toen begreep ik pas waarom de mannen me eigenlijk niet hadden willen helpen. De vrouw zei dat de mannen me voor een geest hadden aangezien.' Hij rilt en hapt naar adem voor hij doorgaat. 'Daar beneden bij de rivier loopt nooit een mens. Daar lopen tijgers en beren, maar nooit een mens. Geen mens zou het in zijn hoofd halen daar te lopen. Alleen geesten zouden zoiets wagen.'

Levi speelt wat met de overgebleven ijsklontjes in zijn glas. 'Ik moet zo gaan. Even bijslapen.' Hij vraagt vluchtig of alles verder goed met mij is, of alles goed is met Jason en zegt er gelijk achteraan: 'Ik ben dol op Jason.'

Ik knik. Terwijl de theaterbezoekers zo langzamerhand hun

jassen van de kapstok halen en wat kleingeld op de tafeltjes achterlaten, twijfel ik of ik Levi toch iets had moeten vertellen. Ik wuif de gedachte gelijk weg. Straks is alles een foute droom geweest, een moment van verstandsverbijstering, kortsluiting. Als Jason morgen thuiskomt van zijn reis, zal ik voor niets op de alarmbellen hebben gedrukt. Ik besluit aan niemand iets te vertellen.

Alleen dat leven in mij en ikzelf weten waar we zijn, wachten tot de storm gaat liggen en we door kunnen gaan met ons leven.

'Je was mooi op het toneel,' zegt Levi.

Ik lach alsof dit het beste nieuws is dat iemand me vanavond kon brengen.

'We hebben het niet over je moeder gehad. Is zij...?' Levi slikt zijn woorden in.

'Nee,' antwoord ik. 'Er is nog niets opgelost terwijl je weg was.'

'Wie was dat meisje?'

'Welk meisje.'

'Dat jonge meisje op het toneel. Die met die bos krullen.'

'Jenna, onze stagiaire.'

Levi rommelt wat in zijn portemonnee. 'Verdorie, alleen maar roepies, moet echt even geld pinnen. Heb jij...'

'Komt goed,' zeg ik.

Voor Levi zijn vermagerde lijf tegen me aan drukt, hoor ik hem nog zeggen: 'Daar gaat nog iets groots mee gebeuren... ik kon mijn ogen niet van haar afhouden. Een soort jongere jij.'

◆

De regen slaat woest tegen de artiestenbus en de airco draait op volle toeren. Zweet druipt mijn kraag in, loopt over mijn rug. Ik vraag de chauffeur of de airco wat zachter mag. Mijn spieren trekken zich samen, ze zijn stug en stram. Met mijn vingertoppen voel ik mijn wang, mijn lippen, het puntje van mijn neus, telkens weer, alsof het wanhopige handen zijn, op zoek naar iets wat verloren is.

Ik kijk op mijn telefoon. Geen gemiste oproepen.

De bomen langs de weg werpen een naargeestige schaduw op de gezichten van de anderen in de bus.

Is het waar wat de monnik schreef?

Alleen wat we kunnen waarnemen bestaat.

Maar er bestaat toch zoveel meer, tussen alle waarneming in, ook al kunnen we het nog niet gadeslaan, in de loze ruimte tussen de dingen bestaat toch ook leven?

Ik kijk naar het pilletje in mijn hand. Foliumzuur.

Ik sla mijn armen strak om mijn lijf, lijm om mezelf bij elkaar te houden.

Nadat Levi richting zijn bus was gerend, had ik aan de bar twee doosjes Pringles besteld. Zout was het enige wat mijn misselijkheid een beetje kon afzwakken. De man zette ze midden op tafel neer, waar ze gretig door de acteurs open werden getrokken. Ik keek woest naar ze, maar zei niet dat ze er met hun poten van af moesten blijven. Ik wilde de Pringles in mijn armen houden, als een tijgerin die haar jongen beschermt.

Terwijl ik de chips verpulverd zag worden tussen de kaken van mijn collega's – Jonathan dipte ze in zijn eigen meegenomen milkshake – keek ik naar ze, mijn tijdelijke familie, zoals dat gaat in het theater. Voor zolang de tournee duurt doe je de stille belofte elkaar niet te laten vallen, in voor- en tegenspoed de ander op te vangen als hij valt, duikt, zich schaaft, faalt in het bijzijn van publiek.

Abigail trok uit wanhoop plukjes haar uit haar hoofd toen ze tijdens een repetitie een scène ongeloofwaardig en hakkelig speelde. Jenna huilde stilletjes achter het decor van piepschuim toen ze een scène had verpest. Ze sneed met haar nagels stiekem wonden in haar huid. Tot op het bot de zoektocht naar je personage aangaan, gebood Garrett ons, totdat er niets meer van je over is, totdat het personage voor jezelf en de ander gevaarlijk wordt, geworden is tot een mens van vlees en bloed, het haalde alle slechte karaktereigenschappen in ons naar boven. Opofferingen die diepe striemen in onze ziel kerfden. Ethan kwam nadat hij die middag zijn moeder had begraven met een grijs gezicht naar het theater. Een kruimeltje cake plukten we van zijn boord. In het holst van de nacht waarin we aan elkaar overgeleverd zijn, is vertrouwen de enige manier om samen op het toneel te staan.

Langzamerhand moesten we gaan nadenken over een vervanger voor mij hier, iemand die alle rollen van mij over zou nemen. Over een paar maanden zou ik al naar Europa vertrekken voor de theatersolo. Garrett had Jenna en mij de vorige week naar zijn kantoor geroepen. Het incident waar Jenna niet meer over spreekt. Voor ik het wist had Jenna zich voor Garrett uitgekleed, ze gooide haar onderbroek en bh op de grond en speelde de scène bloot. Zomaar, ongevraagd. Toen ze klaar was keek ze Garrett aan, en alsof ik niet ook in de kamer stond, zei ze: 'Zeg maar welke versie je beter vindt. Die van Rose of deze.'

Garrett vond het geen stijl. Hij stuurde ons de kamer uit en schrapte alle repetities voor die dag.

Later ontving ik een e-mail. Bij mijn vertrek naar Europa zou Jenna al mijn rollen in Amerika overnemen. Hij besloot dat Jenna vanaf nu elke stap van mij zou bestuderen tot het haar eigen was geworden, tot ze mij was geworden. Garrett voegde er een laatste paar zinnen aan toe: 'Pas maar op, Rose, zo'n talent haalt je op een dag nog in, zo'n onmiskenbaar vat aan jeugd en vruchtbaarheid ontgaat het publiek niet. En bovendien, je snapt dat ik aan de toekomst van het gezelschap moet denken. Op een dag ben je met je dertig-nog-wat toch ongeloofwaardig als een Irina of Ophelia.'

Ik wil de wereld niet door de ogen van Jenna zien, en toch gebeurt het. In de bus zien de snelweg, het asfalt, de lampjes, de verlichte huizen in de verte eruit als sciencefiction.

Ik ben nooit onderdeel geweest van een groter geheel, van een gemeenschap, tot ik op het toneel stond, met een eigen samengestelde familie.

Ooit zullen we begrijpen waarom dit allemaal moest gebeuren, schrijft Tsjechov, *wat het doel was van dit lijden, en alles wat wij nu niet kunnen zien, zal dan allemaal te zien zijn*. Dit zijn mijn slotzinnen die ik avond aan avond in het theater uitspreek, vlak voor de lampen doven en ik me klaarmaak voor het slotapplaus, en ik Jenna vanuit mijn ooghoeken in de coulissen met zachte lippen de woordjes synchroon met me zie uitspreken.

Vanaf wanneer gebeurt het,
het vinden van een thuis, wortel schieten.
I go hard, I go hard – Get what's mine, take what's mine –
Een deuntje in mijn hoofd, het lied van Beyoncé –
I'm a star, I'm a star – 'Cause I slay, slay –
Zal het kind in mijn buik al kunnen voelen wat ik voel –
I slay, okay, all day, okay – I slay, okay, I slay, okay.

Jenna beweegt zich makkelijk, was ik ooit ook zo?
Tijdens de voorstelling was er een beetje kots bovengekomen.
Ik slikte het zo onopvallend mogelijk weer in.
De wereld van het toneel had in één klap aan magie verloren.

Zou de foetus in mijn buik dit nu al kunnen voelen; mijn angsten, mijn zorgen.
We zijn al zoveel meer verbonden dan wie dan ook kan begrijpen.

De lampjes op de snelweg.
Aan en uit.
Vanaf welk moment weet je dat je welkom bent?

'Het blijft de hele week superwarm,' roept Jenna door de bus terwijl ze met haar telefoon in de lucht zwaait. Ze vraagt wat ik ga doen met mijn weekje vrij. Of ik iets leuks ga doen met Jason. Ik heb niet echt de behoefte om te antwoorden.

'Rose?' Ze kijkt me met die grote ogen aan alsof ik haar niet gehoord heb. 'Wat jij ga doen?'

Jonathan roept dat hij gaat zwemmen. Abigail gaat met de

auto een paar dagen naar Panama City, waar ze alleen maar van plan is garnalen te eten en een beetje van de kust te genieten. En Ethan wil achttien uur achter elkaar slapen.

'Als je niets te doen hebt,' probeert Jenna voorzichtig, 'kunnen we samen het stuk doornemen. Als je straks weg bent, moet ik je rol wel in de smiezen hebben, of hoe zeg je dat, in de klauwen? Anyways, ik heb je vanavond bestudeerd toen je stond te spelen, ik moest er bijna van huilen.'

Ik vraag haar niet waarom.

'Toen ik je daar zag staan,' zegt ze, 'wist ik dat ik je nooit zou kunnen evenaren.'

Dan haalt Jenna even diep adem. 'Maar? Wat heb je morgen te doen?'

In een opwelling zeg ik iets onbenulligs. 'Ehm, geen idee.' Ik mompel dat ik verder ga schrijven. Ik trek mijn capuchon op en kijk naar buiten.

'O ja. Zo knap dat je ook literaire ambities hebt. Ik zou dat nooit kunnen. Mijn hoofd is een warboel.'

En misschien had ik er best iets over willen vertellen als ze me ernaar had gevraagd, maar dat deed ze niet. Ze vraagt er niets over. De bus mindert vaart, er ligt een tak op de weg.

'Wauw,' zucht Jenna, 'wat een schouwspel als iedereen tegelijk remt.'

Tientallen oplichtende, rode lichten voor ons. Ineens zie ik de oplossing hoe ik de ontdekkingsreiziger door het oerwoud kan loodsen. De scène waar ik al dagen op vastloop. Blij met deze ingeving staar ik de rest van de rit door het raam naar de nachtelijke hemel.

◆

Ik word verward wakker met mijn kleren nog aan, op mijn telefoon zie ik dat het al bijna elf uur is. Jason heeft voor zijn vertrek naar New York mijn kledingkast overhoopgehaald, hij kon zijn nekkussen niet vinden.

Ik kijk naar de zee van kleren die door de kamer ligt. Het huis komt me vreemd voor, alsof het niet het mijne is. Je bent nooit thuis, leerden mijn ouders me. Zij die op een dag zomaar hun huis achterlieten om te vertrekken zonder te weten of ze er ooit nog terug zouden keren. Saigon was gevallen, en daarmee waren ook de muren van hun thuis bezweken.

Ze waren in de grote migratiestroom van Vietnamezen meegekomen die in 1975 in Louisiana arriveerde. Na een lange overtocht hapten ze als vissen op het droge naar zuurstof. Toen ze voor het eerst voet op Amerikaanse bodem hadden gezet, voelden ze dat ze onderweg hun wortels bruut gekapt hadden. Ze waren vertrokken naar een plek die eenzelfde soort klimaat had als hun thuisland, een land dat ook gekoloniseerd was geweest door de Fransen, en daardoor vast niet heel anders zou voelen dan thuis, althans, dat hielden ze zich voor.

Omringd door de huizen met hun houten galerijen, steunend op palen die als uitwendige botten de huizen omhelsden, leek deze plek op thuis, ook uit het moeras getrokken, met ook een Franse ziel, met die gedachte hieven ze hun vervreemding op. Er was hier zelfs een straat die Saigon Drive genoemd werd. Ze hielden hun geest voor de gek; deze plek zou niet veel anders zijn dan de plek waar ze vandaan kwamen.

Na mijn geboorte verhuisden we nog acht keer binnen de staat Louisiana. Het uitpakken stond telkens in het teken van hoe efficiënt we weer door zouden kunnen, mocht het zover zijn. In elk volgend huis deed ik mijn best om me er niet aan te hechten, en toch faalde ik keer op keer. Tegen beter weten in had ik toch de posters van de Spice Girls aan de muren gehangen en mijn knuffels uitgestald, om ze niet veel later weer in te moeten pakken.

Op mijn achtste zijn we naar de snackbar verhuisd, we hadden ons verplaatst van Grand Isle naar New Orleans East, en lieten daarmee de haven achter waarin mijn vader de garnalen en zeeforellen uit het water viste.

Tijdens het uitpakken van de kartonnen doos huilde ik aan één stuk door. Niet om de vrienden die ik had moeten achterlaten of om de vetvlekken op de muur van mijn nieuwe kamer die het behang deden loslaten, wat in de nacht onheilspellende schaduwen creëerde, maar om iets wat vader zei. Op elke nieuwe plek waar we neerstreken zei hij: 'Denk erom. Pak maar niet te veel uit. We wonen hier alleen maar voor het moment.'

Deze nieuwe plek zou ons woonkosten besparen en mijn ouders carrièrekansen bieden; zij mochten er een snackbar beginnen. Het pand aan de Chef Menteur Hwy stond naast een trailerpark waar ongewassen mensen pas ver na de middag naar buiten stapten en tegenover een verlaten winkelcentrum waar nauwelijks iets te koop was.

In de snackbar verkochten mijn ouders specialiteiten die nergens anders te verkrijgen waren; gefrituurde meervalvinnen en meervalkieuwen, die knapperig als chips uit het vet gevist werden, klaar om gedoopt te worden in cajunsaus. Bakken vol met krokante vinnen en gefrituurde vissenogen, soms werden ze in de nacht vooruit gebakken en opgeslagen in plastic bakken naast mijn bed. Ik droomde dat ze tot leven zouden komen en me zouden verslinden uit wraak dat wij ze in de loeihete olie hadden gegooid.

In het nieuwe huis maakten we op de bovenverdieping geïmproviseerde slaapkamers. We moesten de opgeslagen dozen en plastic bakjes van de huiseigenaar aan de kant schuiven om plaats te maken voor ons schamele bezit. Aan de lekkage zou wat gedaan worden. De houten vloer was hevig aangevreten door houtworm, waardoor het voelde alsof je er elk moment doorheen kon zakken. Door de kieren kon ik naar beneden gluren, naar de snackbar. In mijn slapeloze nachten keek ik eindeloos naar hoe mijn ouders oververmoeid door de keuken stommelden. Ik zag ze de angstaanjagende schuldbrieven verscheuren, hoorde hun stemmen die ze opzetten in de eeuwige strijd die ze met elkaar voerden, hun silhouetten in de schemering van elkaar afgekeerd, dan weer heftig naar elkaar toe gebogen.

Ergens in de eerste herfst toen de temperatuur eindelijk onder de dertig graden zakte, maakte ik stiekem met een permanent marker een kleine tekening op de muur. Ik móest iets achterlaten, al was het om de volgende bewoner te laten weten dat ik er was geweest. Toen mijn vader me betrapte, zei hij: 'Godverdomme, Hoa, we zijn hier te gast.'

Hij noemde me altijd bij mijn Vietnamese naam.

'Maar dit is toch ons huis nu?' stamelde ik.

'Nee, we hebben het geleend.'

Hij zei nooit gekocht, of gehuurd, of gepacht. Maar geleend. We leefden van geleende spullen. Jassen, schoenen, thermoskannen, alles geleend. Daar waren we meesters in. In het bezitten van niets.

Maar de zaak bleef leeg. Het lag niet aan mijn vader, die voor de buitenwereld een vriendelijke en voorkomende man was, behulpzaam. Vader verweet het moeder, die haar temperament maar niet wist te bedwingen, en daarmee klanten wegjoeg. Moeder had grote emoties, ze dwaalde rond alsof ze iets verloren had. Iets groots en dieps, iets wat niemand ooit voor haar zou kunnen vinden.

Mijn pijn, al was het om een kapotte knie of een pestpartij op school, viel bij haar grotere leed in het niet. Ik leerde mijn onbeduidende gemoedsaandoeningen in mezelf te smoren, tot er alleen nog ruimte overbleef voor het verdriet van moeder.

Mijn emoties leken iets met scherpe uiteinden en rafelige randen te zijn, waardoor zij toch altijd hun weg naar buiten wisten te vinden. Via mijn huid werden ze zichtbaar, staken ze erdoorheen. Mijn huid begon te schilferen en te bobbelen, omdat huilen afgestraft werd krabde ik hem telkens open en kwam er een soort pus uit die ik aanzag voor onderdrukte emoties die zich toch een weg hadden weten te banen. Ik bleef krabben tot de plakkaten steeds groter werden en zich uitbreidden van mijn arm naar mijn nek. Met een poreuze huid werden de grenzen tussen mijzelf en de buitenwereld met de dag doorlaatbaarder. Alsof alles om mij heen direct bij me binnenkwam; sensaties, woorden, scherpe blikken, maar ook andermans kwaad en gemoed.

Mijn ouders maakten geen vrienden. Toch wisten ze voor mijn tiende verjaardag andere Vietnamezen uit de buurt uit te nodigen; Meneer Ho, de hoogst geleerde van de wijk, meneer Huyen, die altijd dronken was, en meneer Binh met zijn dochter Ngoc, die ik nooit eerder ontmoet had. Moeder spreidde oude kranten over de vloer in de keuken waarop iedereen dicht op elkaar rondom de hotpot kon zitten. Meneer Binh was de enige die iets voor mijn verjaardag had meegenomen. Hij belde aan met een grote slagroomtaart die hij uit een delicatessenwinkel had gehaald. Ik had nog nooit zoiets moois gezien. Versierd met marsepeinen rozen en toefjes dahlia, het leek wel een bruidstaart.

De hotpot stond in het midden op de vloer, met een lang verlengsnoer naar het stopcontact. Vader had voor de gelegenheid dure zeedieren besteld, niet wetende dat meneer Ho die avond kwade geesten het verkeerde signaal zou afgeven. Meneer Ho had een brief tevoorschijn gehaald. 'We gaan het hebben over de dood,' zei hij. Vader had net een gamba uit de hotpot gevist en moeder zat stilletjes aan de visballetjes. Toen meneer Ho het onderwerp donorschap aansneed, hapte mijn moeder naar adem. Mijn ouders en de rest van het gezelschap moesten beslissen of ze in het hiernamaals zonder longen of nieren wilden zijn. 'Dat is niets minder dat het lot tarten!' riep vader. Voorzichtig vroeg moeder: 'Maar hoe moet je dan je weg vinden daar... zonder hoornvlies, zonder hart, dat is... dat is toch... ' Het viel stil.

Ik probeerde me voor te stellen hoe ik als gemankeerde, zonder kraakbeen of zonder nieren, door die ondergrondse wereld kon voortbewegen. Ondertussen ging de hotpot wild tekeer, tentakels van de octopus borrelden op en de gamba's staken hun kop pruttelend boven de bouillon uit.

'Zet het vuur eens zachter,' zei vader. We keken ernaar alsof de zeevruchten rechtstreeks vanuit het ondergrondse weer tot leven waren gekomen. Buiten sloeg een tak tegen het raam. Er was storm op komst.

Het dochtertje vroeg aan meneer Ho of hij in geesten geloofde. Dat was een fout. Hij keek naar haar met een blik alsof het meisje had gevraagd: 'Geloof je dat de zon bestaat?'

'Wat zijn de argumenten van mensen om het te doen?' vroeg moeder.

'*Well*,' zei meneer Ho, die tijdens het gesprek af en toe Amerikaanse woorden erin gooide, waaruit bleek dat hij overduidelijk een stuk beter Amerikaans sprak dan mijn ouders, 'er valt veel voor het donorschap te zeggen, er zijn mensen die vinden dat als je dood bent, het toch niets meer uitmaakt, en je net zo goed een leven kunt redden.'

Er ontstond onrust.

'Belachelijk,' riep vader. 'Het is niet waar, als je dood bent, ben je niet dood.' Iedereen knikte. Bij begrafenissen worden theebladeren in de kist meegegeven of wordt een scooter van karton verbrand, zodat de overledene ook daar ergens gewoon boodschappen kan blijven doen en een kopje thee kan zetten.

'Het is geen kwestie van wel of niet geloven,' zei meneer Binh. 'Als springlevende over je eigen dood praten is uit den boze. Dat is onheil afroepen!'

'We kunnen onszelf opgeven via deze website van de staat.' Meneer Ho deelde briefjes uit waarop hij de site had geschreven. 'Hiermee kun je aangeven wat er gebeurt na je dood.

Daarnaast kun je ook bij leven al wat dingen doneren, dan krijg je korting op je belasting en zorgverzekering. Jullie zaak loopt niet goed,' hij keek mijn ouders aan, 'dit kan jullie redding zijn.'

Weer viel het stil. Dat klonk als een sterk argument.

De zeedieren sprongen bijna de pan uit. Moeder zette het vuur lager. Zo bracht zij ze weer tot bedaren, terug de dood in, terug die hotpot in op deze stormachtige avond.

Moeder begon te huilen. Ze veegde haar tranen van haar wangen. Er was altijd iets met haar wat ik niet kon thuisbrengen. Er was iets met haar waardoor ze het niet kon zien: de zonovergoten binnentuin, de wilde kersen, de zwaarhangende pepers, de altijd veranderende lucht, de humor van vruchtengelei, ze zag alleen maar al het andere: de schemer, de donkerte, de lekkage, de deuren die niet goed sloten, het vet dat bleef plakken.

◆

De lamp in de hal is kapot. Na het wisselen doet hij het nog steeds niet. Als ik de schakelaar omzet krijg ik geen licht, wel een onheilspellend soort gezoem.

Door de hitte wemelt het van de vliegjes boven de wasbak. Ik staar ernaar. Een paar minuten verstrijken zonder dat er iets verandert.

Tijdens het opruimen vind ik onder onze bank het boek over het Gaia-principe. Het valt open bij het stuk dat gaat over levende organismen die interageren met hun omgeving om tot een zelfregulerend systeem te komen dat het leven op de planeet helpt te behouden. Ik kan niet bedenken waarom Jason dit boek ooit gekocht heeft.

Een frisse bries blaast de straat in.

Mijn borsten zijn gevoelig en ik heb een permanente trek in de meest smerige voedingsmiddelen.

Jason kwam terug uit New York met een uitpuilende koffer vol flyers, pennen en buttons. Allemaal met daarop het afgebeelde hoofd van de motivational speaker. En flyers voor vervolgcursussen *How to become a billionaire* van een andere spreker. We praatten nauwelijks. Hij keek naar me zoals Jenna naar het stukje vlees/tofoe op haar vork keek. Alsof hij niet zeker wist wat hij ermee aan moest. Ik wist dat zijn thuiskomst zeer vluchtig zou zijn, als ether. Uit angst hem weg te jagen door een plotselinge beweging te maken of hem te luid aan te spreken, bekeek ik hem alleen van een afstand.

In de ochtend doet hij een soort oefening waarbij hij vurig in- en uitademt. Dat moet hij geleerd hebben tijdens zijn seminar. Ik hoor hem bellen met zijn vriend aan wie hij gedetailleerd vertelt over de seminar. Het was ge-wel-dig. *Life-changing*. 'Moet je je voorstellen, dertigduizend mensen die een beter mens zijn geworden na de cursus.'

Ik beweeg me geruisloos om hem heen, op zoek naar een manier om het gesprek met hem aan te gaan over het leven in mij.

De vader van mijn kind.

Als hij naar kantoor is, haal ik de slaapzak waar hij in geslapen heeft van de bank. Op mijn telefoon zoek ik wat nog meer tegen misselijkheid helpt. Kaas met rijstwafels, staat er op een blog. Ergens anders staat dat zuivel juist funest is. Ik heb zin in vlees. Een hamburger stop ik tussen twee sneetjes casinobrood, en wacht tot het tostiapparaat het vlees gaar bakt.

Ik knal met mijn elleboog tegen het hoekje van de boekenkast. 'Klotekast!'

Ik fantaseer gedetailleerd over het vasthouden van mijn pasgeboren baby.

De stad aan deze kant van de brug beloofde me grond onder mijn voeten, duidelijke kustlijnen, maar heeft eeuwig verschuivende grenslijnen. Des te harder ik wilde landen, des te brozer de grond onder me raakte.

De brug lijkt 's nachts contourloos, organisch, als een levend wezen in het landschap, als het karkas van een zeedier uit het water gerezen, een verbinding biedend geraamte tussen twee uitersten van de stad, voor velen een roestbak, maar voor mij betekent zij iets heel anders.

Ik schrijf nachtenlang door aan mijn verhaal. De man in mijn boek gaat avond aan avond op stap, vastbesloten om de wereld en zichzelf te ontdekken, ongewone ervaringen op te doen in exotische oorden. Op zijn nieuwe bestemming kijken de mensen verwonderd naar zijn witte huid.

Mijn telefoon herinnert me eraan dat ik morgen een afspraak heb met Claire bij Café du Monde.

Terwijl ik mijn tanden poets, zie ik in de spiegel een vrouw die ik een paar dagen geleden nog niet was.

Wat nou als dit het is?

Een vraag zonder te weten aan wie ik hem stel.

Nou, dit is het.

Klinkt er ineens.

Dit is het.

Precies dit.

Het leven.

Zonder precies te weten wie of wat me dit antwoord gaf.

27 APRIL – HULPLIJN

Nog voor ik ontbeten heb, typ ik de volgende woorden in op Google: 'zwanger + hulp'. Unplanned Motherhood komt als eerste boven; een site voor hulp bij ongewenste en onbedoelde zwangerschappen. 'Bemoedigend, oog voor elkaar, krachtig', luidt de slogan. Onderin staat een telefoonnummer.

Zodra de vrouw aan de andere kant van de lijn opneemt, weet ik niets te zeggen. Tot een paar dagen geleden zag alles er nog anders uit. Toen hing de wereld nog recht en was de blik van mijn geliefde me niet onbekend.

'Hallo?' vraagt ze. Haar stem klinkt als een holle echo door de hoorn. 'Hallo?' klinkt er nogmaals.

In de stilte die volgt, is er een raar soort gekraak in de lijn hoorbaar.

'Hallo?'

'Zijn jullie een soort hulplijn?' vraag ik. Ik hoor in mijn stem een hulpeloosheid die ik maar al te goed ken, een versie van mezelf waarin ik een ander nodig heb om niet uit elkaar te vallen, ik begin er zelfs gesteld op te raken, op die verloren versie van mezelf.

De vrouw stelt me gerust, ik kan haar alles vertellen, zegt ze, daar is ze voor, al is het op haar afdeling vrij hectisch sinds alle commotie rondom de rechtszaak Roe v. Wade.

Ik knik.

De vrouw zegt iets over het weer, waarschijnlijk om de hoorbare spanning in mijn stem te verminderen. Daar zeg ik weer iets op. Onbenullige dingen. En voor we het weten, praten we over alles, behalve waar ik voor bel. Ik vertel de vrouw dat mijn moeder altijd stiekem op de andere telefoon meeluisterde toen ik als kind de Childhelp Hotline belde.

'Is dat zo?' vraagt de stem.

Het was een wonder, vertel ik de vrouw, dat mijn moeder, ondanks dat ze de taal niet sprak, deze afgeluisterde gesprekken wist te verstaan. Als moeder zich verraden voelde, sprak ze onverhoeds wel Amerikaans. Woorden die ze tijdens de oorlog had opgepikt, was haar verklaring, de smerige taal van de Amerikanen. Met het belletje naar een wildvreemde van de kinderhulplijn had ik een verbond verbroken tussen moeder en mij – ons verbond het met elkaar uit te zitten.

Ze werd niet woedend omdat de vuile was buiten hing, maar omdat ik het alleenrecht op misère van haar ermee verbrak. Dit liet mijn moeder me natuurlijk niet op een kalme manier weten, vertel ik aan de vrouw aan de lijn, maar met een stok op mijn blote huid die tot op de dag van vandaag striemen heeft achtergelaten, de stok die ze anders gebruikte om de deur op een kier te houden.

'En nu?' vraagt de vrouw, 'ben je nu ook ergens bang voor?'

De vrouw forceert niets. Ze laat stiltes vallen, gaten voor mij om ze wel of niet op te vullen.

'Ben je zwanger?' vraagt ze.

Ik probeer mijn tranen te onderdrukken, maar er ontsnapt er toch een.

'Ja...' antwoord ik.

'Gefeliciteerd,' zegt ze.

Ik leun tijdens dit gesprek met mijn elleboog op de vensterbank. Een allesneerdrukkende schaduw valt over de achterkant van mijn woning. Straks wordt het zomer, daarna herfst, en na de winter zal het weer lente zijn. Deze vrouw is de eerste die me feliciteert, en misschien zal ze wel de enige zijn.

Ik vertel haar dat ik vanochtend in de spiegel keek en acuut moest huilen.

'Voelde je je niet goed?' vraagt ze.

'Nee, dat was het niet,' zeg ik, 'ik zag in de spiegel niet mezelf, maar háár... mijn moeder.' Ik sluit mijn ogen, bijna vergeet ik dat ik tegen iemand spreek. Ik vertel over mijn moeder die het leven keer op keer een loer probeerde te draaien, hoe ze met haar halfbakken zelfmoordpogingen er telkens opnieuw uit probeerde te stappen.

'Toch bleef na elke mislukte zelfmoordpoging dat verleden van haar bestaan, het haalde haar in. Ze had, toen ik tien was, onze dokter bewijsstukken aangeleverd van haar ongeluk. Het was een uur lopen naar de praktijk en het consult kostte vijfenveertig dollar. Vader mocht er niets van weten. Mijn moeder was ervan overtuigd dat haar haaruitval veroorzaakt werd door haar leed. De dokter had naar haar kruin gekeken en wat aan haar lokken gevoeld. Mijn moeder zuchtte diep en zette zich schrap voor een terminale diagnose. 'Niets aan de hand,' was de conclusie van de dokter, 'er is nog altijd genoeg haar op uw hoofd.'

De daaropvolgende dagen begon mijn moeder aan haar missie,' vertel ik de vrouw. 'Ze begon aan haar meesterverzameling zwarte haren. Dat deed ze met een consciëntieusheid en begeestering alsof het voortbestaan van de mensheid ervan afhing. Ze haalde ze uit het doucheputje en liet ze vervolgens drogen op de wasbak. Ze trok ze uit de borstels, handdoeken, stofzuigerzakken. Als een verslaafde op zoek naar restjes heroïne raapte ze op haar knieën achtergebleven haren van de vloer en van de traptreden, die ze allemaal in een plastic boterhamzakje propte. Stof of verloren muntjes liet ze liggen, maar haar haren raapte ze een voor een op.

Een paar weken later zaten we weer bij dezelfde dokter,' zeg ik met mijn ogen nog altijd gesloten, 'ik geneerde me zo erg, maar gaf de dokter toch maar het overvolle boterhamzakje, terwijl ik had gezien dat mijn moeder een beetje vals had gespeeld; stiekem had ze namelijk ook wat haren van mij erin gepropt. "Kijk eens, hoe vol," huilde ze.

De dokter sprak langzaam en met overdreven dictie, zodat moeder het ook kon begrijpen: "Kijk, met mijn haren," hij trok ter illustratie wat aan zijn dunne, grijze haren, "zou met een gelijk aantal als die van jouw moeder dit zakje maar *half* gevuld zijn. Jullie hebben lange haren; zwart en dik. Bij jullie zit het zakje, met evenveel haren, nou eenmaal sneller vol. Ik zou me er geen zorgen om maken." Ik wist niet hoe ik dit verhaal van de dokter, dat eerder klonk als een ingewikkelde rekensom, aan moeder moest uitleggen. Als ik het alleen moet doen… deze zwangerschap,' zeg ik tegen de vrouw, 'zal het mij in mijn moeder veranderen…'

Uit angst voor een bevestigende reactie vuur ik in één ademstroom een batterij vragen op haar af. Vragen die ik de afgelopen dagen wist te onderdrukken. Ik vraag haar wat voor soort vrouwen het zijn die tijdens hun zwangerschap werden achtergelaten door hun geliefden. Hoe was het hun vergaan? Is het niet egoïstisch een kind zonder vader op te voeden? Zal ik hierna nog zwanger kunnen worden, ik ben al zevenendertig. Bestaat er iets als een laatste kans? Als ik, zonder nog precies te weten wat ik allemaal heb gezegd, stop met praten, wordt het gekraak op de lijn weer hoorbaar.

Het blijft een tijdje stil tussen ons.

Dan hoor ik de vrouw diep ademhalen en zegt ze op kalme toon: 'Wie heeft dit met je gedaan?'

'Wat bedoelt u?'

'Wie heeft dit met je gedaan, dat je zulke gedachten hebt?'

In mijn slapeloze nachten bad ik voor een stem die terugsprak en nu die er is, weet ik niets te zeggen. Ik bad voor een stem van een moeder, van een God, van het universum, van wat of wie dan ook. Ik bad als nooit tevoren, op een manier alsof ik wist hoe. Maar het bleef stil. In bed hield ik het boek van de monnik stevig omklemd. Bij vlagen stopte ik even met ademen om beter te kunnen luisteren, maar zelfs met ingehouden adem hoorde ik niets. Alleen de veegwagen die buiten heen en weer reed om het afval van de mensen op te slokken en aan de andere kant van de stad op de vuilnisbelt uit te spugen was hoorbaar.

Met de telefoon in mijn hand schokken mijn schouders alsof ik moet huilen, maar er komen geen tranen meer.

Adem in. Adem uit.

'Ben je er nog?' vraagt de vrouw.

Niet gaan hyperventileren. Denk aan Hera. Denk aan de monnik. Denk aan ons witte huis met openslaande deuren.

Denk aan alles wat ik heb waar iedereen me om benijdt. Ik kan dit. Laat iedereen die anders beweert door de bliksem getroffen worden. Opgevreten door de straathonden. Ik kan dit.

'Jij gaat een kind krijgen,' zegt de vrouw met diepe stem, alsof ze ter plekke iets ingestraald krijgt, 'ik zie het helder voor me, de mensen gaan van je houden. Jij gaat in je werk floreren. Jij hebt niets om je zorgen om te maken. *Don't worry, the people will love you.*'

Dan boert ze een paar keer, ze legt me uit dat het geen onbeleefdheid is, maar een manier om zich te ontdoen van negatieve energie die ze tijdens het gesprek met mij opvangt.

'Wat zie jij?' vraagt ze.

Door deze vreemde vraag weet ik niets te zeggen. 'Wat bedoelt u?'

'Wat er groeit in je buik. Wat zie je als je eraan denkt?'

De lijn kraakt.

Ik vertel haar dat Jason tegen me zei dat het in dit stadium nog maar een klompje cellen is. 'No big deal,' had hij gezegd.

'Het gaat erom wat jij erin ziet,' vraagt de vrouw. 'Zie jij óók een klompje cellen?'

Op Google las ik dat het in deze fase slechts een rijstkorrel is, ik kon het nauwelijks verdragen.

'Ik zie een kind,' zeg ik. De rest van de woorden die ik wil zeggen slik ik gelijk weer in. De vrouw zal zeggen dat een rijstkorrel in de buik geen recht geeft op moedergevoelens.

'Ik weet het, het is nog helemaal niets...' zeg ik aarzelend, 'toch begin ik al gehecht te raken...' Ik doe mijn ogen weer open en zie dat de kamer fel is opgelicht door de zon die erdoorheen is gekomen. 'Ik ben vast niet de enige,' zeg ik.

'Nee, jij bent niet de enige.'

'Er zijn vast legio vrouwen die in dezelfde situatie als de mijne het kind houden...?'

'Ja,' zegt de vrouw, 'maar die vrouwen regelen een sterk netwerk om zich heen. Ouders die in de buurt wonen en kunnen helpen, bijvoorbeeld. Je vrienden gaan natuurlijk niet structureel oppassen of 's nachts je baby voeden.'

'Nee,' zeg ik.

Een hard geluid komt dwars door de hoorn. 'Sorry, even mijn neus snuiten,' zegt de vrouw, 'iedereen hier is snotverkouden. We hebben net een geweldig personeelsfeest gehad. Niet dat er iets te vieren valt als we de boel moeten inpakken straks na de uitspraak, maar we hadden ons verzetje toch even nodig.'

Nadat de vrouw hoorbaar een nieuwe tissue uit een doosje trekt, vraagt ze waar ik precies bang voor ben.

Ik vertel haar niet over de sluimertoestand waar ik me de afgelopen dagen in bevond, een inktzwarte wereld die zich niet alleen tot de nachten beperkt, maar ook in het daglicht gestalte krijgt, dagen die in een nachtelijk vliesje gehuld zijn. Een donkere wereld zonder mijn vader, zonder mijn moeder, maar waar ik op mijn zevenendertigste meer dan ooit naar hunker. In de nachten komen visioenen op; een wereld waarin ik dwaalde tussen vertrouwde boekenkasten, rode theaterdoeken, artiestenfoyers, maar waar alle magie uit weggetrokken was.

Het was een wereld waar ik naar de Dollar Store ging om te vragen of ik daar mocht werken om de luiers van mijn pasgeboren baby te kunnen betalen, en de manager me tot mijn schrik geschikt achtte en me direct aan het werk zette. Ik wist me zo goed te verstoppen tussen de schappen van wattenschijfjes en Red Bulls dat ik niet alleen mezelf kwijtraakte, maar ook voor de rest van de wereld verdween. Toen ik in dit visioen eenmaal thuiskwam was ik zo moe en uitgeput van al het rangschikken van de Cheetos en pinda's dat de woorden in mijn hersenen te opgedroogd waren om nog te kunnen schrijven. Op straat kwam ik een oude bekende tegen van vóór het nachtelijke huilen en het slaaptekort en de paniek, van de tijd toen ik nog in een witte jurk de rol van Irina speelde in de schouwburgen en bezig was met een boek, de tijd toen men mij zomaar op straat aansprak voor een handtekening, de tijd van vóór ik in het labyrint der vergetelheid dwaalde, van vóór ik als een junkie op zoek naar daglicht verloren ronddwaalde, de tijd van vóór de geboorte van het kind. Die oude bekende die me op straat passeerde vroeg aan me: 'Jij stond toch ooit op het toneel?'

In dat visioen knikte ik.

De oude bekende zei: 'Je schitterde, je vloog, je speelde in een Tsjechov, wat is daar allemaal mee gebeurd? Wat is er in godsnaam met jou gebeurd?'

Dit alles kan ik de vrouw aan de lijn natuurlijk niet vertellen. In plaats daarvan zeg ik dat mijn angst eruitziet zoals bij iedereen; zorgen over woonplek en luiers, dat soort dingen.

'Ach.' De vrouw haalt diep adem, zoekt naar afsluitende woorden: 'Moederschap confronteert je met het eeuwige gevecht jezelf de moeite waard te vinden, daar komt het toch altijd weer op neer.'

'Jij bent mijn laatste telefoontje,' zegt de vrouw. 'Morgen ga ik op vakantie, ik laat de hectiek maar even voor wat het is.' Haar bureau is al opgeruimd en de computer al afgesloten. Ze moest deze ochtend alleen nog wat spullen halen en was eigenlijk helemaal niet van plan nog telefoontjes aan te nemen. Ik stel me voor dat zij op haar klok kijkt en hoopt dat deze laatste beller niet al te veel uitweidt.

'Nou, neem je tijd om erover na te denken, niet te lang natuurlijk, als Roe v. Wade ongedaan gemaakt wordt, barst de pleuris los.' De vrouw zucht. 'Al zou de moeder eraan doodgaan of zwanger zijn geraakt door incest, het mag allemaal niet tellen volgens de Republikeinen.' Ze snuit nog een keer haar neus. 'Misschien maakt dat je keuze ook wel makkelijker.'

Het is tijd voor haar vakantie. Ze wenst me het allerbeste. Zo te horen klink ik als een geweldige moeder, zegt ze voor ze ophangt. 'Succes met alles.'

◆

Na het telefoongesprek steek ik mijn vingers in een oude cream-roll in de koelkast. Ik beeld me in dat het mijn baarmoeder is.

Jason stuurt een sms dat hij ook vanavond niet thuis slaapt.
Ik vraag: zomaar? En waar hij dan blijft.
Ik krijg geen reactie.

Dan komt er een sms'je van mijn moeder binnen, dat ik niet open.

Op televisie vertelt een ondernemer hoe je miljonair kunt worden.

De voordeur werd door Jason dichtgetrokken alsof het zomaar een deur was en niet onze deur. De deur waarachter wij met ons tweeën een plan hadden gesmeed tegen de rest van de wereld. We hadden onze eerder gebroken harten in een doos gestopt, hadden er een strik omheen gedaan en beloofden elkaar die doos nooit meer open te doen. Maar we beloofden elkaar ook iets anders, iets wat wij nooit gekend hebben: een tuin omsloten door rijpe zomervruchten, een plek afgesneden van de zon, waarin onze toekomstige kinderen zouden spelen, en dat zij er altijd op konden vertrouwen dat er een stem van een moeder was die over de binnentuin zou klinken als het etenstijd was.

Is het veilig, fluister ik zachtjes.
Is het veilig je te laten komen?
Maar ik weet dat ik het tegen niemand heb.

Ik kijk naar de bomen in de tuin van de buren.
Ik probeer de wolken te lezen alsof ze voorspellende theebladeren zijn, alsof ik de hele kosmos probeer te begrijpen in acht dagen of een wiskundige formule probeer op te lossen waarin de zin van ons bestaan wordt geopenbaard.
Ik probeer patronen te zien in hoe de zwaluwen vliegen, ik probeer een signaal op te pikken in hoe de krakeendjes dobberen, een antwoord in de manier waarop de nacht valt.

Waar moet ik op terugvallen, moeder, waar in mij moet ik mijn wijsheid aanboren, moeder, waar? Ook al wist ik dat er geen moeder was die me kon antwoorden.

Wakker blijven, zeg ik tegen mezelf als ik merk dat ik tegen het middaguur in slaap ben gedommeld, blijf nog langer wakker,
tot ik het antwoord heb,
tot Jason weer thuiskomt.

27 APRIL – CLAIRE

Als ik laat in de middag mijn fiets wegzet, zie ik Claire al op het terras van Café du Monde zitten, omringd door schaars geklede toeristen die gretig in hun beignets happen. Ze maken selfies met hun iPhones en lachen om hun met suiker bepoederde neuzen. De sproeiers in het tuincafé weten de hitte maar nauwelijks te verdrijven. Het is tweeëndertig graden, er staat geen wind. Twee geliefden met grote hoeden zitten verderop stilzwijgend over de rivier uit te kijken. Ze hebben het naar hun zin. Ze hebben het verdomme allemaal naar hun zin. Niemand lijkt eenzaam.

Ik adem in.

Ik adem uit.

Ik bedwing mijn impuls naast het verliefde stel te gaan zitten, ze te vragen of we samen met ons drieën stilzwijgend over het water uit zullen kijken. Ik wil ze mijn zwangerschapstest laten zien, die ik om onverklaarbare reden in mijn tas heb gestopt.

'De stad is in de hitte op haar best,' lacht Claire terwijl ze haar overgrote zonnebril opzet, 'alsof ze elk moment op kan gaan in een vlammenzee.'

Ik plof neer op de stoel die Claire met moeite voor me vrij heeft weten te houden.

Het is ver na drieën, toch vraagt Claire om de lunchkaart, meteen daarna staat ze abrupt op. 'Sorry, te heet. Ik deed een poging moedig te zijn, maar ik heb het niet in me.' Ze wijst op haar witte huid. Nonchalant gooit ze twintig dollar op tafel voor die ene koffie die ze heeft gehad. 'Kom, laten we verhuizen, daar verderop hebben ze airco.'

'Moeten we niet de rekening vragen,' zeg ik, 'al was het maar voor de vorm?'

'Alleen mensen in armoede zijn bang voor onfatsoenlijkheid,' sneert ze. De zonnebril bedekt meer dan de helft van haar gezicht, waardoor het moeilijk is haar blik te peilen.

Ik knik en loop achter haar aan richting het hotel om de hoek. Een kale tak in de winter, daar doet haar lijf me aan denken. Ruw, pezig en doorleefd. Boven een strakke spijkerbroek draagt ze een legergroene spaghettitop, zogenaamd casual, maar ik weet van welk merk het is. Haar schouderbladen steken door haar tere huid.

In het hotel-restaurant besluit Claire toch maar niets te eten, thuis ligt nog een stuk ossenhaas uit de vriezer te ontdooien in de gootsteen. 'Anders ook zonde,' verklaart ze, 'ik geef weinig om verspilling, maar dode dieren ontdooien om ze vervolgens weg te gooien gaat zelfs mij te ver.'

Ze kijkt op haar horloge en vraagt me of ik het te vroeg vind voor een wijntje. 'Te vroeg hè?' Haar vader was alcoholist en werd op een dag door haar moeder gevonden op de keukenvloer. Dood en in foetushouding. Ze heeft hem nog een volledige dag en nacht laten liggen. Omdat ze haar verlies niet kon verdragen, heeft ze tegen zichzelf gezegd: 'Laat hem maar liggen, hij is gewoon een beetje moe.'

'Door mijn verslaafde vader ben ik me overbewust van mijn alcoholconsumptie, alsof er constant een cameraatje meedraait.' Claire maakt met haar wijsvinger een ronddraaiende beweging boven haar hoofd. 'Mijn innerlijk kompas voor gematigdheid heeft een genetische afwijking,' zegt ze terwijl ze de wijnkaart bestudeert, 'nakomelingen van verslaafden hebben nou eenmaal een grotere kans zelf verslaafd te raken.'

Haar lengte, slanke postuur en gebrek aan mimiek stralen macht en status uit, een natuurlijke kalmte en overwicht op de wereld. Alsof al het geld van haar familie zichtbaar is in haar houding, anatomie, meegegroeid is met haar botten en strakke kaaklijn. Misschien is dat de reden dat ik graag bij haar in de buurt ben. Alsof haar schittering op een dag op mij over zou kunnen slaan.

Geld heeft haar niets gebracht, zegt ze vaak, het heeft alleen maar het gedrag van haar vader gefaciliteerd; de belachelijk dure wijnen, de chique omgeving die de verslaving niet alleen maskeerde, maar ook aanmoedigde. Haar vader werd niet gezien als verslaafde, maar geprezen om zijn vooraanstaande levensstijl, enkel weggelegd voor uitverkorenen, die van een bourgondiër, een levensgenieter. Wat golfballetjes de lucht in slaan, de caddie iets toestoppen, af en toe wat krantenkoppen lezen, drinken, drinken, drinken, een nieuwe lading chablis inkopen en ondertussen een beetje werken voor de vorm.

'Kan al wel… toch? Een glaasje… dan nippen we gewoon rustig,' zegt ze.

Nog voor ik kan antwoorden schiet ze het meisje van de bediening aan. Langzaam wordt het voller in het restaurant. Twee oudere dames azen op de beste plek bij het raam en drentelen teleurgesteld naar een ander plekje als ze zien dat de stoelen al gereserveerd zijn.

'Welke witte wijn raad je me aan?' vraagt Claire aan het meisje. Ondanks dat we in het donkerste hoekje van de ruimte zitten, heeft Claire haar grote zonnebril opgehouden.

'Wacht, ik heb zin in de lekkerste wijn die je hebt,' corrigeert Claire zichzelf gauw.

'Ik heb een grauburgunder van 17,75,' antwoordt het meisje. Ze kijkt wat ongeduldig om zich heen.

'Mmm...' Claire maakt een mondgebaar alsof ze de wijn al aan het proeven is, 'even denken... mmm...' zegt ze smakkend, 'is er nog een andere die óók lekker is, maar wél goedkoper?'

'We hebben de huiswijn, die is 14,70.' Het meisje heeft duidelijk geen zin in dit pingpongspelletje van heen en weer vragen en antwoorden, terwijl alles al duidelijk op de wijnkaart staat.

'Hebben jullie ook biologische wijnen?'

'Nee.'

'Doe mij toch maar die dure. Ik heb niet zo'n heel leuk leven, dan moet je er maar het beste van maken, vind je niet?'

Het meisje moet niet lachen.

'Wil jij ook...?' gebaart Claire.

'Nee, een kopje thee is goed,' zeg ik.

'Kom op, doe nou niet zo ongezellig.'

'Oké,' zucht ik. 'Eén keer hetzelfde als wat zij neemt, maar ook die muntthee. Dorst,' lieg ik.

Terwijl Claire nog iets op haar telefoon checkt, verontschuldigt ze zich voor een eventuele rookachtige geur die ze maar niet van zich af heeft weten te wassen na de meditatieretraite in the woods. 'We werden zowat uitgerookt,' zegt ze. 'Het was maar een beginnerscursus hoor. Iedere dag werd ik om vijf uur 's ochtends gewekt met een gong en dan moesten we met z'n allen in een hok zitten. Met twintig man hutjemutje op elkaar. Dat ding had de vorm van een iglo, maar leek meer op een levensgrote pizzaoven. In het midden lieten ze een groot, heilig vuur branden waar wij omheen zaten.'

Claire vertelt dat ze de enige was die niet wist wat ze moest doen. De anderen woonden al jaren op het terrein en zongen spirituele liederen in een taal die ze nog nooit gehoord had. Elke sessie werd afgesloten met een ritueel waarbij rijst in het vuur werd gegooid.

'Met gesloten ogen allemaal in zichzelf verzonken,' vertelt Claire, 'volledig gewikkeld in dekentjes of sarongs. Om de ochtendkou hadden ze dat niet hoeven doen. Het zal wel een betekenis hebben gehad. Sommigen hadden hun eigen schapenvelletje om op te zitten, wist ik veel dat je dat mee moest nemen. Ik was alleen maar bezig zo min mogelijk te ademen,' zegt Claire, 'het stond er blauw van de rook. Terwijl ik daar uren en uren zat, vond ik niets van de beloofde verlichting. Ik zag geen God verschijnen. Het enige wat ik kon denken was op welke temperatuur je als mens levend wordt gerookt.'

En dat voor een dochter van Mr John's, uitgerekend zij zou alles moeten weten van rookprocessen. Al vroeg in haar leven heeft ze een van de slagerijen van haar vader overgenomen, Mr John's Butchery, die zijn eerste zaak in het Garden District opende en bekendstond om zijn malse staartstukken, inmiddels is het met meerdere vestigingen door het hele land uitgegroeid tot een begrip.

'Ja, ik maakte me in die oven echt zorgen om mijn gezondheid,' vervolgt Claire, 'maar durfde er ook niets van te zeggen. De hitte was ondraaglijk. Af en toe moest ik in mijn arm knijpen om te checken of ik nog heel was, dat ik bij het opstaan niet als een gare zalm in mootjes uit elkaar zou vallen.'

Claire kijkt even om zich heen, alsof ze op het punt staat me een groot geheim te onthullen. 'Tien uur per dag mediteren,' fluistert ze, 'ik was ervan overtuigd dat ik na afloop getransformeerd naar huis zou gaan. Even meedraaien met een leefgroep die vrijwel zelfvoorzienend was en geld verdient aan mensen zoals ik – mensen die een godsvermogen overhebben voor een weekje verlichting.

Ze leefden vrijwel afgesloten van de maatschappij en ze hadden alles in extra large, alles in enorme maten. Een enorme moestuin waarin kool, sla en tomaten gezaaid waren, een keuken met alleen maar immens grote pannen waar je een heel dorp mee kon voeden, grote hallen die als slaapzalen fungeerden. Niets was in het bezit van iemand, alles was van iedereen voor iedereen; de pakken melk in de koelkast, de schapenwollen pantoffels in één maat op het rekje voor de meditatieruimte, de boeken. Je kon niemands identiteit opmaken uit het soort dekbed, servies, kleding. Alles was gezamenlijk bezit. Overal op het terrein hingen foto's van hun goeroe, voor mij niets meer dan een dikke Indiase man met een guitige oogopslag. Ook op het toilet tijdens het afvegen bleef zijn blik onafgewend op me gericht. Ik griezelde ervan, maar anderen schenen er een soort genot uit te halen. Iedereen aanbad de Indiase dikkerd. Sommigen waren op het terrein geboren en wisten niet beter dan dat hij de oppervader was, al was de man er zelf nog nooit geweest.'

Claire laat een luchtstroom ontsnappen. 'Op de vierde dag werd ik compleet overvallen. Door al het mediteren had ik een punt bereikt waarop ik mijn zitbotten niet meer voelde en ik ook nog eens al mijn mislukte relaties als een film aan me voorbij zag trekken, mijn jeugdtrauma's, maar ook mijn kinderloosheid.'

Claire laat een korte stilte vallen. 'Die dag had ik zo'n angst dat ik er geen raad mee wist, namelijk: dat ik in de dikke Indiër zou gaan geloven. Wat als hij ons inderdaad verlossing kwam brengen en ik het al die tijd niet had gezien? De angst dat daarmee alles waar ik tot dusver in geloofde, een goddeloos bestaan, waarin niemand ons verlossing kon bieden, aan diggelen zou vallen. En dat alles waar ik me aan vasthield in mijn leven, alles waar ik in geloofde, niet waar bleek te zijn. Wat als bleek dat slager mijn beroep niet was, dat Mario mijn partner helemaal niet moest zijn, en deze broeierige stad niet mijn thuis was. Dat ik in het verkeerde leven was beland, zoals sommigen in het verkeerde lichaam worden geboren.'

Ze fluisterde: 'En dat ik, zonder het ooit te hebben geweten, misschien wél in God geloof. En dat ik dus opnieuw moest beginnen, opnieuw een fundament moest zien te leggen in mijn leven. Hoeveel mensen hebben de kracht daadwerkelijk opnieuw te beginnen? Wakker worden op mijn veertigste en beseffen dat ik alleen maar slager ben geworden.'

Claire haalt diep adem, voor ze haar verhaal vervolgt. Het lijkt een techniek die ze daar heeft geleerd, waarbij ze haar buik laat opzwellen, haar neusgaten verwijdt en haar zonnebril wat op en neer wipt. 'Maar ik ademde alles weg,' licht ze toe, 'van mijn anus tot aan mijn kruin en weer terug. Bang zijn kan altijd nog, dacht ik. Ik deed nu toch al een oprechte poging om op zoek te gaan naar geluk, iets van zingeving.'

Onze grauburgunders en mijn thee worden gebracht. Claire neemt resoluut een slokje van haar goudgele wijn, bewust en met aandacht, alsof ze het hele restaurant wil laten zien dat ze de duurste wijn van de kaart heeft besteld.

'Ik denk dat mijn tijd op is,' zegt ze met een onbewogen uitdrukking op haar gezicht. Na acht jaar proberen kinderen te krijgen met haar vriend Mario heeft ze toch een manier gevonden om een betekenisvol leven te leiden. Ze kijkt documentaires, leest literatuur, en laatst ging ze nog naar een kunstbeurs in de Rooster Gallery. 'In alles wat ik slacht en verkoop vind ik geen geluk, maar wel een soort tevredenheid. Maar als het even rustig in de zaak is,' vertelt Claire, 'verlang ik naar een dieper gewortelde zingeving, dan kan ik me ineens zo leeg voelen. Sta je daar maar wat in een winkel vol runderlappen en varkensschenkels.' Jarenlang doorliep ze met Mario een traject, uiteindelijk allemaal resulterend in mislukte ivf-pogingen. Seks hadden ze op vaste tijden waarvoor ze hun agenda's hadden getrokken, alsof ze een affaire hadden, waarbij ze op gezette tijden een kier in het heelal vonden om met elkaar te vrijen.

'Het idee van moeder worden heb ik losgelaten en dat gaat prima, behalve als er mensen met kinderen in de zaak komen,' zegt ze terwijl ze rondjes met haar wijnglas draait tot er een kolk ontstaat. 'Ouders die een gratis plakje mortadella vragen alsof er thuis niets te vreten is. Dan komt er een onweerstaanbare jaloezie in me op. Ook zwangere vrouwen trek ik niet, alsof ze het erom doen. Soms fantaseer ik erover om zo'n bolle buik met een scherpe spies lek te prikken en gewoon maar te kijken hoe al het vruchtwater eruit wegsijpelt.'

Ze drinkt haar glas in een paar teugen leeg. 'Sorry, ik zal wel gulzig overkomen, maar zo vaak drink ik niet. Volgens de goeroe kon ik mezelf weer vruchtbaar mediteren, mijn lichaam helen door mijn gedachten ernaartoe te zenden.'

Ze bestelt een tweede glas en vertelt hoe ze tien uur per dag een klein gouden bolletje, vol levenskracht en immense levensenergie, een samengebalde vloeibare zon, visueel door haar baarmoeder liet dwalen, langs haar eierstokken, van boven naar beneden, van links naar rechts. Soms werd ze er zelfs opgewonden van. De mensen hadden haar verzekerd dat het heel normaal was, dat het een teken was dat ze goed bezig was, dat de boel weer lekker aan het stromen was. 'Er werd me soms ook verteld dat het niet erg was om even naar de slaapzaal te gaan om,' ze maakt met haar vingers het tussen-aanhalingstekens-gebaar, "mijn opwinding te vieren".'

In het restaurant is het nu ronduit druk, vanuit de keuken klinkt om de paar seconden een bel, de vrouw naast ons heeft al een paar minuten haar hand in de lucht, alsof ze een taxi aanhoudt, ze weet de aandacht van de rennende obers niet te trekken.

'Hoe gaat het eigenlijk met jou?' vraagt Claire. Ik heb zoveel aan mijn servetje geplukt dat het inmiddels tot een pluizig bolletje is vervormd, een wolkje nervositeit.

'Goed,' zeg ik.

‘Ik haat plekken met een slechte akoestiek,’ zegt Claire. Ze trekt even haar zonnebril op en kijkt geïrriteerd om zich heen. ‘Dat doet vermoeidheid met je, een chronisch onvervuld verlangen maakt me bekaf.’

Om me heen zit de mensheid te eten en te drinken alsof er niets aan de hand is. Ik voel een opkomende woede die ik nauwelijks in bedwang kan houden. De koffie! De wijn! De Albacoretonijn tataki! Een tsunami zou deze hele godvergeten tent moeten wegspoelen, alle mensen stuk voor stuk laten verzuipen, tezamen met hun grauburgunders, laptops, sieraden, tot de blaadjes romainesla van de caesarsalades als kleine vlootjes drijven op het zeewater. De ansjovisjes zouden tot leven komen en als knabbelvisjes aan de lichamen vreten, net zo lang tot er niets meer van ze over zou zijn.

‘Dat is precies het probleem,’ zegt Claire op een toon alsof ze mij onderbreekt, ‘dat is precies het probleem dat ik niet bij Mario weg kan, het is doodvermoeiend om dag in dag uit strijd te hebben.’

Mijn thee blijft heet. Takjes munt drijven als zeewier in het glas.

‘Waar hebben jullie strijd om?’ vraag ik.

‘Nee, laat maar, ik zou er niets over moeten zeggen.’

‘Oké.’

Om geen argwaan te creëren over mijn zwangerschap ruik ik alleen maar aan mijn glas wijn voor ik het weer terugzet.

Dan begint ze er toch over te praten: ‘Het gaat om zijn intelligentie. Dat Mario mij op intellectueel niveau niet kan bijhouden. Zo, dat is eruit.’

Ik knoop mijn vest dicht, de airco staat op volle toeren te draaien.

'In elke ruzie lijken we ieder in onze eigen taal tegen elkaar te praten,' zegt ze, 'in twee parallelle talen, maar die lijnen,' Claire maakt een gebaar met haar handen waarbij ze twee evenwijdige lijnen uitbeeldt, 'raken elkaar nooit. Ik denk dat wij elkaar nog nooit echt hebben gesproken,' ze kijkt naar haar blauwgelakte nagels alsof ze er even door was afgeleid, 'nooit echt... We zijn samen kinderloos gebleven, het is zelfs onze identiteit geworden. Onze kinderloosheid is *ons* geworden. Sommige stellen hebben een huisdier waar ze voor zorgen, bij ons is het precies dat ontbreken van een extra wezen wat ons bindt, die lege wolk, een lege huls waar wij samen voor zorgen en die ons enige gespreksonderwerp lijkt te zijn.' Claire wenkt de bediening.

'Weer de dure?' vraagt het meisje. Ik vind het bewonderenswaardig dat ze deze vraag zonder enig cynisme in haar toon weet te stellen.

'Ja, doe maar.' Claire kijkt op haar telefoon, zegt dat ze even naar het toilet moet maar daarna toch echt richting haar biefstukje gaat. Dan wijst ze naar mijn volle wijnglas. Ik weet er zo gauw niets op te zeggen en stamel iets over een allergie voor tannines.

'O ja, je huid,' zegt ze. Ik voel haar blik branden op een loshangend schilfertje op mijn rechterooglid. 'Gaat het al beter? Het was niet besmettelijk toch?'

'Nee, het is niet besmettelijk,' zeg ik, 'net als eczeem dat niet is.' Of kanker, wil ik er nog achteraan zeggen, maar ik hou mijn mond.

Claire staat op en wurmt zich door de dicht op elkaar geplaatste tafeltjes richting het toilet. 'Ik moet zó nodig.'

Het is acht dagen geleden dat ik twee streepjes op de zwangerschapstest zag.

Twee jaar geleden besloten Jason en ik een gezin te beginnen.

Zevenendertig jaar geleden wikkelde zuster Nia een doekje om mijn paarse lijf en streelde me over mijn wang. Na een lange bevalling had mijn moeder me er toch uit weten te persen, hoewel het even door haar hoofd schoot mijn tere nekje te smoren met haar bekkenbodemspieren.

Veertien jaar geleden sleepte ik een grote houten eettafel van het grofvuil naar huis, de tafel die mijn studentenkamer bijna volledig in beslag nam, met het idee er ooit met een groot gezin, mijn gezin, monopoly aan te spelen.

Tot nu toe heb ik er alleen nog aan gegeten en seks op gehad.

Ik was ervan overtuigd ooit liefde te vinden.

Ondertussen ben ik dan toch actrice geworden en probeer ik een boek gepubliceerd te krijgen.

Jason vond mij.

Het onmogelijke was toch mogelijk gebleken.

De afgelopen vierentwintig maanden werd ik ongesteld. Ik deed alsof het me niets deed.

Ik was ervan overtuigd dat er iets mis met mij moest zijn, schaamde me.

Ik keek naar de foto's van andermans kinderen.

Ondertussen probeerde ik met mijn blote vingers onbevruchte eicellen tussen het bloed in mijn maandverband te vinden.

Ik zocht op internet met welke voedingsmiddelen ik mijn

vruchtbaarheid kon vergroten, met welk soort groente of kruid je supersperma kon kweken of een baarmoederslijmvlies van perfecte dikte kon laten groeien. Een holistische arts schreef iets over een speciaal soort aubergine, een Chinese arts iets over witte yam die je in elke toko kon vinden. Ik trok thee van ginseng en stampte vitaminepillen tot kruimels die ik door de nasi wokte.

We hadden seks, Jason en ik, ook op mijn niet-vruchtbare dagen. We vreeën niet alleen in missionarishouding, wat schijnbaar het beste standje is, met de grootste kans op verwekking, maar ook staand, liggend, op z'n hondjes, in elke mogelijke hoek, omdat ik ervan overtuigd was dat leuke seks tot leuke kindjes zou leiden.

'Twee jaar *bezig*' zei de gynaecoloog terwijl hij met zijn tong klakte, 'twee jaar bezig', alsof hij het had over een rampzalige verbouwing die maar niet afkwam. Ik wilde me verdedigen, maar Jason zette zijn hand op mijn been alsof hij wilde zeggen: 'Laat maar, schat, wij weten dat we er alles aan doen.'

Onze koelkast was permanent gevuld met vreemde, bevruchtingsverhogende groente. Op de kalender stond de trouwdatum met een prikker op een zomerdag in augustus.

Een vierlaagse bruidstaart met een vulling van bananencrème was al geproefd en afgerekend. Omdat de kosten uit de pan rezen, zou de onderste laag van piepschuim zijn, die versierd zou worden met een laagje glazuur, net als de eetbare lagen. De bakker liet ons foto's zien. 'Zie je? Niemand die het ziet. Zolang je met het mes maar niet te ver doorsnijdt.'

Om de hoek van mijn ouderlijk huis kocht ik bij een Asian

winkel een vintage trouwjurk. De kitscherige pailletten zou ik er wel een voor een afpulken, daar was nog alle tijd voor, en het was nog een meditatief klusje ook.

Ik kijk naar de blauwe topaas aan mijn ringvinger. Hij glinstert helder, zelfs op donkere dagen als de zon er niet op schijnt. Het staat voor creativiteit, had Jason gezegd toen hij op een knie zat in de luchtballon die over de Bayou zweefde. 'Ik hou van jou en van je creativiteit, ik steun je in alles wat er uit jouw hoofd en hart komt, want dat is wonderschoon, wonderschoon, schitterend. Wil je met me trouwen?'

Een boer had opgekeken naar onze luchtballon en ik riep vanuit de lucht: 'We gaan trouwen!' De boer in zijn veld klapte in zijn handen. In de windstille lucht klonk zijn applaus nog helderder dan ik ooit in een schouwburg gehoord had.

Nu, ik ben zwanger.

Het huis is gevuld met een ondraaglijk stilzwijgen, weg van tijd en ruimte, in een verlaten niemandsland, weg van de grote stad, die dag en nacht maar doordendert.

De woorden van Jason galmen nog na. Ik kan ze maar niet ordenen, alsof er zand in mijn hoofd zit. Alsof elke gedachte die naar boven borrelt, gelijk weer gedempt wordt. Tot er niets meer is dan een doffe schreeuw, ergens in de verte, helemaal achter in mijn hoofd. Mijn ogen voelen droog en zwaar. Hoofdpijn van het huilen zonder tranen.

Jason was woest de deur uitgelopen en zou nadenken of hij eraan toe was vader te worden. Hij zag een leven voor zich, en dit was het niet. Toch maar niet.

Terwijl de obers tafels afruimen en ze weer dekken voor het diner, is er in het café een stilte neergedaald. Alleen het gerinkel van lege wijnglazen is hoorbaar, een enkele gast die de krant leest. Buiten breekt een late middagzon door. Alle middagmensjes zijn naar huis. Een ober komt naar me toe met de mededeling dat de tafel gereserveerd is voor het diner.

Claire komt van het toilet, struikelt bijna over een opstapje en vraagt om de rekening. 'Oef, ik ben aangeschoten.' Maar dan bedenkt ze zich en roept erachteraan: 'Nee, wacht, we drinken er nog een aan de bar.' Ze begint zonder aanwijsbare reden hard te lachen.

'Je ziet er moe uit,' zegt Claire. Ik vind geen kracht met haar mee te lachen en staar verdoofd naar het televisiescherm aan de muur, het nieuws gaat over de rechtszaak die een grote opschudding in het land veroorzaakt.

'Ik ben zo blij dat ze de abortuswetgeving aan banden leggen,' zegt Claire terwijl ze naar het scherm wijst. Het lachen is gestopt, godzijdank.

'Abortus is gewoon moord,' zegt ze, 'een massacre, wat denken mensen wel, onschuldige wezentjes doden. En dat voor zo'n kleine zeshonderd dollar. De wet komt er zeker door.' Ze plukt wat aan haar haar. 'Ik kan niet wachten tot Roe v. Wade ongedaan gemaakt wordt. Ze zouden abortus in alle staten compleet illegaal moeten maken.'

Deze ochtend heb ik op internet gekeken naar abortusklinieken, sommige zijn op de zaak vooruitgelopen en vermelden dat abortus via hen niet meer mogelijk is. Sommige websites zijn al uit de lucht gehaald. Ik zette mijn hand op mijn buik, voelde me schuldig dat ik het had opgezocht, tegelijkertijd maakte het me bang om te zien hoe een voor een de klinieken van het scherm verdwenen, alsof daarmee mijn enige vluchtvliegtuig vertrokken was, en ze mij hadden achtergelaten.

'Wat is er?' vraagt Claire geïrriteerd als ze mijn blik ziet.

'Als het erdoorheen komt,' antwoord ik, 'zal het heus niet voor alle staten gelden.'

'Het is in ieder geval een stap in de goede richting,' zegt Claire resoluut. 'Iedereen waarvan ik weet dat ze abortus heeft gepleegd, heb ik uit mijn leven gebannen.'

'Maar Claire...' Ik doe mijn best om niet mijn stem te verheffen. 'Ze laten ook vrouwen die door een zwangerschap in levensgevaar verkeren stikken. Of vrouwen die zwanger zijn van hun verkrachter.'

'Ik zou op dit moment zelfs van het kind van mijn verkrachter houden.'

'Het is onmenselijk,' zeg ik, 'alsof we teruggaan naar de middeleeuwen.'

'Is dat wat jij ervan vindt?' Claire kijkt me verontwaardigd aan. Ze vertelt dat ze op de laatste dag van haar meditatie een steek in haar rug voelde. Ze kreeg te horen dat ze door de pijn heen moest ademen, zich niet moest verroeren. Na een paar uur zag ze opeens haar twee nichtjes in een kinderboekwinkel voor zich, zij zat daar met hen. 'Mijn zus is een geweldige vrouw,' zegt Claire, 'maar mijn nichtjes wilde ik na de kraamvisite nooit meer zien. Ze schijnen leuk te zijn, zelfstandig, eigenwijs. Soms ben ik bang dat mijn jaloezie zich fysiek zal manifesteren, in de vorm van maagkanker. Volgens de goeroe betekent pijn in de maag dat je met onverteerbare zaken zit in je leven.' Dan richt ze zich fel naar mij. 'En jij doet met je pleidooi tegen het ongedaan maken van Roe v. Wade alsof mijn verhaal er niet toe doet. Dat doet me pijn, Rose.' Claire kijkt op haar horloge en roept: 'Shit, ik moet gaan. Tijd voor meditatie.'

Buiten is de lucht nog altijd helder. Heet. Op de fiets naar huis is al het herkenbare in mijn leven onherkenbaar geworden, alles, de populier op de dijk waar ik langs fiets, de ruziënde mussen, elke grasspriet, elke afslag, ook de zon heeft een andere gestalte, alles is in één klap onherkenbaar geworden, de hele wereld, ik voel me zelfs een vreemde voor mezelf.

28 APRIL – MOEDER

De klanten noemen het een spooksnackbar, ik kan het ze niet kwalijk nemen. De plek waar lichten branden, de muziek aanstaat, het vet nog warm, maar geen mens te bekennen is, enkel gefrituurde vissenstaarten en vissenogen die in het uitlekmandje in de lege ruimte om zich heen kijken. De plek waar het frituurvet niet meer van de roosters geschraapt wordt en de vloer zich in een permanente staat van gladheid bevindt.

Vader vond zijn nieuwe vrouw Mai. Ik was veertien jaar en kan me niet meer herinneren hoe ze het me vertelden, als ze al de moeite hadden genomen het me te vertellen. In films zag ik ouders dit soort gesprekken zorgvuldig voeren met hun kinderen. Mijn ouders gingen dan weliswaar niet scheiden, de komst van Mai kon je opvatten als een vorm van gezinsuitbreiding, al was het wel een markante. Ik herinner me alleen de woorden: via via.

'De vondst van Mai ging via via,' had mijn vader gezegd. Van de ene op de andere dag was ze er ineens, woonde ze bij ons in huis.

Moeder waarschuwde mij steeds maar voor het gevaar van vader. 'Hij heerst in het huis door bij ons angst in te blazen.' Ik moest geen waarde hechten aan zijn vaderlijke oplevingen waarin hij me meenam naar het zwembad om daarna samen aan de rivier een suikerspin te eten. 'Vergeet het niet,' fluisterde moeder soms vlak voor het slapengaan. 'Vergeet niet wat hij gedaan heeft. Hij is de vijand. Hij heeft al jouw broertjes en zusjes verslonden als een mals stukje biefstuk. Als het aan hem lag, bestond jij niet eens.'

Ik heb haar nooit gevraagd wat ze ermee bedoelde, maar had een vermoeden dat er voor mij ongeboren broertjes en zusjes waren. 'Vergeet niet wat voor een monster je vader is.' Moeder leerde me alle wijsheden van de oermensen, dat mannen er zijn om je 's nachts te bespringen en er vaders zijn die je zomaar kunnen verorberen.

In de eerste weken na de komst van Mai zag moeder algauw dat zij zich helemaal niet de nederige positie van tweede vrouw liet aanleunen. Tijdens het koken haalde Mai streken uit, deed ze te veel zout in de vissensoep, zodat vader het uitspuugde en uithaalde naar moeder. Hij gaf haar de schuld en degradeerde moeder, zij mocht niet meer in de keuken komen.

Die avond stalde Mai haar spullen uit in de slaapkamer van mijn ouders, en verdrong ze moeder naar de logeerkamer, zo kwam die naast mij te slapen. Op een avond dat we beiden niet konden slapen en we maar een beetje vanuit bed voor ons uit staarden, vroeg ze me wie die mensen op de muur waren. Ik antwoordde dat dat de Spice Girls waren. Echte artiesten.

'Mooi,' zei ze.

'Ja.'

'Ik denk dat papa niet meer van ons houdt.'

Ik aarzelde, maar antwoordde: 'Ik weet het.'

Mai nam plaats in de keuken, de enige plek waar je een man

daadwerkelijk kon bevredigen, en moeder werd verdrongen naar de donkere hoeken van het huis, daar dwaalde ze rond, zat ze urenlang beweginglooss op een stoel, net zo lang tot ze een schim was.

Ik zag moeder zich steeds minder vrij bewegen en moest aanzien hoe het huis langzamerhand werd overgenomen door een ander echtpaar. Een nieuw echtpaar dat samen lachte en grapjes met elkaar maakte.

Volgens moeder was vader het monster in huis, hoewel ik dat betwijfelde als de deur weer eens dichtviel, omdat ze de stok ertussenuit haalde om mij ermee te straffen. Maar telkens als vader het gewelddadige tafereel aanzag en zonder in te grijpen gauw doorliep richting de slaapkamer waar Mai lag te wachten, dacht ik: ja, misschien heeft moeder toch gelijk.

◆

Met dit in mijn achterhoofd, terwijl ik weet dat dit de spelregels van mijn leven zijn, dat mijn moeder niet de rol van wijze raadgever of bemoedigende gids heeft, pak ik toch de telefoon. Ik verlang ineens zo hevig naar haar dat het ondraaglijk is. Ik hunker naar iets waarvan ik weet dat ik het onmogelijk kan kennen: de geborgenheid van een moeder. En toch wil ik halen wat van mij is.

Nadat de telefoon meerdere keren overgaat, neemt ze op. Nog voor ik een woord of iets kan zeggen, klinkt haar relaas: 'Kom me nu halen, Rose,' schreeuwt ze, 'ik trek dit niet meer. Ik kan er niet mee doorgaan. Je vader is een monster. Een monster!'

Ik heb gebeld in het heetst van de strijd.

'Je vader is een monster. Een monster!'

Ze roept warrige dingen; iets over het springen van de brug, oxazepam slikken, en een eigengemaakte galg in de badkamer, als ik haar niet onmiddellijk kom halen. Ze ademt zwaar en zegt met schorre stem: 'Ze gaan een kind krijgen. Ik vond de zwangerschapstest in de prullenbak.'

Dan hangt ze zomaar op.

In de minuten die daarop volgen, staat me ineens helderder dan ooit voor de geest dat ik slechts ter wereld ben gebracht als pensioenplan. Als kind werd mij duidelijk gemaakt dat ik mijn ouders later een maandelijkse toelage verschuldigd was voor hun investering in mijn opvoeding. Als moeder me met haar scherpe nagels de shampoo over mijn hoofd schrobde, zei ze dat ik goed moest onthouden dat ik haar op oude leeftijd zou moeten wassen, ook tussen de teentjes en de billetjes. Dat ik haar moest voeden als ze het zelf niet meer kon, al die moeite die ze had gedaan om me te verleiden tot nog een hapje, wat het van haar had gevergd. Toen ze voor mijn verjaardag, na veel zeuren, de muren roze verfde, zei ze dat ik het zweet van haar goed in mijn geheugen moest prenten, later zou ik voor haar een accommodatie verzorgen, bij voorkeur op een begane grond. Een schuld die ik nooit zou kunnen inlossen, zei ze dan. 'De hoeveelheid voeding en liefde die ik in je heb gestopt, kun je me nooit terugbetalen.'

Ik kleed me uit en zet de douche aan. Moeder belt mij op haar beurt tientallen keren. De telefoon klinkt luid door het huis, het huis waar verder niemand meer is om te zeggen: 'Moet je niet opnemen?' Ik blijf naar het scherm staren: 'Mama'. Mijn wijsvinger gaat niet naar het groene symbooltje.

Ik kan het niet opbrengen op te nemen, alsof de vrucht in mij me voor nog meer giftige woorden wil behoeden.

Het is de eerste avond in mijn leven dat ik haar oproep niet beantwoord en de telefoon over laat gaan tot de voicemail.

Ik zet de douche uit, zonder eronder te hebben gestaan, en loop naar het koffiezetapparaat. De rinkelende telefoon laat ik achter in de badkamer, gewikkeld in de dikke kamerjas van Jason.

Door de klotsende misselijkheid van de zwangerschap die maar in golven op blijft komen, en de kolkende woede die ik voel tegen de hele verdomde mensheid, ben ik deze avond tot niets in staat. Ik voel een grote walging, een afkeer van alles wat zich daar in het ouderlijk huis afspeelde. Ook al staat er een brug tussen het ouderlijk en mijn huidige huis, het versplinterd porselein kan ik nog onder mijn voeten horen knarsen, Mai die trippelend door de snackbar beweegt, rondvliegende borden, sliertjes warme bamì die in het gevecht onze kamerplant als een oosterse kerstboom versierden, scherpe nagels in oude wonden, het krabben en openhalen, ik zie het allemaal weer voor me. Gevoelens die ik jarenlang keurig inslikte gooi ik er nu kotsend en spuwend boven mijn toiletpot uit.

Wie was mijn moeder voor ik bestond?

Ik ga naast mijn kamerlinde zitten, die het maar moeilijk heeft. Ik huil zonder dat het me oplucht. De buren hebben de lichten al aangeknipt. Ik doe geen moeite en blijf urenlang in het donker zitten.

Als intuïtie een plek in je lichaam heeft, waar zit het dan? Ik ga met mijn handen over mijn gezicht, mijn borst, mijn buik, in mijn onderbroek, tussen mijn benen.

Ik ben waar ik ben, en het lijkt in niets op wat ik me had voorgesteld.

De monnik schrijft dat we verantwoordelijk zijn voor ons eigen leven, ons eigen handelen. Ik weet niet tot welke god, welke vriend of moeder ik me moet wenden voor wijsheid.

Wie is mijn moeder?

Wie is zij, mijn moeder?

Moet je haar kennen voor je zelf moeder wordt?

Moet je eerst moeder van jezelf worden?

Moet je het leven zien zoals het werkelijk is, zien waar het werkelijk uit bestaat?

Ik weet dat elke gemiste oproep van mijn moeder de laatste voor haar dood kan zijn. En toch neem ik niet op. Omdat er inmiddels een ander leven in me zit.

Mijn vader post een foto op Facebook van hem en Mai. Als ik inzoom zie ik dat hij zijn hand op haar buik heeft. In de reacties lees ik dat meneer Ho uit de buurt hen feliciteert met het verheugende nieuws.

NAM MÔ A DI ĐÀ PHẬT

Deze dagen laat Rose bekenden, maar ook onbekenden in de rij van de supermarkt of op straat, eindeloos tegen haar praten, zonder zelf een woord te kunnen zeggen over haar eigen toestand.

Het zou haar vermorzelen, de pijn die daarmee werkelijkheid zou worden zodra ze er woorden aan zou geven. Dus ze zweeg.

De avond in 2017 dat Jason in het portiek van het theater haar deed lachen, de kans dat een dergelijke ontmoeting tot liefde kon leiden, tot een levend wezen, is zo ontzettend klein, net zo onwaarschijnlijk als hoe nieuwe planten door de aardkorst heen splijten en een weldadig groene wereld scheppen. Het ontstaan van een nieuw leven is een volslagen onwaarschijnlijke gebeurtenis, als je erover nadenkt, met een oneindig groot aantal scenario's om zich daarna te voltrekken.

Ik ruik het zoete rivierwater dat ooit zout was en kijk naar de mensen die zich op een zondag laveloos onder de schaduwrijke moerascipressen begeven en op een vrijdagavond hun keel warmen met een daiquiri. Vaders die met hun zonen in een bootje gaan vissen in de Bayou. Ik zie hoe ze op kamertjes hun leven overdenken, een boekje lezen over Jan en alleman, om meer over zichzelf te leren. Best vreemd, als je erover nadenkt.

Rose is obsessief bezig met de etymologie van het woord 'moeder'.

'Moeder, de vrouw die kinderen heeft.'

Ze zet een pan heet water op, doet er een blokje kippenbouillon bij en gooit er een potje augurken in leeg. Smerig ruikt het, augurkensoep. Is dit wat mensen op aarde eten?

In de avonden leert ze me bidden: *Nam mô A di đà Phật.* Dit blijft ze herhalen. Eindeloos herhalen. Deze woorden. In het hoofd, maar ook hardop. Ze bleef het herhalen. Duizend miljoen keer. Ze leert me dat bij het uitspreken van deze mantra een vibratie ontstaat die in alles om ons heen terug te vinden is; in de bomen, de spotvogeltjes, de straatlantaarns, het vee en de gewassen, maar ook in de donkerblauwe lucht die nu als een nachtdeken over de stad valt.

Nam mô A di đà Phật.

En dat moeten we elke dag herhalen, zij en ik, tot ook voor ons de dag aanbreekt, de dag waarop we onszelf kunnen zijn, ons volledige zelf, vol energie, kracht en liefde. Ja, ook liefde.

'Wie is zij?' prevelt Rose zachtjes terwijl ze door de pan roert.

'De moeder, de vrouw die kinderen heeft.

Má in het Vietnamees.

Mater in het Latijn.'

Mater, wortelstam, boomstronk, vlechtwerk.

De uit de wortelstam ontspruitende twijg.

De monnik leert dat de grond ons draagt.

'We hoeven het alleen maar toe te laten,' fluistert ze tegen me. 'We hoeven het alleen maar toe te staan, ons gewicht erop laten rusten, meer moeite kost het niet, de aarde is gemaakt om ons te dragen,' fluistert ze, 'om alle mensen te dragen.

Ook jou en mij.

Het komt goed,' huilt ze, 'het komt allemaal goed.

Alles is er al.

We hoeven nergens naartoe, nergens naar te streven, het hele universum is reeds aanwezig in ons.'

Ik weet het, wil ik tegen haar zeggen, stop maar met huilen, maar er is geen manier om het haar duidelijk te maken.

Later op de avond haalt ze met een wattenschijfje haar uitgelopen mascara weg en trekt een kleurrijke jurk aan die ze had bewaard voor een feestelijke gelegenheid. Het is een strakke jurk waar ze haar buik een stukje voor moet inhouden. Haar lichaam voelt gebroken en verkeert in een staat van permanente angst, alsof er een geweer op haar gericht staat dat afgaat bij een verkeerde beweging.

Als er een sms'je binnenkomt, trekt ze haar buik nog een stuk verder in.

'Ik zit er al. Maar doe rustig aan.'

Het is van Alexander, haar uitgever, die al zit te wachten in het café. Op het bureau ligt een grappige foto van Jason en haar, tijdens de autopech ergens ter hoogte van het Garden District. Ze lacht. Zomaar uit het niets, lijkt het wel. De hele ruimte om ons heen schudt en schokt van haar gelach. Dan hoor ik het gerinkel van huissleutels en zachtjes sluit ze de deur achter zich alsof er nog iemand anders thuis is en ze diegene niet wil wekken.

28 APRIL – ALEXANDER

Alexander komt in het gesprek niet gelijk ter zake, dat merk ik meteen. We zitten in een café op het vliegveld, waar je zowel broodjes kaas als een hele kreeft kunt bestellen. Door het raam zie ik reizigers wachten, zich haasten. Een vrouw met twee roze Dior-koffers rent langs de kunststof palmbomen. De uitgever komt niet direct met het slechte nieuws.

'Rose, wat zag je er schitterend uit op de lenteborrel.'

Ik geef hem een ongemakkelijk lachje.

'Ja, heel mooi,' zegt Alexander, 'ik weet het, we beoordelen schrijvers op hun toon en stijl, het uiterlijk doet er bij het schrijven gelukkig niet toe, althans, voor mannen dan.' Hij kijkt opzichtig om zich heen alsof hij dan pas beseft wat hij zojuist gezegd heeft. 'God nee, ik bedoel, toen ik je zag dacht ik: daar komt echt iemand binnenstappen, je droeg zo'n opmerkelijke jurk die avond.'

'Ik droeg geen jurk.'

Alexander knippert een paar keer snel met zijn ogen alsof hij daarmee de herinnering uit zijn brein probeert op te duikelen. 'Jawel, zo'n witsatijnen…'

'Nee,' onderbreek ik hem.

'O, dan vergis ik me… echt niet? Was het dan Hannah, die ziet er altijd feilloos uit.'

Ik neem een slok van mijn water en weet niet goed wat te zeggen.

'Ach, het doet er ook niet toe,' zegt Alexander.

'Nee.'

Dan wordt hij onverwachts openhartig: 'Ik ben stervende, Rose.'

Ongemakkelijk over zijn plotselinge omslag vraag ik: 'Ben je... ben je ziek?'

'Nee, ouderdom.' Alexander kucht. 'Ik blijf niet eeuwig die jonge god die ik dacht te zijn.'

Hij vertelt over zijn drieënnegentigjarige moeder waar hij zojuist vandaan komt. De vrouw die zich ondanks haar vrijwel volledige blindheid toch verbazingwekkend goed weet te bewegen en nog steeds snooker weet te volgen op televisie. Het is hem een raadsel hoe. Van haar kan hij maar geen coherent beeld vormen in zijn hoofd. 'Mijn moeder bestaat uit eindeloos veel eilandjes, ze is heel precies in welk stukje ze aan wie laat zien. Niemand krijgt haar volledige zelf.'

Het is hem, nu hij drieënzestig is en op zijn jeugd terugkijkt, totaal onduidelijk wie de vrouw was door wie hij was opgevoed. Zo bakte ze elke dag allerlei lekkernijen; boterspritsen, perentaartjes, kaneelkoekjes, banketgebak. De geur van roomboter en kaneel trok door het hele huis. 'Kijk eens hoe mooi!' riep ze terwijl ze hem wenkte om samen naar de lampjes in de oven te kijken. Haar gemoed kon zomaar omslaan als ze op sadistische toon zei: 'Zie je de koekjes kronkelen en sidderen in de hitte. Net als hoe wij zullen branden in de hel.' En als hij ook maar een speculaaskruimel op de bank achterliet, schroomde ze niet hem een flink pak slaag te geven. 'Jullie maken me gek! Zo sterf ik nog als poetsvrouw!'

Alexander perst een partje citroen uit over zijn oester en gooit er snel een druppeltje tabasco op. 'Ik heb besloten tegen iedereen te zeggen waar het op staat,' zegt hij terwijl hij zijn Atlantic oyster naar binnen slurpt, 'niemand uitgezonderd. Er is op mijn leeftijd te weinig tijd voor voorzichtigheid.'

'Je bent pas in de zestig,' zeg ik.

'Waarom zou ik al mijn resterende energie steken in het vinden van de perfecte woorden om anderen te ontzien. Je hebt geen idee, Rose, auteurs die me het leven zuur maken.'

Mijn pistoletje belegd met drie plakken kaas wordt gebracht. Een dood blaadje sla ligt er ter garnering naast. De vrouw verontschuldigt zich dat het even duurde. Alexander zegt niets over de laatste versie van mijn manuscript.

'Ach, er zijn zoveel dingen die ik altijd al heb willen doen, maar nooit gedaan heb,' zegt hij, 'boeken redigeren is daar niet een van.'

Hij schudt zijn hoofd. De gloeilampen boven ons weerkaatsen in zijn brillenglazen. 'Ik zou best eens naar een housefeest willen gaan, maar daar ben ik te oud voor,' zegt Alexander, 'niet voor mezelf, maar voor anderen. Zien ze daar een oude man staan.' Zijn dikke glazen vervormen zijn ogen, ze lijken diep in zijn oogkassen te liggen. 'Mijn aanwezigheid herinnert de jeugd alleen maar aan hun sterfelijkheid.'

In een eerder gesprek vertelde hij me juist dat hij de jonge auteurs van zich af moest slaan. Dat ze in de nabijheid van hem juist een glimp van de toekomst kregen en hij op zijn beurt een deel van zijn jeugd kon herbeleven.

'Je kijkt somber,' zegt Alexander. Het is de eerste keer dat hij me in dit gesprek rechtstreeks aankijkt.

'Is dat zo?'

'Heb je liefdesverdriet?' vraagt hij.

Dit moet een wilde gok van hem zijn. 'Ach,' zeg ik.

'Ik zou mijn geld op jou zetten,' zegt Alexander. 'Als er oorlog uitbreekt, zet ik mijn geld op jou. Jij overleeft alles. Je manuscript...' Alexander zucht. 'Juist omdat we zo'n vertrouwensband hebben opgebouwd, durf ik je dit allemaal eerlijk te zeggen, Rose. Blijf toch dicht bij jezelf. Ik snap dat je dit verhaal met ziel en zaligheid geschreven hebt, maar waarom... een ontdekkingsreis van een man op zoek naar geluk. Je verloochent je Aziatische roots aan de ene kant, maar als het je iets oplevert in interviews over je theaterstukken, schuw je niet je exotisme in te zetten, het is verwarrend, maar ach, wees gewoon wat zachter voor jezelf. Wat er nu ook met je aan de hand is, zo erg zal het niet zijn, toch?'

Ik aarzel om hem vertellen waarom ik juist deze ontdekkingsreiziger tot leven heb gewekt, waarom ik dit boek aan het schrijven ben. Voor mij een poort naar vrijheid, dat ik iets wil creëren wat niemand van me af kan nemen, een verhaal zwart op wit. Dat ik geen actrice meer wil zijn die instrumenteel wordt ingezet om andermans levens te vertolken. Maar wat kan Alexander doen aan mijn situatie, aan mijn nachten waarin uren van elastiek lijken en eindeloos duren.

Naast mij is het in bed koud en kil. Als ik mijn hand uitsteek voel ik niets. Niet het warme lijf van Jason. Niet mijn geliefde die ik op een dag zomaar vond, als een lang verloren sieraad in de lade, dat ik vervolgens zo hard vastklemde tot mijn knokkels wit zagen. Hoe hij met zijn liefde een teer punt in mij raakte en ik weer kon ademen, in vreugde zwom, alsof ik eindelijk in de juiste haven was aangemeerd.

Nu heb ik elke nacht zin in sigaretten en drank en val ik rond een uur of drie 's nachts in slaap, terwijl ik de stem van Beyoncé door de kamer laat zingen – *I break chains all by myself – Won't let my freedom rot in hell. Hey! – I'ma keep running – 'Cause a winner don't quit on themselves.*

Elke nacht zin in kauwen op tabak en dan doorslikken, zin in een wodka die je keel openbrandt, zin in de duurste fles wijn van de wereld argeloos leegdrinken, zin in verspillen zonder angst. Zin in seks zonder consequenties. En zomaar, in het holst van de nacht, terwijl ergens hoog boven me een vliegtuig overvloog, had ik mijn beslissing genomen. Over dat leven in mij.

De allesverwoestende uitkomst na mijn wikken en wegen, over het wel of niet voldragen van dit wezentje dat met de dag in mij groeide en groeide, en mijn wereld binnenstebuiten zou keren.

Alexander bestudeert de twee tieners naast ons die luidruchtig in de weer zijn met hun gereedschap, klemmen, scharen en minuscule vorkjes. De jongen met zijn kreeftenhamer, het meisje peutert wat krabvlees uit de krabbenpoot. Ze zitten er met zo'n gemak en vanzelfsprekendheid bij. In geld geboren. Jonge geliefden met de wereld aan hun voeten. Hun fruits de mer-kasteel pronkt als een weelderige bruidsschat op tafel. De helft is al verbrijzeld, vermorzeld, verorberd. Het is een exuberante ravage met de geur van een zilte zee in de lucht.

Verdwaald vruchtvlees ligt slordig op het linnen.

'Armoede moet je te slim af zijn,' zegt Alexander, die mijn blik volgt richting de tieners. 'Je moet geld met een gemak uitgeven alsof je het altijd al gehad hebt, niet bang zijn. Als geld doorheeft dat het je vreemd is, trekt het zich terug. Voor hen,' Alexander wijst ongegeneerd naar ze, 'is elke cent die ze uitgeven een bevestiging van hun rijkdom, voor jou is elke cent die je uitgeeft een stap dichter naar armoede, een stap dichter naar waar je vandaan komt. Je kunt hier maar beter zitten alsof je er vanaf je derde naartoe bent gesleept door je ouders. Dus drink je wijn en verbrijzel die kreeft.'

Dan beseft hij dat geen van ons kreeft heeft besteld. 'Hier, neem deze oester.' Alexander gooit een oester op mijn bord. Het sap van zijn oester spettert over mijn kaas. 'Gedraag je alsof je er altijd al was, Rose, dat is de tip die ik je kan geven. Als je hier niet vandaan komt, niet geboren bent in deze decadentie, is het maar beter zo goed mogelijk te doen alsof je er altijd al geweest bent.'

Ik haal mijn schouders op en knik lichtjes.

'Neem die oester, Rose, kom op.'

Het valt Alexander niet op dat ik met een lichte afkeer naar zijn oester kijk. Gerookte zalm, rauwe oesters, sashimi, allemaal op de lijst der verboden vruchten tijdens een zwangerschap.

Dan voel ik opeens een scherpe steek in mijn oog. Ik krimp ineen.

'Sorry,' zegt de jongen naast me.

Met het servetje probeer ik het zuur van de citroen uit mijn oog te wrijven.

'Tis maar kreeft,' zegt de jongen.

'Het zal wel,' zeg ik.

Het zal wel, het is maar fucking kreeft.

Alexander kijkt om zich heen, laat zich dieper in zijn stoel zakken. Hij houdt ervan op vliegvelden af te spreken, zegt hij, het geeft hem de illusie dat hij elk moment kan vertrekken, ook al heeft hij vliegangst.

'Ik heb sinds de laatste miskraam van mijn vrouw allerlei angsten ontwikkeld,' zucht hij.

Alexander vertelt dat hij op zijn leeftijd geen vader wilde worden, maar dat zijn vrouw Lucie erop stond. Ze was een stuk jonger dan hij, begin dertig, maar ze voelde de tijd dringen. Haar kinderwens was groter dan al het andere, groter dan het hebben van een carrière, vrienden, hobby's.

Ik kan het relaas van Alexander nauwelijks verdragen, maar durf hem niet te onderbreken.

'We kregen acht miskramen op een rij,' zegt hij. De laatste miskraam kwam in een vrij late fase van de zwangerschap, toen de buik al bol stond en de kinderkamer al Indisch geel geverfd was. De echo hing verwachtingsvol in een lijstje boven de koelkast. Met de benen wijd, met Alexander aan haar hoofdeinde perste Lucie het dode kind eruit. Bevallen van een zielloos wezentje. Scheurend vlees, verloren bloed, voor niets, om niets. Doelloze pijn om een paars lijfje. De kleur van de ogen zijn ze nooit te weten gekomen. Hij vertelt dit hele verhaal onaangedaan, alsof het een van de manuscripten betreft die hij aan het redigeren is, niet iets uit zijn eigen leven.

'De herinnering aan het gekrijs van Lucie doet me nog het zweet uitbreken,' zegt Alexander, 'dat nooit meer. Maar voor

Lucie kon het verhaal niet hier eindigen, na tweeëndertig jaar een droom te hebben gekoesterd, kon ze niet accepteren dat dit het miserabel einde van haar verhaal was. Ze was geen jurist geworden,' vertelt Alexander in één adem, 'geen partner van mij, geen huizenbezitter, een geboren en getogen New Yorker, om het verhaal hier te laten eindigen. Ze was moeder, ook al was er nog geen kind.' Lucie werd vastbeslotener dan ooit, maar ze kregen maar weinig gelegenheid intiem met elkaar te zijn. Alexander bleef langer weg op het werk, verstopte zich op de uitgeverij tussen de dode auteurs, bladerde avonden lang wat door Hemingway, Roth, soms door wat Japanse auteurs, het liefste die in speciale uitgaven met bijbelpapier dat zo prettig aan de vingers voelde, om Lucie niet meer onder ogen te hoeven komen.

Ondertussen werd hij angstig om schijnbaar niets, hij kreeg om de haverklap paniekaanvallen. Als dit soort ellende als een donderslag bij heldere hemel kon gebeuren, dacht hij, als kind na kind na kind zomaar kon sterven, waarom zou die trein waar hij in zat dan niet zomaar ontsporen, of de iPhone-oplader niet zomaar vlam vatten tijdens zijn slaap, of een klein gaslekje op een dag het huis laten ontploffen (er was alsmaar een vreemde geur in de keuken). Veiligheid was geen vanzelfsprekendheid meer in zijn leven.

Lucie bleef aan één stuk door huilen terwijl ze ondertussen broedde op een meesterplan dat het narratief van haar verhaal zou veranderen. Nog één poging, de allerlaatste, smeekte ze hem. Alexander hoefde geen enkele verantwoordelijkheid te nemen, nog een poging, zij zou het kind zelf opvoeden, hij kon daarna gaan en staan waar hij wilde.

‘Na de bevalling van onze dochter,’ zegt Alexander terwijl hij wezenloos in de verte staart, ‘kon Lucie niet meer met mij in een ruimte zijn. Ik denk…,’ hij hapt even naar adem, alsof hij de vorige adem gemist heeft en hem nu moet inhalen, ‘dat mijn aanwezigheid haar herinnert aan het lot waar ze ternauwernood aan ontsnapt was; een kinderloos leven met de acht grafjes op een rij naast de tuinschuur bij haar ouders in Green Wood Heights.’

Ik speel wat met het blaadje sla op mijn bord, omdraaien, nog eens omdraaien, tot het beurs en gekneusd is. Haast doorzichtig en geleiachtig blijft het aan mijn vork plakken.

‘Een kind erbij, maar mijn vrouw kwijt,’ zegt Alexander. ‘Maar ach, ik vind het goed zo, uiteindelijk had ik mijn dochter alleen maar in de weg gelopen met mijn bejaarde gebrabbel.’

Alle voornemens om mijn uitgever van mijn zwangerschap op de hoogte stellen, trek ik stilletjes terug.

Dan komt hij ter zake. ‘We moeten je loslaten, Rose. Ik vind het vreselijk, dat moet je weten, maar in deze tijden kunnen we ons jou niet permitteren, je debuut zal maar een kleine groep mensen aanspreken. Er is domweg geen markt voor.’

Alexander veegt zijn mondhoeken schoon met een verfrommeld servetje.

Het stel naast ons is uitgegeten en vraagt om de rekening. Op het fruits de mer-kasteel zijn nog tientallen rivierkreeften onberoerd gelaten.

‘Maar jij komt er wel,’ zegt Alexander, ‘iemand als jij komt altijd op haar pootjes terecht. Jij hebt alles wat iedereen zou willen hebben. Het talent dat supersterren hebben. Ik vind het vreselijk, dat moet je weten. Het duizelt me, Rose, ik weet niet hoe we hierin terecht zijn gekomen, maar blijf alsjeblieft gewoon schrijven.'

Ik kijk naar de oester op mijn bord, mijn laatste avondmaal. Alexander vraagt de rekening en zegt dat hij gauw naar het French Quarter moet. Daar heeft hij een afspraak met Shariff M., of ik hem ken, een zeer groot talent. Heel bijzonder. Hij zal wel wat van zijn werk naar me opsturen. Dat zal me zeker opbeuren. 'We hebben een mooie zomerbrochure. Zoveel jong talent.'

Het vliegveld is druk, er staat een lange rij voor het toilet. Ik dwaal wat rond door de vertrekhal, langs de kiosken, struin wat verloren winkeltjes af, loop een boekhandel binnen en bekijk de toptienbestsellers. Een heeft een mooi omslag. Ik aai en streel de kaft alsof het een klein, lief pluizig diertje is. Bij de kiosk bestel ik een broodje po boy volgestopt met gefrituurde oesters. Ik ga mezelf moddervet eten tot mijn buik en ledematen zo opzwellen dat het al mijn gedachten verdringt.

Ik denk na over wat loslaten betekent.
Zo zei Alexander het: we moeten je loslaten.

Moet ik het personage dat ik tot leven heb gewekt nu vertellen dat er geen ruimte voor hem is? Dat ik hem naar een ver oord gestuurd heb, om hem vervolgens daar achter te laten.

Met schrijven kan ik mezelf groter dan groot maken, de zon uit elkaar scheuren, wolken vermorzelen, oceanen leegscheppen, de aarde op zijn kop houden en de mensen er vanaf schudden, één met de goden zijn, maar niemand die mijn woorden wil hebben.

Onderweg naar huis zit ik in een stille bus. Het miezert. De straten lijken spekglad, stoplichten weerkaatsen in het natte asfalt. Groen. Rood. Knipper. Knipper. Knipper. Ik hoor een stel achter me kibbelen. De vrouw wil nog wat drinken in het café. De man schudt zijn hoofd, hij wil naar huis.

'Ik wil koffie,' zegt ze, 'thuis zit je ook maar thuis.'

Via de weerspiegeling van het raam kijk ik stiekem naar ze. De vrouw heeft bloedrode lippen, een hoog opgetrokken bontkraag en praat met hoogmoedige stem. Zij wil koffie, dat is duidelijk. Hij draagt een geruite mantel. Chique mensen in de bus. De man is stil, zegt niets, staart wat treurig naar buiten.

'Thuis zit je ook maar thuis.' Haar woorden verdwijnen zo de lege bus in. Als de bus stopt voor het rode sein zegt de vrouw: 'Je kan paracetamol halen bij de apotheek daar.' Ze wijst nadrukkelijk richting het plein aan de overkant. 'Daar.'

Weer een stilte. Ze heeft het opgegeven. Dan toch: 'Je moet de dingen blijven doen die je altijd doet, ondanks de pijn. Daar is een supermarkt. Daar hebben ze vast paracetamol.' Ze wijst nog een keer. 'Altijd dingen blijven doen die je altijd al deed, ook al heb je pijn. We kunnen nu nog uitstappen,' dringt ze aan.

Voetgangers steken over, het begint harder te regenen. De stad ziet er in de regen prachtig uit. Ik leun met mijn hoofd tegen het raam en sluit mijn ogen.

'Het café is om de hoek – Hooguit vijf minuutjes lopen – Even koffiedrinken – Gebakje.'

De bus rijdt door, haar stem sterft weg.

Man stil. Vrouw stil.

'Ik vind het toch wel raar,' zegt ze ter hoogte van halte Oaklawn, 'gisteren zei je dat de pijn minder was. Wanneer moet je weer naar het ziekenhuis? De pijn was toch minder gisteren?'

◆

Ik probeerde mezelf uit dit woekerende doolhof te leiden, maar elk pad dat ik vond leidde weer naar een ander doodlopend pad, met telkens het uitzicht op een verlaten toren, grijs en nat. Zo'n middeleeuwse waar ze hun zieke kinderen met lepra en tuberculose wegstopten.

Wat denk je, mijn kind, vraag ik.

Ik leg mijn handen op mijn buik. Een vreemde tinteling hangt in de lucht. In deze week worden nieuwe verbindingen gelegd. Je bestaat nu uit drie verschillende lagen, die zich uiteindelijk zullen ontwikkelen tot verschillende lichaamsdelen. Je binnenste laag zal uitgroeien tot je lever en longen, zodat je kunt ademen en spreken. De middelste laag bevat het hart, maar ook de botten en de spieren, zodat je kunt gaan en staan waar je maar wilt. En je buitenste laag zal het haar, de huid, de ogen en het zenuwstelsel maken, zodat je in staat bent een ander te verleiden.

De artsen zeggen dat jij nog niets denkt, nog niets voelt. Daar denkt de monnik wel anders over. Hij zegt dat jij al een ziel hebt, een ziel die misschien wel ouder is dan de mijne. Hier zoekt de mens al geruime tijd naar leven in het heelal, we vliegen naar Mars. In boeken lees ik dat ze testen doen naar aspecten van het stoffelijke in de atmosfeer en oneindig veel data verzamelen. Maar die wetenschappers hebben het niet over waar het werkelijk om draait: over wat het leven eigenlijk echt is en hoe we dat kunnen herkennen.

In welke vermomming toon jij je?

Waaraan kan ik je herkennen?

In de kast vind ik een boek van Jason. De natuurkundige verklaart dat leven warmte en licht uitstraalt, maar dat niemand kan bevatten wat het werkelijk is.

Ik loop naar het toilet en kots mijn avondmaal er weer uit. Resten van de spaghetti kronkelen als oude larven in de pot. Kokhalsneigingen op het toneel wist ik te onderdrukken, maar zodra ik van het toneel af liep om me om te kleden, voelde ik soms wat zuur oprispen, wat me deed denken aan happy hour tijdens mijn studententijd. Thuis laat ik mijn kotsneigingen de vrije loop.

Ik schud mijn belachelijke gedachten uit mijn hoofd.

Er is nog niets, zeg ik tegen mezelf. Het is nog helemaal niets.

Er is nog geen kind dat danst, en danst en danst. Een dat blinkend, schitterend, ergens diep in mij danst.

Vanuit het raampje in het toilet kijk ik naar de lucht. Wolken in de vorm van vlammen. Vogels die zijn teruggekeerd voor de lente zijn nergens meer te bekennen. Ik heb ze al dagen niet meer gezien.

PALEIS VAN HET KIND

Toen ze zo direct tot me sprak, moest ik wel. Ze kon me niet meer negeren, de verhalen die ik als een anonieme bron naar haar toe stuwde.

Was zij moeder en ik het kind.

Moest ik haar moeder noemen.

We konden er niet meer omheen.

We moesten het onzichtbare zichtbaar maken.

Door haar handen op haar buik, en de stem waar ze mee sprak, was ik er.

Ava

'Niets wordt gecreëerd. Niets gaat verloren.'
ANTOINE LAURENT LAVOISIER, chemicus-filosoof

29 APRIL – IRINA

Het hart van mijn moeder klopt onregelmatig, dat is al dagen zo.

Ik ben blij dat ze tegen me praat, ook al vorm ik nog geen gestalte voor haar. Vaak drijf ik vredig terwijl ik over mijn toekomst fantaseer, maar door haar onrust kan ik vandaag mijn draai niet vinden. Ik dein in het vruchtwater wanneer moeder door de kamer ijsbeert of over een hobbelige weg fietst. Nu loopt ze wat heen en weer over het toneel. Op het toneel is haar tred anders, daar is haar hartslag rustiger, sterk en kalm.

Noem mij stem. Noem mij wat je wilt.

Ik was het al die tijd.

Dadelijk ben ik onderdeel van alles wat zich daar buiten in de wereld afspeelt, nu ben ik voor anderen nog vrijwel niets. Nauwelijks een embryo, vrucht, kind, rijstkorrel, garnaal te noemen. Niet groter dan een speldenknop. Niets. Vooral dat niets stoort me. Goden bestonden al ver voor fantasie geboren was. En zielen nog eerder. En toch ben ik voor iedereen vooral nog even niets.

Vlak voor aanvang loopt alleen de technicus het toneel op die er voor de laatste keer een bezem over haalt. Het is het moment dat de zaal nog leeg is en er een vrome stilte over het toneel heerst. Fijn stof waait op, dwarrelt wat in het theaterlicht en daalt op een andere plek weer langzaam neer. Opdwarrelende stofdeeltjes die gouden fonkelingen in het licht veroorzaken. Een prachtig schouwspel dat moeder even de ademt beneemt. Ze vertelt het me allemaal. De wereld is zo schitterend in haar pure vorm. Zoals ze ook vertelt over futen die visjes eten, en hoe die jonge futen op hun beurt weer door sperwers opgevroten worden. Ze vertelt over het eeuwigdurende spel waarin de kleintjes opgeslokt worden door de groten.

Alle rekwisieten liggen klaar, heilige relikwieën, geordend en verstopt achter het decor. Het theeservies dat moeder in het tweede bedrijf razendsnel moet opbrengen staat, naast de wodka van baron Nikolaj Toezenbach, klaar achter een rammelend schotje.

Ik hoor geritsel van papier, het gekras van een potlood, iets wat wordt weggegumd. Moeder kijkt in haar tekst waar ze de vorige keer een verspreking had: '*Als het niet voor mij weggelegd is in Moskou te wonen, dan is dat maar zo, het ligt toch allemaal in handen van God, dan is daar niets aan te doen.*' En dan haar repliek op haar oudere zus Olja: '*De meesten trouwen niet uit liefde, ze trouwen omdat het moet.*'

Dan hoor ik een schelle stem, hij is van Marlene, de oudere steractrice van het gezelschap. 'Die zinnen was je gisteren vergeten hè?'

'Sorry,' zegt moeder, 'vanavond zal ik ze niet vergeten.'

Marlene laat het er niet bij zitten: 'Jouw afwezigheid maakte de scène zoveel beter. De scène was vanaf het begin van de repetitie al een probleemkindje, zonder jouw teksten vloeide het weer.'

Moeder laat een stilte vallen, ik hoor alleen het geknetter van de theaterlampen.

'Laten we het vanavond nog eens proberen,' zegt Marlene, 'de scène spelen zonder jou.'

'Maar Marlene... denk je niet... gaat Garrett daar niet over?' Nog voor Marlene iets kan zeggen, bedenkt moeder zich: 'Oké, goed, als jij denkt dat dat beter is, dan schrappen we mijn zinnen.'

Ik voel een trilling in het vruchtwater, ik weet dat het betekent dat moeder verdrietig is. Dan trilt haar buik, alsof ze moet huilen. Marlene telde tijdens de repetities steeds het aantal zinnen. Meer en meer schaafde ze aan de zinnen van moeder, vroeg keer op keer of die woorden van Irina niet overbodig waren en maakte bezwaren tegen de grootte van die rol, waardoor Garrett uit vermoeidheid uiteindelijk het merendeel van de tekst schrapte. Als een tijgerin zette moeder haar nagels in de zinnen die er nog over waren. Een eigenschap die mij me nog meer doet verheugen op een leven met haar. Avond aan avond repeteert ze dezelfde zinnen die me wekken en weer in slaap sussen, en ook in mij een zin aanwakkeren om het schitterende Moskou op een dag te kunnen zien.

'Ach meid,' zegt Marlene met haar indringende stem, 'ik heb jarenlang op het toneel alleen een brief opgebracht of een stoel aangegeven. Niets komt voor niets, elke centimeter van het toneel moet je veroveren, dan pas gaan ze van je houden. In dit vak moet liefde verdiend worden. Mensen zoals jij denken maar dat liefde een recht is.'

De tranen van moeder komen tijdens het spelen vrij gemakkelijk, in het echte leven lukt het haar nauwelijks, dat huilen. Dan trilt haar borst alleen wat lichtjes, maar in de slotscène lijkt ze er nauwelijks moeite voor te hoeven doen. Haar verdriet voelt zo echt en wezenlijk dat ik nauwelijks het verschil kan waarnemen tussen wanneer ze echt verdrietig is en wanneer ze dat speelt, misschien is er geen verschil.

Elke avond huilt ze in haar rol als Irina. Ik verheug me op de dag dat ik dat zelf kan ervaren, hoe het is om te kunnen huilen.

'*Ik heb mijn hele leven nog nooit gevoeld wat het is om verliefd te zijn*,' zegt Irina, en toch besluit ze met de baron te trouwen. Haar certificaat als lerares is gehaald. Ze pakt haar tassen. Morgen zal ze met de baron vertrekken naar de steenfabriek om een nieuw leven op te bouwen. Haar diepe verlangen om naar Moskou te gaan om daar echte liefde te vinden, heeft zij ermee opgegeven. '*Als het niet voor mij weggelegd is in Moskou te wonen dan is dat maar zo, het ligt allemaal in handen van God, niets aan te doen*.'

'*Niemand trouwt uit liefde*,' zegt Olja tegen haar zusje Irina. '*Je bent een dromer*,' wordt Irina verweten. Dan besluit ze het wijze advies van haar oudere zus op te volgen en te trouwen met een man die niet haar hart heeft, maar op zijn minst degelijk is.

Als Olja naar de achterkamer wordt geroepen en met een lijkbleek gezicht terugkomt, weet ze niet hoe ze Irina het nieuws moet brengen: '*Ik weet niet hoe ik het moet zeggen, lieverd*.'

De dokter neemt het woord over: '*Er was een duel*.' Irina

hapt naar adem. '*De baron is gedood*,' zegt de dokter.

Eerst valt er een stilte, elke avond op hetzelfde moment, waardoor ook ik mijn adem inhoud. Dan komen de tranen. Elke avond vliegen die dikke tranen rond in het licht. De pijn van het afscheid van een schitterend leven. Dromers zijn de verliezers. Moeder pakt haar jas, maar trekt hem niet aan. Waarom zou je ook een jas aantrekken als je geen plek hebt om naartoe te gaan? Dan het hartverscheurend fluisteren: '*ik wist het… ik wist het.*'

Ik wist het.

Moeder denkt op dit moment niet alleen aan de baron, maar aan mijn vader, aan mij, aan haar nog niet geboren kind.

Ik wist het, zegt ze.
Ze wist het al die tijd.
Het is niet Irina die dat zegt.
Het is mijn moeder.

Het niet-geleide leven, het leven dat ze helder voor zich heeft gezien, een dat binnen handbereik lag, maar dat ze nu als een gekneusde droom achter zich moet laten.

Het eindigt elke avond op dezelfde manier. Het applaus klinkt als knisperende elektriciteit die de lucht doet tintelen. Wel gek, mensen die klappen voor zoveel ellende. Na het afschminken hoor ik het geroezemoes in de foyer: 'Wat is de noodzaak in godsnaam om zo'n oud stuk weer op te voeren? Ronduit een slechte uitvoering, veel te experimenteel. Een Aziaat in de rol van een van de zusters, totaal ongeloofwaardig, is die ene dan geadopteerd?'

Het was allemaal maar fictie, een toneelstukje, niets om echt verdrietig over te zijn, maar toch denkt haar lijf daar anders over. Het schokt en siddert, trilt en traant. Ik begrijp niets van de boze tongen, de glazen witte wijn in de foyer, de kristallen kroonluchter, de hakken en het rode tapijt in de hal.

Als Rose slaapt fantaseer ik dat ik samen met haar aan de Egeïsche Zee leef, vlak bij die Griekse goden, waar je met rampspoed en wonderen geen flater slaat. Ik fantaseer een leven met de monnik. Maar de goden brengen haar geen verlossing. Rose vertelt me dat ik niet alles moet geloven, dat de goden maar gidsen zijn, ze hebben niet de waarheid in pacht.

In de korte tijd dat ik de wereld meemaak,
zie ik dat mensen bang zijn voor de dood.
Ik ben niet bang voor de dood, zoveel is zeker,
eerder voor het niet-zijn, dat lijkt me pas de hel.

30 APRIL – PATEL

De gynaecoloog vertelt haar wat te doen met *de situatie*. Alsof ik het probleem ben.

'Maak je geen zorgen,' zegt hij. De stem die door de luidspreker van de telefoon komt geeft me een vreemd gevoel. 'Ik ga je erdoorheen slepen.'

Buiten begint het te regenen. Een zacht getik op de ramen. Ik hou van de regen, ook al heb ik het nog nooit kunnen zien. Wat een wonder; waterdruppels uit de hemel, regen die op je neervalt, water dat de bomen voedt, dat plassen maakt in de weg waar je je eigen spiegelbeeld in kunt zien. Het komt me voor als iets waanzinnigs. Wat ziet moeder als ze haar hoofd laat zakken om in een plas water te kijken?

'Ik ben zwanger,' zegt moeder zachtjes.

'Het is dus gelukt,' antwoordt de gynaecoloog.

De afgelopen dagen waren een waas geweest, gebeurtenissen voelden als een droom, ze wist er met veel haperingen en onderbrekingen over te spreken. Toen ze klaar was, bleef de opluchting waar ze op gehoopt had uit. Dokter Patel vraagt verbaasd: 'Was dat zijn eerste reactie? Je man sloeg tegen de bank?'

'Vriend.'

De gynaecoloog moet om een onduidelijke reden lachen:

'Ik geloof dat jullie het meest ambitieuze stel waren dat zwanger probeerde te worden.'

'Ja,' zegt ze, alsof ze ergens op antwoordt.

'Er was iets met hem… hoe zal ik het zeggen,' de arts schraapt zijn keel, 'sorry, volgens mijn assistente drink ik te weinig water. Ze zet om het uur een glas water voor me neer.' Hij neemt een slok. 'Wat was ik aan het zeggen, ja, je man had tijdens onze afspraken…'

'Vriend.'

'Vriend, man, verloofde, het doet er nu niet veel meer toe, hij hield zijn telefoon altijd op tafel, altijd binnen handbereik. Toen hij me vroeg of het erg was dat hij hem aan liet staan, zei jij dat hij dat ook deed als jullie uit eten waren, dan lag dat apparaat tussen jullie in, op het linnen tussen de wijnglazen, alsof hij elk moment een verlossend telefoontje kon verwachten en hem dan kon smeren.'

'Heb ik dat gezegd?'

'Niet dan? Ach, ik weet het ook niet meer precies.'

Ze zwijgen een poos. Ik weet niet waarom mensen zwijgen, misschien doen ze het om alle woorden op de juiste plek in hun hoofd te laten landen.

'Dit is wat je gaat doen,' zegt dokter Patel alsof hij een ingeving krijgt, 'na dit gesprek loop je eerst naar de apotheek en koop je foliumzuur. Dat is heel belangrijk voor het kind. Dat is het eerste wat je gaat doen.'

'Oké.'

'Dan pak je de telefoon, je belt de abortuskliniek en plant een afspraak in voor eind volgende week.'

Moeders borst krimpt ineen. Foliumzuur én de abortuskliniek, dat klinkt tegenstrijdig. 'Maar... hoe... ik weet nog helemaal niet...'

'Als je het kind houdt, willen we natuurlijk wel dat het gezond zal zijn.' Hij zucht. 'En als je de keuze maakt het af te breken, moet je er snel terechtkunnen voor je hormonen te erg opspelen.'

Ik voel de trilling in haar buik, die ene van verdriet.

'We zitten met een verplichte wachttijd van vierentwintig uur, patiënten moeten twee bezoeken afleggen. Ik weet niet wat je financiële situatie is, maar er is zelfs een specifieke vipbehandeling voor als je maximale anonimiteit wilt hebben, ik zou het van harte aanraden, zeker in jouw situatie. Afspraken kunnen gemaakt worden op maandag, woensdag en vrijdag. De kosten zijn ongeveer $550-600, ik zou alvast reserveren. Och, het is zo hectisch in de klinieken. In afwachting van de rechtszaak is iedereen in alle staten, sommige afdelingen zijn al gesloten.'

'Ja, ik begrijp het,' zegt ze, 'foliumzuur en de abortuskliniek.' Al waren die twee moeilijk te verenigen in haar hoofd.

'Laten we eerst kijken of het op de juiste plek zit. Maak straks bij Charlene een afspraak voor een echo. Er zit niets anders op dan dat we diep bij je naar binnen gaan om te kijken hoe het ervoor staat.'

Moeder herinnert zich hoe dokter Patel de gewoonte had het woord 'diep' herhaaldelijk te gebruiken tijdens zijn onderzoeken. Hoe hij met een slijmerige staaf voor haar vagina zwaaide terwijl hij haar zachtjes waarschuwde: 'Het kan even koud aanvoelen als we diep naar binnen gaan.'

'Als het een leeg zakje blijkt te zijn of een drieling,' zegt dokter Patel aan de lijn, 'hoef je je hoofd er niet over te breken of je het gaat houden.'

Moeder hapt naar adem.

'Je moet erover praten, Rose.'

'Ja.' Nu klinkt er een lichte paniek in haar stem.

'Zijn er mensen in je omgeving die je in vertrouwen kunt nemen?'

'Ik weet het niet, ik heb geen idee hoe ik het hierover kan hebben.'

'Het is een wonder wat zich in je buik voltrekt.'

'Sinds ik zwanger ben, blijven mensen maar tegen me aanpraten. Alsof dat door het kind komt.'

'Dat lijkt me onwaarschijnlijk,' zegt de dokter. 'Er is vooralsnog geen kind.'

'Dat weet ik,' fluistert ze, 'maar toch.'

Buiten vliegt er een enorme roofvogel over. Het grauwe weer is prachtig. Zo prachtig, wonderlijk. Ik voel alles wat daarbuiten gebeurt. Moeder sluit haar ogen. Haar gedachten schieten alle kanten op, ze probeert de woorden van dokter Patel tot zich door te laten dringen.

Er is geen kind.

Hij heeft gelijk.

Er is niets in mij.

Niemand.

Een leeg huis, niemand om mezelf aan vast te houden.

Nam mô A di đà Phật.

Die mantra komt in haar op. *Nam mô A di đà Phật.* De woorden die ze elke avond zegt, *Nam mô A di đà Phật*, soms uren achtereen, net zo lang tot ze in slaap valt. Woorden die haar kalmeren en een glazen stolp over alle emoties zetten. Tijdens deze gebeden was er geen angst. Geen verlamming. Op die momenten was ze niet meer bang. Niet bang voor het oordeel van anderen, niet bang om door haar geliefden te worden verlaten. Precies zoals Jason het haar had geleerd op de dag toen hij haar het plekje aan het water had laten zien. Al woonden ze inmiddels een tijd samen, toch was er bij moeder nog altijd die onwennigheid in hun samenzijn, een die ze maar niet van zich af had weten te schudden.

Hij had haar eens meegenomen naar een klein strandje aan de rivier. De wind was daar altijd fris, maar af en toe ging hij liggen en kon je voelen hoe fijn het was in het gras. Ze keken samen naar een stuk wrakhout dat zachtjes werd gewiegd in de branding, ze keken naar een kapot pontje in de verte. Ze waren gaan zitten op haar jas, op het stukje gras waar geen scherven of brandnetels waren. In de verte zagen ze de stalen brug waar Rose zo vaak overheen was gefietst, ze keken naar overkant van de stad, naar de verspilde grond van haar oude leven dat nog elke dag aan haar trok, maar in de nabijheid van Jason vervloog dat leven. Hij zei dingen als: 'Het is een geruststellende gedachte dat er heel veel water tussen zit.'

'Tussen daar en hier?'

'Ja.'

Met die rust viel ze in slaap aan het brakke water. Toen ze even later wakker werd, zag ze dat Jason naar haar had gekeken. Zijn houding was nog net zo onbewogen als voor ze in slaap was gevallen. ‘Een jaar geleden zwommen we hier,’ zei hij toen ze de slaap uit haar ogen had gewreven, ‘op 2 mei. Over drie dagen is het precies een jaar geleden.’

‘Ik kan me dat nu nog niet voorstellen.’

‘Wat?’

‘Dat het over drie dagen warm genoeg zal zijn om hier te kunnen zwemmen. Deden we dat vorig jaar rond deze tijd? Het is nu nog best koud.’ Ze ging dichter tegen hem aan zitten.

‘Morgen kan alles zomaar anders zijn.’

‘Ja.’

‘Ja.’ Hij lachte naar haar en keek naar de lucht alsof hij er iets in zag. Dingen die zij niet kon zien, maar niet naar durfde te vragen. Ze hief haar blik op en deed alsof ze ook een hele wereld boven zich zag. De nabijheid van hem herinnerde haar eraan hoe gelukkig ze kon worden.

‘Welke rollen wil je nog spelen?’ vroeg hij haar.

‘Ik weet het niet.’

‘Dat weet je wel.’

‘Er zijn niet veel rollen waar ik geschikt voor ben. Of die ze me laten spelen.’

‘Natuurlijk wel.’

‘Je snapt niet hoe het vak werkt.’ Ze had niet gezien dat ze door de manier waarop ze het zei, hem het gevoel gaf dat hij iets idioots had gezegd. ‘Ze hebben me duidelijk gemaakt dat met mijn huidskleur veel rollen nooit voor mij zullen zijn.’

‘Maar in een wereld waarin alles kon.’

‘Die bestaat niet.’

‘Maar stel.’

'Echt alles?'

'Ja.'

'Dan zou ik een man willen spelen. Hamlet.'

Jason moest erom lachen. Ze kromp ineen. Had hij haar idee belachelijk gevonden?

'En welke nog meer?' vroeg hij.

'Ik hou er niet van belachelijk te worden gemaakt.'

'Waar komt dit vandaan?' Jason grinnikte en boog zijn hoofd naar haar toe. 'Ik ben gewoon nieuwsgierig. Noem nog een rol.'

'Nee. Laten we gewoon hier zitten en van het water genieten.'

'Kom op, Rose, noem voor mij nog een rol.'

'Oké dan,' zuchtte ze. 'Medea.'

Weer lachte hij. 'De moederlijke furie.'

Ze dacht dat hij haar uitlachte omdat ze, zonder zelf moeder te zijn, de rol van een moeder wilde spelen.

'Ik hou van je,' zei hij.

Daarop zei ze niets.

Ik wou dat Rose boos was.
Ik wou dat ze zich woedend maakte. Om mij. Op hem. Hoe het nu verder moet met ons.

Thuis zakte ze om de haverklap door haar benen. Dan stortte haar lijf zomaar tijdens het koken van verdriet in elkaar. Dan bestond er geen universum om haar heen, een dat stabiel en allesdragend was, dan was er geen punt meer waar ze zich aan vast kon klampen om weer met de wereld mee te kunnen draaien. Op de vloer huilde ze. Ze huilde onbeteugeld alsof het nooit zou stoppen en ze smeekte: 'Hou me vast, hou me alsjeblieft vast.'

Maar die gebeden kunnen in een leeg huis nergens landen. De pijn die ze voelt is fysiek, alsof haar ingewanden een weg zoeken om zich uit haar lijf te scheuren.

Ze vraagt zich af waarom ze het zo uit handen heeft gegeven, hoe ze de stukjes van zichzelf heeft kunnen achterlaten, bij haar ouders, het publiek, de recensenten, bij mensen als Garrett en Marlene. Nu is er niets meer van haar over. Ze heeft zich ongewapend in de arena blootgegeven. Alle harnassen die je in het leven nodig had, waren door haar vader, haar moeder, van haar lijf gerukt, omdat zij die zelf nodig hadden, en ze hadden haar naakt de wereld ingestuurd. Rose had de anderen eigenhandig het geweer in de handen gedrukt, ze toestemming gegeven haar neer te knallen als ze vonden dat ze niet goed genoeg was.

'Hoe heeft het zover kunnen komen dat ik een man heb toegestaan mij waardeloos over mezelf te doen voelen,' huilt ze, 'dat ik een beroep uitoefen waarin ik me waardeloos voel over mezelf.

Er is een kind,' prevelt ze aan de lijn tegen de gynaecoloog. 'Er is wel een kind.'

Ze begint in een stroom te praten, alsof de opgehoopte woorden nu onder enorme druk uit haar keel ontsnappen. 'Ik ga geld verdienen. Ik ga voor mijn kind zorgen. Ik ga dat boek schrijven. Zelf een huis kopen. Alle rollen spelen waar ik van droom. Medea, Andromache, Julia. Misschien wel Hamlet. Alle personages spelen waarvan de wereld vindt dat ik er geen recht op heb.' Ze spreekt alsof ze met terugwerkende kracht een beter antwoord geeft op de vraag die Jason haar aan het water heeft gesteld.

'Ook al heb ik er niet de juiste huidskleur voor, of de juiste geschiedenis,' zegt ze. 'Zou u het raar vinden mij in een mannenrol te zien?' Ze geeft de arts niet de kans te antwoorden. 'Iedereen zal mijn boek lezen, al heeft Alexander het in de kiem gesmoord. Ik blijf schrijven. Ik blijf spelen. Ja...' Ze hapt naar adem en legt haar hand op haar buik: 'Mijn lieve kind, ik blijf het allemaal doen. Ik laat je de maan zien, de krokodillen, de jungle, het meisje, de vrouw die ik ben.'

Ik gloei als ze zulke dingen zegt.

'Je bent niet alleen,' antwoordt de arts. 'Kinderen die gewond raken lopen daarom nog geen trauma's op, het is dat ze vervolgens alleen worden gelaten met hun wonden.'

'Wat wilt u daarmee zeggen?'

'Ach, ik las het ook maar ergens. Herinner je je Hayley nog?'

'Nee, wie? Hayley?' Ze houdt, terwijl ze diep ademhaalt, een koud washandje tegen haar voorhoofd.

'Ik vertelde je erover tijdens onze laatste afspraak. Jullie liepen mijn praktijk plat in jullie poging zwanger te raken.'

'Toen we...?'

'Ja,' zegt dokter Patel, 'toen we in die heftige discussie met elkaar verwikkeld raakten.'

De gynaecoloog had in dat gesprek, nog geen jaar geleden, zijn stem verheven tegen haar. 'Vrouwen moeten kinderen krijgen, dat is de taak van de vrouw!' had hij geroepen. Dokter Patel had aangegeven dat ze ál zesendertig was. De vruchtbaarheidsbehandelingen waren pijnlijk en kostbaar, de wachtlijsten lang, dus nu vrijen alsof je leven ervan afhangt, was het doktersadvies. 'Een vrouw hoort moeder te zijn! Je moet het serieus nemen, het zien als een levensader, groter dan de creatie van kunst of het schrijven van boeken.' In dat gesprek had de arts Hayley aangehaald.

'O ja,' zegt moeder terwijl ze naar de voorbijrijdende vuilniswagen staart. Ze sluit het raam. 'Hayley Dinges, ik weet het weer. Wegens de privacy van uw patiënt noemde u haar toen Hayley Dinges. U was trots dat ze eindelijk zwanger was.'

'Ja, zij. Nou, ze heeft het dus niet gehouden, na haar abortus is ze er nooit meer bovenop gekomen. Een bijzonder attente vrouw was dat. Enorm knap ook, met een uitzonderlijk symmetrisch gezicht. Ze nam voor elke afspraak wel iets lekkers voor me mee, ook al wist ze dat ik een streng dieet aan het volgen was. Een stukje versgebakken bananenbrood, of een stuk overgebleven rillette. Ik heb haar een keer extra laten komen voor een onnodige bloedtest,' geeft hij toe, 'omdat ik snakte naar haar baksels.'

De baard van dokter Patel had altijd iets glazigs, ongetwijfeld restanten van stroop of glazuur. 'En natuurlijk kan het nog wel,' vervolgt dokter Patel, 'op hoge leeftijd moeder worden, de wonderen zijn de wereld niet uit. Maar het is Hayley niet meer gelukt. Helemaal opnieuw te beginnen. Als je het weg laat halen, moet je wel kunnen leven met het idee dat het misschien wel nooit meer gaat gebeuren. Hayley heeft na de abortus haar baan opgezegd en is een nieuwe studie gaan doen, iets wat ze altijd al wilde. Ik geloof dat het iets met diëtetiek was. Maar ze heeft ondanks haar liefde voor patisserie en zeevruchten nooit meer voldoening kunnen vinden in wat ze deed.'

'Maar... waarom... wat heeft Hayley hiermee te maken?' Moeder is duidelijk in verwarring.

'Begrijp me niet verkeerd,' zegt dokter Patel. 'Ik zeg niet dat je een slecht mens bent als je besluit de zwangerschap af te breken. Misschien is het in jouw geval ook wel beter. Vast beter. Ja. In jouw geval misschien wel beter om geen moeder worden. Ach, ik weet het ook niet,' mompelt dokter Patel.

Dit is het moment dat ik wil dat ze huilt, maar ze doet het niet.

Ik zal het niet zijn, moeder. Als je me weg laat halen. Een ander moment, een ander leven, een ander kind. Ik zal het niet zijn. Al weet ik dat ze me onmogelijk kan horen.

Er zijn zoveel dingen die in me opkomen als ik aan haar denk. Aan mijn moeder. Zij is de aarde, zij is de rivier, de grotten en de gebergten, maar zij is ook mijn moeder, een wezen dat kan praten en toneelspelen en eten. Ze kan het zich niet meer herinneren, dat ze geboren is uit heuvels en dalen, zoals de meeste mensen niet meer weten waar ze werkelijk uit geboren zijn, maar op het toneel komt ze heel dicht bij de plek waar ik nu ben, de plek heel vroeg in het bestaan, waar alles nog staat te gebeuren en nog zo weinig van het levenspad bepaald is, de plek die vergeten wordt zodra we worden geboren, op een enkele kunstenaar na die het zich probeert te herinneren. Zij is de belichaming van de seizoenen. En op mijn beurt ben ik dat voor haar. Dat is de werkelijke band die bestaat tussen mijn moeder en mij.

Nadat ze ophangt hoor ik haar kreunen. Ze spoelt het washandje uit en laat het drogen over het doucherekje. Na enkele minuten van complete stilte, waarin ze haar ogen sluit, strekt ze zich uit en loopt naar de keuken om een glas tomatensap in te schenken. Er barst een hevige regenbui los.

'Wat denk je ervan?' vraagt moeder aan mij, 'we gaan vandaag door de regen naar de tourbus wandelen.' Ze stelt het aan me voor alsof ze weet dat ik later een mens zal worden die van regen houdt. Want ja, ik voel enorm de behoefte nat te worden, helemaal op te gaan in de neerslag.

Dan kreunt moeder nog een keer. Ze loopt terug de keuken in en doet wat tabasco in haar tomatensap.

Niemand kan haar afwijzen, niemand kan haar verlaten, haar wegsnijden als een tumor, niemand kan haar isoleren, het universum uit haar rukken, want ze is al afgesneden, reeds verlaten en bedrogen, hoe kan ze nog meer afgewezen worden?

Dit is de plek waar we onze kracht vinden, leert de monnik haar in zijn boek, niet in momenten van geluk. Het zijn de wanhopige momenten die ons leiden naar de plek van iets groters, naar iets mooiers dan wat er op dat moment is. Alleen kunnen we het niet zien in de ogenblikken waarin we ons onwaardig voelen.

Nog voor ik het leed van de wereld daar buiten heb kunnen ervaren, toont ze me hoe het diepe verdriet van de mens kan voelen. Eenzaamheid. Rouw. Rouw om het verlies van iets. Rouw zonder dat je er recht op hebt.

Vanuit de coulissen hoor ik een mannenstem. Een van de acteurs staat met de lichttechnicus te praten: 'Het is het mooiste wat er is,' hoor ik Ethan zeggen. 'Het mooiste wat je ooit kan overkomen.'

'Ja.'

Ze hebben het over hun kinderen, niet over toneelspelen.

1 MEI – DE JOURNALIST

Er komt een bericht binnen:
Ontbijt?

Het sms'je is niet van Jason.

Er komt er gelijk een overheen:
Keihard aan het schrijven, even ontspanning nodig.
Baantjes trekken in het communityzwembad en daarna aan de bar ontbijt
met grits and fried bread?

Rose typt terug:
Hé Dorian,
Nee, ik heb een interview.

Dan stuurt hij:
Poehpoeh, toe maar. Een interview.
Met wie dan?

Ze typt terug:
The NOLA-Times.

‘Ik neem het gesprek op als je het niet erg vindt.’ De journalist zet de dictafoon op zijn iPhone aan. ‘Dat scheelt een hoop gedoe tijdens het uitwerken,’ zegt hij. ‘Mijn hoofd is een zeef de laatste tijd.’ Hij haalt een laptop uit zijn tas die beplakt is met allerlei post-its en een tekeningetje van *PAW Patrol*.

‘Van je kind?’ vraagt Rose terwijl ze naar het hondje met politiepet wijst.

‘Wat, dit?’ De journalist lacht. ‘O god, nee, Tommy kan gelukkig nog niet kladderen.’ Hij schuift het vaasje met bloemen en een kaars naar de rand van de tafel. Het kleine tafeltje waar ze aan zitten biedt nauwelijks ruimte voor alle spullen. ‘Als je iets compacts bestelt, redden we het net,’ lacht hij. ‘Op kosten van *The NOLA-Times* overigens.’ Dan duikt hij in de vettige drankenkaart.

In het café klinkt het geluid van rinkelend glas en het malen van de koffiebonen luid en fel. De bar had ze moeilijk kunnen vinden, in de drukke Bourbon Street rende Rose tussen de mensen door die in de hitte met een drankje in de hand stonden alsof er heel wat te vieren viel. Bang om te laat te komen. Niemand leek zich te ergeren aan de stank van oude kots en etensresten, maar ik rook het wel; de geur van verrotting die feestende mensen veroorzaken.

Zonder van de kaart op te kijken vraagt de journalist: ‘Hoe staat het met de liefde?’

Rose houdt haar adem in.

‘Vinden de lezers leuk om te weten,’ zegt hij, ‘of onze Aziatische verschijning op de datingmarkt beschikbaar is.’ De man lacht. ‘Grapje, ik weet ook wel dat dit soort grappen niet meer kunnen. Je mag tegenwoordig ook niets meer zeggen.’

'O,' zegt Rose verward, 'ik dacht dat we het zouden hebben over...?'

'Ja, natuurlijk, natuurlijk,' onderbreekt hij. 'We hebben het zo over het stuk, wees maar niet bang. Daar zitten we hier voor.'

Moeder lacht, kort en nerveus, zo'n mee-lachje uit beleefdheid. Ze had hier helemaal niet moeten zitten. Jenna was degene die in alle persinterviews naar voren werd geschoven als hét nieuwe talent van het gezelschap. Garrett had haar achter de schermen aangemoedigd en mediatrainingen gegeven, haar de taak gegeven de journalisten te verleiden tot het schrijven van een wervend stukje, maar zichzelf zo blootgeven had zijn tol geëist. Jenna was na het dertiende interview ergens op de kruising van Canal Street en Royal Street in elkaar geklapt. Oververmoeidheid. In de kleedkamer huilde ze tussen de rekwisieten: 'Beesten zijn het.' Waarop Marlene het hoofd had geschud en mompelde: 'Toneelspelers van tegenwoordig kunnen niets hebben. Een stukje privé weggeven hier en daar hoort bij je werk.'

'Ze rekenen op Jenna, maar met jou komen ze er vast ook wel,' zei Garrett toen hij moeder opdroeg de reeks resterende interviews over te nemen. 'En vergeet niet, Rose,' zei hij, 'geef ze die jeugdigheid en energie die ze anders van Jenna zouden krijgen.' De kostuumontwerper Debrah gaf Rose voor het interview een rok met hoge snit. 'Hier maak je de journalist wel blij mee,' zei ze. 'Alles voor de kunst. Schroom nooit om je huid te tonen.'

Debrah ging volledig mee met Garrett, die een duidelijke mening had over de oorzaak van het uitblijven van volle zalen.

Te weinig seks op het toneel. Rose' kostuumrok werd tien centimeter ingekort en haar decolleté dieper uitgesneden. De Dinosaurus riep: 'Prachtig, de getinte huid die jullie hebben.' Debrahs hand ging tijdens het opnemen van de maten zachtjes langs het dijbeen en ook zij prees moeders huid, dat die bij mensen zoals zij zo mooi in balans is, zei de naaister, anders dan bij de andere actrices, die maar moeilijk uit te lichten zijn in het theaterlicht. 'Maar je moet de drankjes wel laten staan, schat, je omvang is met drie centimeter gegroeid.'

De journalist bestudeert nog steeds de drankenkaart en lijkt er maar niet uit te komen. Moeder staart naar de overtollige huid onder zijn kin, maar ook naar zijn lobbige wangen. Dan ontdekt hij dat er op de achterkant van de kaart nog meer opties staan.

'Marvelous,' roept hij, 'ik ga voor de virgin mojito. Of nee, toch maar een daiquiri. Zonder mijn aandoening zou ik zeker weten voor de krabkoekjes gaan.'

'Ik hoop niet dat het iets ernstigs is?' vraagt moeder.

'Wat?'

'Je aandoening.'

'Zei ik aandoening?'

'Ja.'

'Ach, het is niets ernstigs. Zei ik aandoening?'

'Ja.'

'Je kunt het niet aan me zien, hoor,' lacht de journalist.

'Gelukkig.'

'Maar het is wel behoorlijk ingrijpend.'

'O.' Rose zoekt naar fysieke tekenen van zijn geheimzinnige aandoening.

'Misschien kan ik maar beter helemaal niets eten,' zegt hij, maar als de bediening komt, bestelt hij toch iets: een hotdog.

'Wat wilt u erop?' vraagt de bediening.

'Even denken.' Hij pakt de kaart er weer bij. 'Doe maar met zuur.'

'Dat is alles?'

'Ja.'

'Of wacht, doe ook maar ketchup. En hete salsa. En hete mosterd. Weet je wat, doe maar met de hele rambam, alles wat je hebt.'

De man wrijft in zijn handen alsof het koud is. 'Een paar jaar geleden werd ik uit het niets krankzinnig misselijk,' zegt hij op een manier alsof hij daarmee zijn bestelling wil verklaren, 'eerst dacht ik dat ik iets verkeerds gegeten had, maar die misselijkheid bleef maandenlang aanhouden. Een continue staat van zeeziekte. Na een reeks testen met de psycholoog kreeg ik de uitslag.' Weer wrijft hij in zijn handen.

'Heb je het koud?' vraagt moeder.

'Nee, hoezo. Jij?'

Moeder schudt verward haar hoofd. 'Nee, ik dacht dat jij...'

'Het is bloedheet!'

'Ja, maar omdat je...' ze breekt haar zin af. 'Laat maar.'

'Het bleek een fobie voor het leven,' gaat de man door, 'dat was de conclusie van de psycholoog.'

Rose trekt haar wenkbrauwen op. 'Is dat... is dat een ziekte?'

'Ja. De angst om gewoon maar te bestaan. Ja, het klinkt krankzinnig, ik weet het.'

De zwaar gevulde hotdog wordt gebracht, veel te groot

voor één persoon. De journalist neemt een gretige hap en praat onverstoorbaar door: 'Die misselijkheid ebde weg toen ons zoontje geboren werd. Een grote obbluchtink,' zegt hij met volle mond. 'Omb albtijb maar banb te bijn...'

Hij probeert zijn grote hap weg te schrokken en steekt zijn wijsvinger op als teken dat Rose even moet wachten totdat hij door heeft geslikt. Er valt een stilte, waarin dat ene stukje worst zich maar niet laat wegkauwen. Moeder kijkt weg van zijn opgebolde wangen en wacht discreet tot hij klaar is. Bij het stel achter de man wordt een gerecht geserveerd waar twee kippenpoten rechtovereind uitsteken, alsof de kip met een flinke duik verkeerd in de schaal jambalaya terecht is gekomen.

'De gedachte dat ik in mijn leven niet meer de hoofdrolspeler hoefde te zijn,' zegt de journalist met zijn inmiddels lege mond, 'bleek de sleutel voor mijn genezing. Klinkt zweverig, maar zo is het nu eenmaal.' Hij begint steeds harder te praten. 'Het vaderschap heeft me definitief ontheven een hoofdrolspeler in mijn eigen leven te zijn. Het schip is aangemeerd. Niet meer zeeziek.' Met de brede lach van hem valt er een stukje augurk uit zijn mond. 'Waar had ik me al die tijd druk om gemaakt. Met de komst van mijn zoontje was alles op zijn plek gevallen. Nu kan ik een bijrol aannemen. Een fout van een bijfiguur is een stuk minder desastreus dan die van een hoofdpersonage.'

Zijn telefoon gaat. Hij drukt de oproep achteloos weg. Dan pakt hij de telefoon toch op, kijkt verbaasd naar het nummer en belt terug. Na een gesprek van zo'n tien minuten, waarin hij weer die vinger naar Rose opsteekt die aangeeft dat ze even moet wachten en hij hm-hm, hm-hm, hm-hm, als in een liedje murmelt, pakt hij het gesprek weer op alsof het nooit onderbroken is. 'Ach, het is een permanente strijd, gelukkig zijn,' zucht hij. 'Bij mensen zoals jij komt het allemaal aanwaaien, maar mensen zoals ik, wij moeten vechten voor ons geluk. Ik zou ook wel lekker een beetje creatief willen zijn. Spelen op het toneel. Lijkt me zaligmakend. Voor ons bestaat er geen gratis geluk. Je geld verdienen met *zijn*. Want daar gaat toneelspelen over, nietwaar?' Hij neemt een slok van zijn daiquiri en spoelt de laatste hap van zijn hotdog weg. Dan lijkt het alsof hij voor het eerst in het gesprek Rose pas goed aankijkt.

'Je ziet er overigens heel anders uit.'

'Anders dan wie?'

'Anders in het echt.'

De dikke laag make-up die ze van Garrett moest dragen om de gelaatsuitdrukkingen meer naar voren te halen, heeft ze sinds de zwangerschap niet meer op. Ze wilde het liefst onzichtbaar zijn, verdwijnen, alle lijnen en tekenen van elke emotie gladstrijken, zodat er niets aan haar af te lezen viel. Niets van haar neerhangende wenkbrauwen, samengeperste mondhoeken, samengeknepen oogleden.

Het is ondraaglijk om te voelen hoe de vrouw die mijn moeder is, nog voor ik me fatsoenlijk aan haar heb kunnen voorstellen, langzaam begint te verdwijnen.

'Mijn eerste vrouw was ook actrice,' zegt de journalist. 'Jullie zijn altijd maar op zoek naar bevestiging.'

Iedereen wist dat hij zijn vrouw in zijn recensies steevast overlaadde met sterrenregens. Uit angst publiekelijk afgemaakt te worden, sprak niemand hem op belangenverstrengeling aan. Hij prees zijn vrouw om haar uitzonderlijke talent personages tot leven te brengen, personages die volledig waren, geloofwaardig, zoals haar versie van een genadeloze Medea, waarbij ze zelfs sympathie wist op te wekken voor een vrouw die haar kinderen vermoordt.

'Zij is geen toneelspeler meer, zoals je weet.'

Rose knikt.

'De vrouw op wie ik ooit verliefd ben geworden, beschouw ik als mijn eerste vrouw. Toen ze ermee kapte was ik in diepe rouw.' De man staart dramatisch naar buiten. 'Maar goed, vervolgens werd ze mijn huidige vrouw.'

Rose kijkt hem niet-begrijpend aan.

'Ik had haar voor de keuze gesteld,' verklaart hij. 'Haar kunst of ik. Haar kunstenaarschap stond als een minnaar tussen ons in. Zij leefde in haar eigen universum waarin zij niemand toeliet. Ik moest maar accepteren dat je in het leven met een kunstenaar geen prioriteit hebt. Een soort emotionele poly-amoureusiteit. O, jezus, wat is het hier warm.' Hij wappert met zijn handen.

'Zou jij dat pikken, Rose, als je partner tegen je schreeuwt wanneer je de vaat verkeerd hebt ingeruimd? Dat deed ze dus na een slechte dag. Alleen maar omdat ze de *flow* tijdens het spelen niet had gevoeld. Een decennium lang zei ik tegen mezelf: ik pik dit niet, ik pik dit niet, ik pik dit niet. Toen ik haar voor de keuze stelde, haar actriceschap of mij... koos ze voor mij.' Dan zwijgt hij even, terwijl hij met het rietje in zijn cocktail roert. 'Ze koos voor mij,' herhaalt hij alsof hij het nog steeds niet kan geloven. 'Ik heb ter voorbereiding van dit gesprek een aantal mensen uit je omgeving gebeld. Jammer dat je man niet in het vak zit, dan hadden we daar wat aan gehad.' Hij werpt een blik op zijn aantekeningen. 'Je goede vriend Levi was behoorlijk moeilijk te bereiken na zijn sabbatical naar Nepal. Wat een prachtige toneelspeler is dat, zeg. Hij was nogal vol van je. Hield overigens ook niet op over je man. Volgens Levi zijn jij en je man het perfecte liefdeskoppel.'

'Vriend.'

'Kun je de lezers daar wat meer over vertellen? Wie snakt niet naar het recept voor een perfecte relatie. Koffie op bed, deuren openhouden, de hele reutemeteut. Klinkt goddomme alsof het uit een van je toneelstukken komt.'

Moeder is hier niet op voorbereid. 'Ik weet niet op welk toneelstuk je doelt,' antwoordt ze, 'maar ik ken geen stuk waar een perfecte relatie in voorkomt.'

'Nee, natuurlijk, natuurlijk, zonder drama geen toneel. Dat snap ik ook. Maar de manier waarop hij je ten huwelijk heeft gevraagd. In een luchtballon.' De journalist zuigt luid aan zijn rietje. 'Sorry, ik slurp alles leeg tot op de bodem. Een rare gewoonte van me.'

Moeder is niet van plan hem over de ballonvlucht te vertellen, hoe ze hoog over de Bayou zweefden, over het brakke water en de oeroude bomen die met hun toppen de mand leken aan te willen tikken. In de oneindige leegte rondom hen daar boven in de lucht, was er niets anders dan de liefde van Jason.

'Wie denk je dat je bent!' had Jason gezegd.

Rose had hem verbaasd aangekeken.

'Nou?' vroeg hij op een uitdagende toon.

'Ik ben Rose.' Ze was best bereid met hem mee te spelen.

'Ik trouw niet met iemand die alleen maar Rose is. Je echte naam is Hoa. Zo noem ik je liever, bij je echte naam, niet je artiestennaam.'

Ze was in de lach geschoten, niet omdat ze het grappig vond, maar uit ongemak. 'Ik ben Hoa. Ik ben je vriendin. Zo goed?' Wat wilde hij precies horen?

'En...?'

'En verder niets.'

'Ik trouw niet met "verder niets". Ik wil trouwen met iemand die zichzelf op waarde weet te schatten. Je kunt me vertrouwen, Rose. Ik bescherm je eeuwig.'

De woorden voor hij de ring uit zijn achterzak haalde:

'Ik bescherm je eeuwig.

Ik zou alle hoge bergen met je willen beklimmen, alle toppen met je willen trotseren.

Ik bescherm je eeuwig.

Je kunt me vertrouwen.

Laten wij voor altijd samen zijn.

We kunnen goden zijn, wij samen.

Goden. Zoveel liefde is er.

Genoeg liefde om de hele aardbol in vuur en vlam te zetten.'

Toen wist ze dat haar jeugd vanaf dat moment achter haar lag, dat ze vanaf dat moment vrij was. Vrij om te ademen, vrij om te dromen, vrij om een ander haar lief te laten hebben.

'Ik bescherm je eeuwig.
Je kunt me vertrouwen.'
Dat zei hij.

Vanaf dat moment kookte ze 's avonds rijst voor twee, precies zoals haar ouders haar hadden geleerd hoe je voor een man de perfecte rijstkorrel hoort te koken. Niet te nat en niet te rauw. De korrel niet gaarkoken, maar droog laten stomen, dat was het geheim. Tussentijds de deksel niet van de pan halen. Rose vouwde zijn overhemden tot pakketjes, zijn sokken tot bolletjes, precies zoals hij het graag had.

Nu deed ze de deur bij het slapengaan op slot, maar niet op de knip. Nooit de deur op de knip, dat was toegeven dat het definitief zou zijn, het definitief uitblijven van het thuiskomen van je geliefde.

Jason zou niet meer mee-eten, hij zou niet meer thuiskomen, sterker nog, hij zou met een koffer komen om die gevouwen overhemden uit de kast te halen om ze mee te nemen naar zijn nieuwe bestemming, mee te nemen naar zijn nieuwe leven. Hij zou alles inpakken en meenemen naar een nieuw huis, een nieuw leven, zonder haar. Rose kon uren staren naar zijn bezit. Zij wist: zijn sokken bleven altijd zijn sokken, ook zonder haar, maar het huis was niet meer het huis zonder hem. Hij gaf haar de tijd om naar een nieuwe plek te zoeken, hij had zelf genoeg adressen om tot die tijd te verblijven.

'Wanneer is de bruiloft?' vraagt de journalist.

'Is dat belangrijk… voor het artikel?'

'Ja, natuurlijk! Mensen zijn gek op data, het geeft ze vertrouwen.'

'We zijn nog aan het kijken,' stamelt Rose.

'Er zijn toch stiekem geen problemen, hè,' lacht de man.

Rose schudt haar hoofd. 'O, nee. Wat je net zei, we zijn het liefdeskoppel van de eeuw.'

De man bladert door zijn aantekeningen. 'Goed, waar waren we gebleven. Rose, zeg eens, hoe bevalt het, spelen in een progressieve bewerking van Tsjechov.' Hij werpt een blik op zijn telefoon. 'We hebben overigens nog maar tien minuten, maar voel je niet opgejaagd, alle tijd.'

'Het personage dat ik speel, Irina, is iemand die...'

'Ach ja, natuurlijk. Maar wat ik bedoel is, wat doet het met jóu, om zo op het toneel te staan?'

Ze moet even over de vraag nadenken. 'Ehm... Ik weet niet. Het is arbeid. Werk.'

'Maar alle ogen op jou daar op dat grote toneel, in de experimentele bewerking van Garrett. Poeh, daar avond aan avond poedelnaakt staan, dat dóet toch iets met een mens.'

'Ja.'

'En je gaat over een paar maanden naar Europa. Je voorstelling over je moeder spelen.'

'Ja.'

Rose sluit haar ogen. Het aanhoudende verdriet kan ze maar niet van zich afschudden. Dan opent ze haar ogen en zegt zachtjes: 'Het is alles wat ik ooit wilde.'

De journalist zwijgt terwijl hij haar doordringend aankijkt. Dan zegt hij: 'Mooi, mooi.' Al ziet ze in zijn ogen dat hij teleurgesteld is, hij had meer sappige details uit haar willen trekken. 'Alles wat je ooit wilde,' herhaalt hij, 'dan schrijven we dat op.'

De man schermt zijn notitieblok af, zodat Rose niet kan meekijken, dan stopt hij abrupt, alsof hem iets te binnen schiet: 'Ze heeft het mij nooit verweten. Mijn vrouw. Dat ik haar het kunstenaarschap heb ontnomen. *Ik* heb er last van. Ik wilde een bijzonder leven. Maar de vrouw die ze het publiek gaf, kreeg ik thuis nooit. Die overgave van haar, dat vuur, de seks. Wat ze in zichzelf moest aanboren om iets buitengewoons te presteren. Nee, thuis werd zij de vrouw die van dat alles moest bijkomen, die zich moest opladen zodat ze zich aan de buitenwereld kon geven. De vrouw die zich helemaal gaf aan het publiek, maar als een lege huls onze slaapkamer binnenstapte. Thuis moest ik goddomme bedelen om zelfs maar wat kruimels van die schittering te kunnen krijgen. Ik kan je vertellen, Rose, toen ze het kunstenaarschap voor mij had opgegeven voelde ik me geweldig, maar kort daarna voelde ik een immense rouw. De kunstenares waar ik ooit voor viel, was dood.' Hij zucht.

Moeder zegt niets. Diep verdriet leert je zuinig te zijn met woorden.

'Jij hebt het talent in het leven op te gaan,' zegt hij, 'volledig aanwezig in het moment. Tenminste, zo praatte mijn vrouw over acteren, het geluk dat ze op het toneel vond, alsof ze het had over een succesvol liefdesverhaal waar ik geen onderdeel van was.'

De journalist pakt zijn telefoon en neemt onaangekondigd een foto.

Flits.

'Sorry hoor, het moet even zo, de fotograaf kon op zo'n korte termijn niet meer meekomen. Ik stuur je het artikel, dan kun je het naar je ouders sturen of inlijsten voor mijn part.'

Ze nemen vluchtig afscheid.

Op straat is het nog drukker geworden. Er staat een lange rij toeristen voor de Maple Bar. De temperatuur is inmiddels gestegen tot drieëndertig graden. Haar telefoon geeft aan dat ze vandaag 23.000 stappen heeft gelopen. Ik heb geen idee waar ze precies geweest is, vast over paden die ze maar al te goed kent, de kaart van de stad is inmiddels verankerd in haar, zo lang woont ze hier en toch kent ze de wegen die haar uit deze nachtmerrie kunnen leiden niet.

Een vrouw roept: 'Ik wil nooit meer naar huis.' 'Ja, schat,' antwoordt een man die zijn arm om haar heen slaat, 'het is hier geweldig.'

Rose probeert te zien waar de mensen naar kijken. Als ze zich een weg door de menigte baant, ziet ze achter een geïmproviseerd uitklaptafeltje een prachtige vrouw zitten. Spierwitte haren wapperen tegen haar zwarte huid. Op de grond staat een kartonnen bord met: *Free psychic reading*. In haar handen voodootarotkaarten waarmee ze een gooi doet naar de toekomst. Rose kijkt om zich heen. Het is troostend onder deze vreemden te zijn. Ze is moe, maar blijft bij de reizende mensen staan, het voelt fijn zich te begeven onder mensen die ook niet thuis zijn, onderweg.

Zou ze me horen, vraag ik me af. Ze denkt dat zij het is: haar plotselinge gevoeligheid voor de verhalen van de wereld, maar ik ben het.

En dan fluistert Rose te midden van alle reizende mensen

op straat, terwijl haar hart flink klopt: 'Tot wie moet ik me wenden, wie kan me iets vertellen over het ontstaansproces van de oerwereld.' Ze smeekt tegen de onzichtbare kosmos: 'Kijk eens hoe onschuldig, hoe schoon, mag ik het houden, mag het alsjeblieft, kan het.'

1 MEI – MISSISSIPPI RIVER

Die avond loopt ze naar de rivier. Momenten van totale paniek wisselen af met een kalmte die ze niet van zichzelf kent. De behoefte iemand goedenacht te wensen overvalt haar, maar er is niemand om het tegen te zeggen. Het geeft haar een eenzaam, desolaat gevoel. De totale leegte van het niets beangstigt haar, kon ik haar maar duidelijk maken dat in dat niets juist alles schuilt. Vanuit hier is er niets om bang voor te zijn. Al vier weken groeit er een ander leven in haar, ik heb nu een plekje gevonden in de baarmoeder. Ik voel alles wat zij voelt, de navelstreng verbindt mij zowel met de oneindigheid van de oergoden als met de vrouw die mijn moeder is.

Moeder kleedt zich uit, tast met haar hand in het duister op zoek naar een steen of kei die ze de rivier in kan gooien, alsof ze daarmee de diepte kan inschatten. Deze avond verlicht de vollemaan de uiterwaarden. Ze doet geen moeite haar balans te houden tijdens het afdalen van de rivieroever. Het doet er ook niet meer toe of ze zich verstapt of niet. Het heeft iets primitiefs om het koude water in te gaan na zonsondergang. Bij de eerste stap voelt ze iets scherps aan haar blote voet, ze snijdt zich.

Ze sluit haar ogen, al maakt het weinig verschil in het donker. Het voelt alsof er een lampje in haar borst gloeit, warm en zacht. Het staat in schril contrast met het koude water. Elke keer dat ze inademt gloeit haar hart, zwelt het op als een vuurbol.

Niemand heeft haar geleerd hoe je je eigen hart moet vasthouden in een wereld die er met stormen tegenaan beukt, die krassen veroorzaakt die niemand anders dan jijzelf weer weg moet zien te poetsen. Ze houdt zich voor dat het slechts een nachtmerrie is, deze hele misère, waar ze elk moment uit kan ontwaken. Jason zal gewoon weer bij haar in bed kruipen, alsof het allemaal niet is gebeurd. Ze houdt zich voor dat die ene nacht zich nooit heeft voorgedaan, de nacht waarin alle ellende begon, de nacht waarin hij haar op een andere manier zag, alsof hij toen pas haar ware aard zag, waardoor hij niet alleen haar, maar ook mij, het kind, niet meer wilde.

Waar is hij vanavond? Haar geliefde. Mijn vader. Ik weet niet of het haar gedachten zijn, of de mijne. Hier is er alleen de schemer. Zingende trompetten in nachtclubs of het gekus van geliefden onder straatlantaarns reiken niet tot hier. Moeder heeft zich aan dit alles onttrokken en is naar de rivier gegaan.

Ze kijkt in het water dat langs haar benen stroomt of ze er een gefrituurde meervalvin of ander restafval van de snackbar van haar ouders in kan vinden. 'Blijf ver van het water,' leerde haar moeder haar, 'hoe verleidelijk de rivier ook lijkt.'

'Wat kan er nou gebeuren?' had ze tegengesputterd. Een preek was wel het laatste waar Rose op zat te wachten. 'Het is zo heet!'

'Je kan er zomaar een oud lijk in vinden,' antwoordde haar moeder, 'of een vermorzeld vrouwenhart dat niemand wilde hebben.'

Rose denkt niet meer aan de keren dat ze hardhandig werd aangepakt door haar moeder. Ze denkt niet meer aan de razernij waarmee het ging, een bruutheid die door de tragische geschiedenis van haar ouders verankerd zit in hun botten. Ze denkt niet meer aan de stokslagen die ze kreeg als ze moest huilen. Net zo lang geslagen tot ze niet meer hoefde te huilen. Na de oorlog konden haar vader en moeder geen gehuil meer aanhoren. Een jankende kat werd zo makkelijk de lucht in getrapt. En voor Rose stokslagen tot er geen traan meer over was.

Jason had niets gezegd toen Rose huilde, geen blijk van empathie. Hij was soms even thuisgekomen, alleen maar om iets te halen. Hij had het niet meer over de dromen die zij samen in deze stad hadden gekoesterd. Daar was niets meer van over. De dromen over het ooit gewilde kind. Ze waren gestopt met praten. Het beeld dat hij nu van haar had, paste niet meer bij de vrouw op wie hij ooit verliefd was geworden. Dat wist ze door de manier waarop hij nu naar haar keek, of eerder het gebrek daaraan, en ze bad dat hij elk moment zou ontwaken uit deze koortsachtige droom, en hij haar vast zou houden, met zijn handen op haar buik. Aan de verfrommelde slaapzak op de bank kon ze zien of hij midden in de nacht thuis was gekomen, maar in de ochtenden, voor ze opstond, was hij altijd alweer vertrokken.

De rivier is geen plek om lekker in te dobberen, geen plek om als een nachtvis het water in te glijden. Het is een plek voor wilde dieren die de oceaan heeft meegesleurd. Een plek voor dolfijnen, walvissen, zeevogels, laat ze gespaard blijven, spaar ze, moeder, spaar ze voor mij om ze op een dag zelf te mogen aanschouwen.

Ze heeft alles op de modderige dijk laten liggen, haar kleren en haar tas, maar in haar handen houdt ze iets stevig omklemd. Ze heeft het moeten opdiepen uit een oude verhuisdoos. Een dagboek met daarin haar diepste geheimen, uitgewrongen door de jaren heen. Rose heeft in haar jeugd vrijuit in haar dagboeken geschreven, dat de snackbar een plek was waar ze niet dood gevonden wilde worden, dat haar ouders daar zouden sterven, maar zij niet. Nooit. En ze schreef dat ze op een dag liefde zou vinden, echte liefde.

Ze creëerde als kind in haar dagboeken een wereld die de moeite waard was om in te leven, een met dromen. Haar moeder las ze stiekem, ze zei er niets over, alsof ze zat te wachten op een uitgelezen moment om het tegen haar dochter te gebruiken. Dat gebeurde op de dag dat Rose klaarstond voor vertrek. 'Je gaat weg om wat te doen? Actrice te worden...?' schreeuwde haar moeder tegen haar. 'Je bent een hoer. Alsof er daar iemand is die je zou willen.'

Rose had gevoeld dat haar gezicht begon te gloeien, niet uit schaamte, maar uit woede. Terwijl ze haar moeder de woorden als een verzameling giftige pijlen op zich af liet vuren, wist ze het zeker, ze wilde de snackbar niet overnemen, ze zag iets groters voor zich.

'Jij wilt hier niet dood gevonden worden?' schreeuwde haar moeder, 'jij wilt weg van hier, weg van ons?'

'Heb je mijn dagboeken gelezen?'

'Wie denk je wel dat je bent. Met je ingepakte tassen alsof je te goed voor ons bent. Kreng dat je bent. Binnen een week ben je weer terug, als je ziet dat niemand je wil hebben. Dit is de plek waar je hoort.'

'Ik kom heus nog wel terug,' huilde Rose tegen haar moeder. Maar dat was een leugen, bij het dichttrekken van de deur wist ze dat ze definitief afscheid had genomen van het leven waar ze vandaan kwam.

Onder haar voeten voelt ze geen grond meer, alleen maar water, klaar om meegevoerd te worden door de rivier. Haar zin om kilometers te drijven en een verlangen naar vrijheid. Niet naar de wijde wereld, maar naar de onderwaterwereld, omdat het onder water onmogelijk is om te huilen, om verdriet te voelen.

De plek waar zij opgroeide, in de geleende snackbar, omringd door frituurvet dat nog aan haar en de pagina's van haar dagboek kleefde, was niet haar thuis. Vettig plakken de jaren aan elkaar vast. De plek waar zij niet dood gevonden wilde worden. Want ze wist: wat je geleend hebt, moet je op een dag weer teruggeven.

Pagina voor pagina scheurt ze haar dagboek aan flarden en laat ze het water haar kinderstem meevoeren.

4 januari 1995
Niemand heeft me verteld wie die nieuwe vrouw is die er van de ene op de andere dag is. Ze staat ineens achter de toonbank en ligt naast papa in bed.

Bladen uit haar dagboek drijven op het water.

15 januari 1995
Tante Linh, zo moet ik haar noemen, ook al is ze geen echte tante.

Ze leest elke pagina aan me voor, voordat ze die loslaat in het water.

16 januari 1995
Strafmethoden van mama:
Net zo lang slaan tot ik niet meer huil
Het eten van een kom vissenogen
Dreigen met zelfmoord, zodat ik de rest van mijn leven die nieuwe vrouw 'mama' zou moeten noemen.

6 juni 1995
Tante Linh is jarig. Papa gaf haar een kus op de wang. Zomaar aan de eettafel. Dat heeft hij bij mama nog nooit gedaan. Tante Linh is eenentwintig jaar geworden, vijftien jaar jonger dan mama is.

19 oktober 1995
Op school gooiden ze een rauwe vis naar me. Ferry spuugde in mijn gezicht. Hij riep: kutvietnamees. Ik mag het niet vergeten. Nooit. Op een dag krijgen ze het allemaal terug.

4 december 1997
Na het avondeten zei papa dat er gepraat moest worden.
Op een toon waarvan je weet dat het een serieus gesprek gaat worden.
'Van jou gaat het niet komen,' zei hij tegen mama, 'nog een kind.'
'Je hebt me nooit de tijd gegeven,' antwoordde mama.
'Ik heb je alle tijd gegeven om een jongen te krijgen. Wie houdt dan mijn familienaam in stand?'
'We leven in de moderne tijd,' zei mama. 'Je hebt een dochter, zij kan je naam ook doorgeven.'
Mama draaide zich om naar mij en zei: 'Het had een ander moeten zijn. Een jongen. Dan was dit allemaal niet gebeurd. Jij had nooit geboren mogen worden, het had iemand anders moeten zijn.'

5 december 1997
Ik liet papa mijn nieuwe tekening zien.
'Je wil te graag,' zei papa, 'jij wil te graag gelukkig worden, dat is jouw probleem.'

Ik dacht dat Rose vanavond naar de rivier was gegaan om zich onder te dompelen en nooit meer boven te komen. Haar diepe verdriet maakt zelfs mij duizelig, maar ze is hier om een andere reden gekomen. Ze zoekt naar minuscule brokjes hoop, alsof die zich hebben verscholen tussen de pagina's. Ze scheurt verwoed de bladen uit haar dagboek om te zoeken waar het leven zich verstopt houdt. Ik had ook niet anders verwacht van de vrouw die op het punt staat mijn moeder te worden. Die er alles aan doet om te leven. Te blijven leven.

8 juli 1998

Tante Linh wil naar huis, terug naar Vietnam. Ze is hier nog maar acht maanden.

'Hoe zie je dat voor je?' vroeg papa, 'mensen die weg zijn gegaan kunnen niet zomaar terug. Dit is vanaf nu je familie.'

'Waarom voelt het niet zo?' vroeg tante Linh.

'Dat doet het nooit. Zeg maar wat je wilt, wil je meer geld?'

'Nee,' schudde ze.

'Wil je dat ik je iets van het land laat zien?'

'Nee, ik wil naar huis.'

'Jij koos voor een beter bestaan en dat heb je hier.'

'Ja, ik weet het.'

15 augustus 1998

Uit verdriet eet ze niet meer, tante Linh, ik ben er blij om. Misschien eet ze zo weinig dat ze op een dag vanzelf verdwijnt uit ons leven. Tegen lunchtijd, als het in de snackbar op zijn drukst is, begint ze te krijsen.

16 augustus 1998

'Jij denkt dat identiteit iets is waarmee je je onderscheidt,' zei papa tegen tante Linh, 'maar het is iets wat we moeten opgeven om geaccepteerd te worden. Niemand gaat je vragen waar je vandaan komt, want iedereen komt wel ergens vandaan. Heimwee, poeh!'

6 oktober 1998

Mijn naam is Hoa. Die persoon vermoord ik vandaag, ik begraaf haar diep onder een steen in de tuin. Vanaf nu heet ik Rose, als een echte Amerikaan. Een ster. Ik ben Rose. Ik ben Rose.

13 oktober 1998
Vanochtend trok ik de deur van het toilet open en zag ik haar huilen. Tante Linh. Ze zette haar vinger op haar lippen en zei: 'Sssshtt… niet tegen je vader zeggen. Heimwee is mijn geheim.' Ik zei ja, maar ik verbrak mijn belofte, ik vertelde het aan vader. Vader heeft tante Linh meegenomen in de auto naar een verre kennis in Minnesota.

2 november 1998
Sinds tante Linh weg is, kijk ik anders naar moeder, niet meer als slachtoffer. Moeder weet zich toch maar als een taaie overeind te houden hier in dit land, met alleen de dampen van het frituurvet om zich af en toe aan te warmen.

29 maart 1999
Tante Mai is aangekomen. Zij neemt de plek in van tante Linh, en is nog jonger en een stuk minder zachtaardig, dat kun je zien aan de manier waarop ze moeder naar de hoekjes van het huis weet te verdringen. Deze nieuwe tante huilt nooit op het toilet. Ik haat deze vrouw, tante Mai. Ik haat haar tot in mijn merg.

De pagina's drijven op het water, flarden van haar oude leven.

31 december 1999
De boeddha staat op een plankje boven de frisdrankautomaat te lachen.
Wat is de zin van dit alles?
Rose is mijn naam.

Het dagboek is leeggescheurd, Rose hapt naar adem. Ik wist dat ze zou blijven leven, ik wist het, want in de korte tijd dat ik haar leerde kennen, mijn moeder, wist ik dat zij iemand was die het licht nog altijd verkoos boven de duisternis.

Ik ga nooit een slechte moeder worden, fluistert Rose deze avond tegen de rivier.

Eerst moeder van mezelf.

Leer me moeder worden van mezelf.

Hoe?

Hoe doe ik dat?

Haar woorden zinderen het heelal in, maken deel uit van het universum dat vast ook een moeder is. Mijn moeder mist haar moeder. De behoefte haar moeder vast te houden. Zelf vastgehouden te worden.

Maar toen ze die moeder probeerde te zien, had die vrouw niet de gestalte van haar moeder.

Er was niets.

Geen vader, geen moeder.

Er was niets.

◆

Dan klinkt een mannenstem vanaf de dijk. 'Hallo!' hoor ik de stem roepen. 'Hallo!' Het komt van een man die op dit nachtelijk uur met een vrouw aan het wandelen is. Hij laat de hand van de vrouw los. 'Hé, riviermeisje, gaat het goed daar? Je bent toch geen nachtduik aan het nemen?'

Moeder hoopt dat ze door zullen lopen. Ze lijken dronken, de manier waarop ze over de dijk waggelen.

'Pas maar op, de stroom kan je hier zomaar meevoeren,' roept de man. 'Dit is geen rivier om in te zwemmen. Ze hebben daar verderop in het Lower Ninth Ward een community-zwembad waar je baantjes kunt trekken.' De man wijst in een onbestemde richting. 'Een vijftigmeterbad. Gratis. Dan kun je tenminste heen en weer. In dit water is het eenrichtingsverkeer, niemand komt terug. De overkant is niet zo dichtbij als hij lijkt.'

'Wat ben je toch een poëet,' roept de vrouw uit.

Dan lopen ze zonder nog iets te zeggen door.

Moeder dobbert naar de kant en hijst zich uit het water. Ze heeft niets om zich aan af te drogen. Met haar natte lijf krijgt ze haar strakke jeans nauwelijks aan. Even laait het gelach van het stel op uit de verte en dan dooft het weer. Paarse hyacinten op de dijk lichten op als duizenden nachtvlinders, ook de sterren aan de hemel schijnen als ontelbare nachtvlinders.

In de verte drijft een blad uit haar dagboek, verlicht door de maan drijft het als een rustige zwaan stroomafwaarts. Aan de oppervlakte is de stroom niet zichtbaar. Is niets zichtbaar.

Thuis zet Rose een pot sterke zwarte thee. Ze wringt haar ondergoed uit, dat ze op het afwasrekje uithangt. Dan klinkt een toon, ze krijgt een sms. Hij is van haar vader. Alleen als er iets mis is, hoort ze iets van hem.

Ze zet het nieuws aan zonder ernaar te kijken en pakt haar telefoon om haar vader terug te bellen.

'Je moet naar huis komen,' zegt hij. Zijn stem klinkt ernstig. 'Ik heb het geld.'

Rose' adem stokt. 'Het geld?'

'Ja.'

'Oké,' zegt ze. 'Morgen ben ik er.'

Dan hangen ze op.

De zwarte thee voelt straf op haar tong, hij is koud geworden, ze drinkt hem in één teug op alsof het een glas rode wijn is. Dan valt ze op de bank in slaap. De geur van Jason hangt nog in de kamer.

In tijden van rampspoed denkt ze vaak aan de goden. Vooral aan de Griekse goden. Ze denkt aan Hera. Aan alles wat er ooit gebeurde.

Ze zouden goden zijn.

Dat was zijn belofte.

Toen hij haar ten huwelijk vroeg, beloofde hij haar dat ze dat zouden zijn.

Goden.

Groter dan hun ouders en al hun voorouders bij elkaar.

In de verte klinkt elektrische blues, het gelach van een stripper, de kreten na het openleggen van de tarotkaarten. Dan herinnert ze zich de woorden van Marlene.

Liefde is iets wat je moet verdienen, zoiets komt niet gratis.

2 MEI – VADER

Rose draagt een zijden blouse, veel te verfijnd voor de plek waar ze naartoe gaat. Alsof ze vergeten is hoe het ouderlijk huis als een aangespoeld zeemonster aan de kade staat, wachtend op iets onbeduidends. Het is laat in de middag. De achtertuin is volgeladen met dozen loempia's, kratten schelvis en garnalen. Ze wordt er misselijk van.

Ze loopt aarzelend door de snackbar richting de spoelkeuken. Naast het altaartje met de boeddha hangt nog altijd de poster van Madonna met haar punttieten. Moeder der moeders.

De ramen zijn beslagen, de ruimte is bedompt door de pannen met runderbouillon die uren op het vuur hebben gestaan. Uit de boxen klinkt de zanger Minh Vuong terwijl de condens langs de ramen de kozijnen in druppelt. Haar vader staat in de spoelkeuken met een wit, glibberig monster in zijn hand. 'We moeten praten, Rose,' zegt hij terwijl hij met een geweldige ruk de ingewanden van de inktvis eruit trekt, slijmerige restanten gooit hij in de metalen bak. 'Zo gaat het niet langer.' Ook de kop en tentakels gaan eraf. Achter hem zoemt de grote vriescel. 'Wat sta je daar als een gast. Pak een inktvis en help me even.'

Rose stroopt haar mouwen op en gaat naast haar vader achter de spoelbak staan.

'Was het druk op de weg?' vraagt hij.

'Ik ben met de fiets gekomen,' zegt ze alsof ze een auto heeft.

'Moeten we geen raam openzetten?' vraagt Rose.

'Je weet dat we dat nooit doen, al dat vuil van buiten.'

'Het is hier zo bedompt, ik kan nauwelijks ademen...'

'Begin jij nu ook al? Net je moeder, altijd overal over klagen. Zij heeft het leven nooit gewild. Vrij ondankbaar als je het mij vraagt, om het ultieme geschenk dat de goden je hebben gegeven naar ze terug te smijten.' Hij werpt een blik op de inktvis die Rose in haar handen heeft. 'Denk erom dat je met je vingers het harde deel onder de tentakels naar boven drukt. Zo kun je de harde bek wegtrekken tussen de tentakels.'

'Ja, papa.'

'Al die pogingen van haar om zich van het leven te beroven, de ene giftige drank na de andere innemen alsof het water is.' Volstrekt moeiteloos stript haar vader de inktvissen, bij wijze van demonstratie houdt hij bij elke schoongemaakte inktvis de kop op. Als een trofee. 'Nooit iets weggooien, Rose. Dit kun je nog prima frituren.' Hij schudt de metalen bak gevuld met witte slierten onder haar neus. 'Mensen gooien altijd van alles weg, alsof het niets is, alsof het in overvloed is.' Dan wijst hij naar de kratten achter hem.

'Moet ik je iets aangeven?' vraagt Rose.

'Nee, daarbovenop ligt iets voor je.'

Rose werpt een blik op de kratten. Er ligt een dikke bruine envelop boven op de paksoi.

'Dat is voor jou,' zegt hij, 'daar moet het mee klaar zijn.'

'Wat is dat?'

'Ik ben naar de bank gegaan,' zegt hij. 'Beschouw het maar als je erfenis.'

De envelop staat bol alsof er een baksteen in zit, vast niet gevuld met alleen maar briefjes van twintig.

'Ik word vader,' zegt hij terwijl hij de harde rugpen uit het lijfje van de inktvis trekt.

Rose zegt niets.

'Mai is nu negen weken in verwachting.'

'Ik weet het, papa.'

Hij kijkt haar verbaasd aan.

'Mama heeft het me verteld.'

'Mooi. Een teken dat ze het heeft verwerkt. Het wordt een jongen. Dat heeft jouw moeder me nooit kunnen geven. En hiermee,' hij tikt met zijn natte vingers op de envelop, 'is het uit en klaar.'

'Je doet alsof je mij hiermee kunt afkopen!' roept Rose.

'Je bent volwassen, en ik ben te oud voor drama, nu kan ik eindelijk een vader zijn. Zeg je moeder dat ze rustig haar spullen moet pakken.'

Rose staat ongemakkelijk naast haar vader, een tas vol meegebrachte cadeaus aan haar voeten. Zoete aardappels, beignets, een bakje met gumbo. Alles wat ze tegenwoordig eet. Vlees ontdaan van de ingewanden, vis gestript van alle viezigheid. Gore dingen van thuis eet ze niet meer.

'Waarom zeg je dat haar zelf niet?' vraagt ze zachtjes.

'Je weet dat dat soort gesprekken met je moeder niet te voeren vallen. Dan begint ze te krijsen. Ze heeft zoveel kracht in zich. Als ze die kracht nou eens voor haar geluk in plaats van haar ongeluk wist aan te wenden, dan zouden we allemaal verlost zijn. Jij bent heel anders dan je moeder, Hoa. Daar ben ik blij om. Heel blij om.'

Een koude tocht van de koelcellen blaast tegen haar blouse. Ze had een trui aan moeten trekken, dit is geen plek voor flinterdunne kledij. Geen plek voor zijde. Haar vader zet de kraan open en raapt de overige glibberige ingewanden uit het putje en spoelt de zwarte inkt weg.

'Ik heb nooit nagedacht over mijn dood, maar nu ik vader word, is dat anders.'

Zijn aanstaande vaderschap lijkt hem dieper te treffen dan zijn bestaande vaderschap.

'Ik zeg tegen je, Hoa, mocht ik eerder doodgaan dan je moeder, dan is het mijn wens dat zij niet op mijn begrafenis komt. Wil je daarop toezien? Mai mag komen, maar je moeder niet. Kom, we gaan eten.'

Ze lopen zwijgend richting de eetkamer. Met elke stap voelt de lucht nog bedompter. Het gezang van saxofoons en de beats van de drumstellen klinken verder dan ooit. Het applaus in de theaters en het gestamp van de dansende menigte in een overvolle nachtclub, verder dan ooit. Alsof ze terug het niemandsland in gaat, terug naar de plek waar ze liever niet meer aan dacht. Vanuit de tussenhal ziet ze achter het huis de fabrieken roken. Boven hen cirkelen meeuwen in de sterke lucht van rauwe vis. In haar jeugd keek ze rond lunchtijd naar de meeuwen die boven de snackbar cirkelden, ritmisch, met een vast komen en gaan, met niets of niemand die de cirkel doorbrak van waar we vandaan komen of heen zullen gaan, zelfs de meeuwen niet, met een kalmte alsof het gerust nog een aantal generaties door kon gaan, ze had bijna geloofd dat er voorbij dit leven, verder niets meer was.

'Ik hoop dat je tegenwoordig dicht bij een park woont,' zegt haar vader terwijl hij zijn sloffen aantrekt. 'Er is toch zo'n park waar de alligators vrij rondlopen? Ik heb zo'n beest nog nooit gezien. Wat een tijdverspilling, mensen die een ommetje maken. Al snak ik er soms best naar, een beetje schaduw opzoeken. Ik hoop voor je dat je tegenwoordig zo'n soort leven hebt, dicht bij het park.'

'Ik ga soms.'

'Met Jason? Weet hij je te onderhouden?'

'Zijn kantoor gaat uitbreiden.'

'Als je de trouwdatum maar met de maankalender checkt.'

'Ik weet het, papa.'

'Als je het geld maar niet gebruikt voor de bruiloft. In die envelop zit dertig jaar bloed, zweet en tranen, niet iets om aan een huwelijk te verspillen.'

'Je doet alsof het niets is.'

'Wat?'

'Een bruiloft.'

'Hoe kan ik het je uitleggen, Hoa. Jij weet nog zo weinig. Ik ben blij dat je iemand hebt gevonden. Ik had ook niet anders van je gedacht.'

Hij kijkt naar haar, even denkt ze een vaderlijke blik erin te herkennen.

Zal ze het hem vertellen? Ze snakt naar advies, raad. Dat hij haar zal omhelzen en ze al het voorgaande kunnen vergeten. Zij kijkt naar hem, dit is haar vader. De man die haar alles heeft geleerd, de man die ook met mij verbonden is.

'Papa...' stamelt Rose.

'Kom,' onderbreekt hij haar, 'trek je schoenen uit, ze zitten al aan tafel.'

De moeder van Rose staart wezenloos voor zich uit. Als zij niet begint met eten, mogen Rose en Mai ook niet beginnen. Eerst de man, dan de eerste vrouw, dan de tweede vrouw, dan de dochter. Zo is de hiërarchie. Rose schuift het bord met plakjes inktvis keurig in ruitjesvorm gesneden naar haar moeder toe.

'Mama,' fluistert Rose, 'verzet je niet zo.'

'Zolang ik niet eet,' zegt haar moeder, 'gaat niemand eten.'

Haar vader trekt zich er niets van aan, die slurpt de ene na de andere inktvisplak naar binnen. Hij spoelt ze vervolgens weg met een grote slok bier.

Rose kijkt naar haar moeder. Die zit als een standbeeld passief verzet te plegen. Ook Mai lijkt even van haar à propos. Ze pakt haar stokjes op en legt ze dan weer neer, kijkt wat onzeker om zich heen.

'Goed voor de spijsvertering,' zegt de vader van Rose, terwijl hij op zijn blikje bier tikt, 'zeker bij seafood. Neem een slok.'

Rose schudt haar hoofd.

En hoewel Mai moet wachten tot de eerste vrouw is begonnen, voelt ze iets in de lucht hangen, ze voelt dat op deze avond de rollen wel eens permanent omgewisseld zouden kunnen worden.

'Laat ik toch maar beginnen,' zegt Mai, 'die gamba ziet er heerlijk uit.' Ze pakt haar eetstokjes op, werpt een blik op haar man, kijkt vervolgens naar de moeder van Rose en stopt een stukje garnaal in de hotpot, dat ze er veel te vroeg uit haalt, en stopt het half rauwe beestje in haar mond. Ze doopt vervolgens een coquille in de gembersaus en smakt: 'Hmm, heerlijk. Zeevruchten. Heerlijk. Dit is heel duur. We permitteren ons dit nooit. Wat een mooie dag om het leven te vieren. Dit kochten we voor vijfentwintig dollar per kilo.'

Dit gaat minutenlang zo door. Rose en haar moeder zitten in stilte, kijken naar het echtpaar dat zit te eten.

'Wat een mooie dag om het leven te vieren,' herhaalt Mai.

'Ja,' zegt de vader van Rose.

Met een ruk staat de moeder van Rose op en veegt met een armzwaai alles van tafel. Stukjes dorade, plakjes entrecote en ruitjes inktvis vliegen de lucht in. Dan gebeurt het toch. De onvermijdelijke chaos die dit huis in ieder van hen keer op keer weet te ontketenen. Ondanks alle goede voornemens gemoedelijk te dineren, gebeurt het toch. Het is inmiddels avond, die weet al het oude slijk op te halen. Een huis met mensen die de intentie hebben al het andere leven te vernietigen, niet omdat ze kwaadaardig zijn, maar om het leed dat zijzelf voelen gelijk te trekken met dat van de ander. Rose wordt door de chaos ongewild teruggezogen naar de plek waar ze niet meer wilde zijn. Het heeft geen uur gekost om haar weer terug te voeren naar haar oude leven, dat doet een een bezoek aan je ouderlijk huis met je. Het huis van Jason in de Bayou St. John voelt verder dan ooit.

'Ik ga,' huilt Rose. Nog voor ze haar tas kan pakken, grijpt haar moeder haar ferm bij de arm. 'Je kunt me hier niet achterlaten. Het zijn monsters. Monsters zijn het! Alleen jij kunt me redden, Hoa. Alleen jij kunt me redden.'

'Mama... noem me niet zo... noem me Rose.'

'Als jij chaos wilt, creëren we chaos,' roept Mai. Zij gooit borden vol choi sam en bamboe over de tafel. De rijstnoedels vliegen door de lucht.

'Je vader stopt me in een krankzinnigenhuis,' zegt de moeder van Rose. 'Je moet hier blijven. Je moet hier blijven om rede in zijn kop te praten. Ze stoppen me weg in een gesticht. De papieren zijn al getekend. Jij moet hier blijven, Hoa. Als je wil dat ik je Rose noem, noem ik je Rose. Als je maar hier blijft. Jouw bed hierboven staat nog altijd waar het stond.'

'Nee, mama,' hoor ik Rose zeggen.

Een steek in haar buik doet mij ineenkrimpen, niemand in de kamer houdt rekening met mijn aanwezigheid, ik ben tenslotte als een stille, onzichtbare gast vanavond met hen aan tafel geschoven.

'Jij denkt dat je hiernaartoe kunt komen,' zegt de moeder van Rose fel, 'met je dure dingen, alsof je ons een les wilt leren. Alsof je met je leren handtas, je gouden oorknoppen, met die ring aan je vinger, alsof je daarmee ineens goed van kwaad kunt onderscheiden. Je liep altijd krom, met je rug gebogen, je ogen neergeslagen. Dat is de dochter die ik heb opgevoed! Niet de vrouw die hier aan tafel zit met het idee alsof het leven goddomme moeiteloos is.'

'Laat haar met rust,' zegt Mai, 'waarom schreeuw je tegen haar!'

'Jij moet je bek houden,' sneert de moeder van Rose terug, 'Ze is mijn dochter, ik mag zeggen tegen haar wat ik wil, daarvoor is ze mijn dochter. Ik mag met haar doen wat ik wil. Ik mag doen met haar wat ik wil, hoor je me? Wat kijk jij!'

De vader van Rose neemt een slok bier en zegt op volkomen kalme toon: 'Jij bent compleet gestoord.'

'Hoa, hoor hoe je vader tegen me praat! Wat ga je eraan doen? Wat ga jij eraan doen om hem ter verantwoording te roepen.'

'Wat zeg jij nou!' roept Mai. 'Jouw dochter heeft geen enkel recht haar vader ter verantwoording te roepen. Je bent compleet krankzinnig. Hij is haar vader. Zij is een vrouw. Hoe kan ze als zijn dochter hem ter verantwoording roepen?'

'Zie je wel, Rose. Als je een jongen was, kon je hem van man tot man tot de orde roepen. Maar je bent maar een meisje. Een vrouw. Jij bent helemaal niets. Je kunt het niet eens voor mij opnemen.'

Rose' moeder pakt de bezem en stormt niet op Mai af, maar op haar dochter. 'Ik herken mijn eigen dochter niet meer.'

Rose rukt de bezem uit haar handen. 'Dit kun je niet meer doen, mama, mij slaan.' Ze stormt het huis uit. Huilend. Ik dein door het schokken van haar huilen op en neer. Met haar trillende handen krijgt ze het fietsslot niet open. Na een minuut of vijf ziet ze in haar ooghoek haar vader de tuin inlopen. Hij loopt de schuur in en komt er even later uit met een slijptol.

'Laat me je helpen,' zegt hij.

'Ik heb je hulp niet nodig,' snikt Rose.

'Jij denkt dat ik een slechte vader ben, maar er was een tijd dat je me mocht.'

'Ja, toen was ik klein.'

'Toen hield je van me.'

'Ja.'

'Er was een tijd dat je geen moment van mijn zijde wilde

wijken. Je kunt alles van me zeggen, Rose, maar ik heb wel een schuilplaats voor ons gebouwd. Misschien is het voor jou maar een snackbar.' Hij draait zich om richting het huis. 'Denk je dat dit de droomplek is die ik voor me zag? Je opa ziet me al aankomen, ik ben ontsnapt naar het beloofde land, heb ons leven op het spel gezet om vervolgens geen ingenieur te zijn, maar een loempiabakker. Of we nou hier sterven of daar, het maakt allemaal niet uit, we zijn zwervers, daarmee zijn we altijd thuis.' Hij kijkt naar zijn dochter. 'Jij hebt altijd al iets verlorens over je gehad.'

Het lawaai van de slijptol overstemt hun woorden, het is moeilijk het gesprek te volgen. Het geluid van scherp metaal dat door een dik slot slijpt, hij komt er nauwelijks doorheen.

'Jij denkt dat jij de enige bent met dromen,' zegt hij, 'kinderen denken van zichzelf dat zij de enigen zijn met dromen. Een goede vader zijn betekent niet alles opofferen voor je kinderen. Ik ben er goddomme ook nog. En hoe je het wendt of keert, Rose, alles wat ik opbouw moet ik op een dag achterlaten. Zonder zoon heb ik geen erfgenaam. Praat jij met je moeder. Ik ben te oud voor drama. Praat jij met haar. Laat haar rustig alle spullen pakken. Laat haar overleggen met Mai wat zij in het huis wil houden. Mai is dol op het sieradendoosje van je moeder. Waarom moet het zo gaan, als ze ook rustig haar spullen kan pakken?'

Het slot springt open en valt met een grote kletter neer op de stenen.

Rose stapt op de fiets en wil wegrijden, maar haar vader zet zijn hand op het stuur. 'Je vindt vast dat we monsters zijn, die klappen waren om jou te maken wie je vandaag de dag bent.'

Hij geeft haar de envelop. 'Dit was je vergeten. In zekere zin zou je me ook kunnen bedanken. Mijn vader sloeg de discipline in mij. Denk je dat ik het zonder striemen hier had gered? Neem dit aan. Hiermee is het klaar en uit, hiermee heb ik voor je gezorgd zoals een vader behoort te doen.'

Rose kijkt naar de envelop. 'Hou je van mij, papa?'

'Hou op.'

'Hou je van me?'

'Ik was altijd blij dat je anders dan je moeder was,' zegt hij geïrriteerd. 'Je lijkt in de verste verte niet op je moeder.'

'Maar nou? Als je naar me kijkt... ben ik iemand geworden waar je trots op bent?'

'Je hebt altijd al iets verlorens over je gehad, daar had de beste vader niets aan kunnen doen.'

'Papa, het is de meest simpele vraag op deze aardbol.'

Ik voel dat ze haar best doet om door te vragen tot hij antwoordt. Haar vraag klinkt niet smekend, kinderlijk, maar resoluut en daadkrachtig. Ze komt halen wat van haar is.

'Het is al laat,' zegt haar vader. 'En waarom heb je geen helm op. Er worden een hoop mensen aangereden door dronkenlappen hier. Pak het nou aan.'

Rose ritst haar rugzak open, er ligt een banaan op de bodem, ze gooit de envelop erbovenop.

'Ik kom niet meer terug,' hoor ik haar zeggen. 'Doe met mama wat je wilt.'

'Neem je het zomaar aan?' vraagt haar vader met opgetrokken wenkbrauwen.

'Je geeft het me toch?'

'Zo schatte ik je niet in. Dat jij zo iemand zou zijn.'

'Wat voor iemand?'

'Iemand die dit zou aannemen.'

'Je hebt het me zelf gegeven.'

'Het was een gebaar,' zegt hij. 'Je had het moeten afwijzen. Ik had nooit gedacht dat je het aan zou nemen. Ondankbaar kind. Dat is dertig jaar hongerlijden, dat is wat er in die envelop zit.'

Rose fietst weg.

De moeder is vermoord.

De vader is vermoord.

In één keer, hap, slik, weg.

Net zoals het kind van Rhea.

2 MEI – CANRAY

Op weg naar huis komt het groen langzaam weer terug, al lijken alle bomen in de schemer lichtgrijs. De avond heeft de klamme hitte niet weten te verdrijven. Rose blijft zodra ze de brug over is het hele stuk langs het water fietsen, het verdriet van haar ouders ziet ze erin weerspiegeld. De tocht over de oceaan waarbij ze hun angstzweet in de zee lieten glijden. Het zweet dat van zo ver was gekomen, helemaal vanuit het Verre Oosten naar hier, en dat het rivierwater brak maakte.

Vlak voor ze afslaat richting France Road, kijkt ze achterom of ze het huis nog kan zien. Eenzaam. Nee, zelfs dat is ze niet. Wat bestaat er voorbij eenzaamheid? De envelop voelt zwaar in haar rugzak. Ze wil huilen, maar ze houdt zich in.

Het is een prachtige avond, ook al is de lucht niet koel. De geur van een haardvuur in de verte, dit doet alles in mij tintelen. Kon ze maar zien wat ik zie. Kon ze maar horen en voelen hoe geweldig haar wereld is. Duizelingwekkend. In haar diepe verdriet ruikt ze niets, ziet ze niets. De sterren niet, de nachtvlinders niet. Pas als je er niet naar zoekt ontvouwt de wereld haar werkelijke schoonheid.

Ter hoogte van Jackson Square stopt ze bij twee kale mannen, gekleed in zwarte glitterjurken. Die lijken daar zomaar te staan. Ze kijkt vluchtig om zich heen, er is verder niemand op het plein. De mannen tapdansen in opperste concentratie alsof er een publiek is.

Klikkedeklik. Klikkedeklik. Klik. Klik.

Voor wie doen ze dit. Getik tegen de straatstenen in een wervelend ritme. Moeder kijkt naar ze, niet vol bewondering, maar met een soort afschuw. Zij zou nooit zoveel geven in de afwezigheid van een publiek, wat een verspilde moeite.

Garrett heeft haar in de repetitie wel eens verweten dat haar hongerige ego permanent gevoed moest worden. Doodmoe werd hij ervan, dat ze pas presteerde zodra er publiek was. Jij bestaat alleen maar bij de gratie van het grote publiek, zei Garrett haar, dat ze je nog moeten willen. Zo denken wij hier in dit gezelschap niet.

Zij verweet hem op haar beurt dat hij zogenaamd experimenteel theater zou maken, maar dat hij zijn ziel allang had verkocht, en commercialiteit duidelijk verkoos boven artisticiteit.

'Je hebt geen idee wat het kost om een plek in deze wereld te bemachtigen,' schreeuwde Garrett tegen haar, 'misschien ziet het er zo uit, maar ik buig niet, Rose.

Wat hij allemaal moest doen om zijn zalen vol te krijgen, de selfies die hij moest maken, de interviews waarin hij over zijn privéleven uitweidde, praten in de media over zijn fysieke kwaaltjes, liefdesleven en onzekerheden, de slechte acteurs die hij moest aannemen in zijn ensemble ten koste van de goede, alleen maar omdat het publiek hen om hun sterrenstatus wilde, hoe hij moest buigen voor de producenten en geldverstrekkers die zijn volgende productie groen licht gaven om hun steun vervolgens zonder reden weer in te trekken, de toneelteksten die hij moest aanpassen om ze toegankelijker te maken, hoe hij tegen de klippen op de teksten van Tennessee Williams of Lars Norén bewerkte om ze aan te laten sluiten op de huid van de tijd, ze te laten schuren en beuken tegen de gevestigde orde.

Dit alles deed hij niet voor een bepaalde status of roem, maar om gewoon maar door te kunnen gaan met zijn volgende productie. 'Want daar gaat het uiteindelijk om, Rose,' zei hij, 'degenen die het halen zijn niet per se de besten in het vak, maar degenen die onderweg niet zijn afgehaakt. Daar gaat het om. Niet omvallen, ruggengraat hebben. Het doet er uiteindelijk niet toe hoeveel je onderweg van je ziel hebt verkocht, het is het allemaal waard als mensen in de zaal iets gezien hebben waardoor ze zich verbonden voelen met de anderen in de zaal, sterker nog: niet alleen verbonden met elkaar, maar met de hele wereld, met de generaties voor hen en met de generaties die nog moeten komen.' Dat hij in staat was de toeschouwers naar een gebied in zichzelf te laten gaan dat ze daarvoor nog niet kenden. 'Dáár gaat kunst over,' zei Garrett, 'over de stilte die doorbroken wordt.'

Rose zet haar fiets op de standaard en kijkt naar de bezwete lijven die glimmend afsteken tegen het standbeeld van Jackson Square. De mannen dansen in opperste concentratie in de klamme avondhitte, alsof er voorbij dit moment niets anders meer bestaat, creëren ritmes die daarvoor nog niet bestonden.

Moeder haalt de envelop uit haar rugzak. Met een ruk scheurt ze haar open. Ook al weet ze wat erin zit, toch schrikt ze. Een dikke stapel biljetten van honderd dollar, keurig bijeengehouden door een elastiek. Zoveel geld heeft ze nog nooit bij elkaar gezien. Dat geld zo zwaar kan zijn, denkt ze. 'Dertig jaar bloed, zweet en tranen,' hoort ze haar vader nog zeggen. Ze gooit het geld in een zwarte hoed die op straat ligt. Het valt met een dikke plof neer. Ze wacht de reactie van de mannen niet af en rijdt vastberaden weg.

'What the fuck!' roept een van de mannen. Hij stopt met dansen, zakt door zijn hurken en kijkt met samengeknepen ogen wat het is. 'Wacht!' Zijn tapschoenen veroorzaken een waanzinnig geluid op de tegels als hij Rose achternarent. 'Wacht!' Maar de man komt haar niet achterna om haar te danken. 'We zijn geen zwervers,' roept hij, 'wat denk je hiermee te bewijzen.' Hij weet haar niet in te halen. 'Kuthoeeeeer!!'

Ze fietst met een enorme vaart terug. Met schelle stem zegt ze tegen hen: 'Geef dan maar terug.'

Een van de mannen haalt het pakketje biljetten uit de hoed, trekt het elastiek van het pakket en smijt het geld richting Rose' hoofd.

'We hoeven je liefdadigheid niet,' roept hij tegen haar. Rose kruipt over de straatstenen en weet een groot deel van het geld te verzamelen, de rest waait weg in de wind.

'Wij zijn kunstenaars,' roept de man. 'Tien dollar kun je ons betalen. Wie denk je wel dat je bent, decadente kuthoer.'

'Shut up,' zegt de andere man tegen zijn vriend, 'dat is minstens tien mille. Jij altijd met je artistieke integriteit, daar komen we geen stap verder mee.'

'Hou zelf je kop, Christopher', waarna hij over zijn voet

struikelt en met zijn hoofd tegen de grond valt. 'Fuck,' roept hij.

Zijn vriend ziet zijn kans schoon hem aan te vallen. Ze vechten niet hard, of bruut, maar speels. Ook in tijden van strijd weerklinkt de kunst van hun nachtelijk getap geweldig, al is het nu minder ritmisch.

Rose fietst verdoofd verder, de kreten van de mannen sterven langzaam weg, zo ook het geklik. Het is goed onder de mensen te zijn, zegt ze tegen zichzelf, het is goed onder de mensen te blijven. In ieder geval niet naar huis te gaan, waar de leegte haar oerangsten oproept. Sinds het vertrek van Jason voelt het huis groter dan voorheen, de kamers zijn uitgerekt tot een oneindig vacuüm, waar demonen vanuit het ondergrondse zomaar binnentreden.

Geen moeder worden, denkt ze, omdat het kunstenaarschap een te grote overgave vereist. De gedachte dat ze of een onaf kind zal voortbrengen, of een onaf kunstwerk, is ondraaglijk.

Ze gaat niet richting huis, maar fietst door naar het plein waar taxi's staan. Ze tikt op het raampje van de eerste de beste die ze ziet en noemt het adres dat in haar app staat.

Even later rijdt de taxi richting de Westbank en daarna over de Waterway Bridge. Ze blijven zo'n zeven kilometer rechts aanhouden, terwijl de taxichauffeur haar van alles vraagt, zonder dat zij er iets op terugzegt. Bij aankomst geeft ze hem tweehonderd dollar. Ze hoeft het wisselgeld niet terug.

'Hou maar,' zegt ze voor ze de deur met een klap dichtgooit, 'ik heb er genoeg.'

◆

Het is bijna middernacht als ze het terrein oploopt. De bomen langs het pad zijn verlicht met peertjes en de klanken van een saxofoon leiden naar het houten huis midden in het bos. Een paar zomers geleden had ze haar ogen uitgekeken. Na de auditie bij Garrett had hij haar geboden erheen te gaan, het zou een goede vuurdoop voor haar zijn. Elk weekend werd hier wel een event georganiseerd waar kunstenaars hun work in progress presenteerden, een plek waar Rose zich als aankomend actrice wel op haar plek zou voelen.

Nu is ze hier op uitnodiging van Dorian. 'Kom mee,' heeft hij haar geappt. 'Een optreden van Olanrewaju Bala, een schrijfster uit New Orleans, die onderzoek doet naar speekselvorming tijdens het voordragen. Je gaat het helemaal te gek vinden,' stond er in het bericht. 'Het wemelt daar van de uitgevers.'

Rose wurmt zich door de menigte. Het feest is in volle gang. Kunstenaars met artistieke outfits buitelen over elkaar heen in discussies over een of ander literair werk. Hun vingers zijn gerimpeld van het pellen van de doorgekookte rivierkreeften. Manden en manden vol ervan staan in de bijkeuken. Rondom het kampvuur zitten schrijvers en regisseurs met een sigaret in de mondhoek zich op te winden over de nieuwste toneelbewerking van de roman *Het lijden van de jonge Werther*.

Ze moet alweer plassen. Ze baant zich een weg door de dronken mensen. Iedereen lijkt druk in gesprek, al luistert niemand echt. Wat de een antwoordt, lijkt niets te maken te hebben met wat de ander zojuist heeft gezegd.

'Je weet niet wat je hebt gemist,' zegt Dorian, die haar in de hal opwacht, 'het was baanbrekend.' Hij geeft haar een zoen.

'Is het al klaar?' vraagt Rose.

'Ja, al een uur geleden.'

'Ik ben heel blij om je te zien,' zegt ze aarzelend terwijl ze een blik de kamer in werpt. Er wordt volop gedanst. 'Dorian... Zullen we even op de veranda gaan zitten? Ik moet met iemand praten...' Ze krijgt het nauwelijks over haar lippen.

'Ja, natuurlijk. Ik ga eerst gauw even wat mensen spreken,' zegt Dorian, 'daar is Norah, van Pelican Publishing, daar probeer ik al eeuwen mee in contact te komen. We spreken elkaar zo, oké? En jezus, wat zie jij eruit.'

Als ze even later op het toilet in de spiegel kijkt, ziet ze het ook. Ternauwernood de stroming overleefd. Zo ziet ze eruit, als iemand die ternauwernood aan het gevaar van de rivier is ontsnapt, aan de ruwheid van haar ouders. Op het toilet trekt ze haar broek uit en hurkt ze boven de pot om de vieze bril niet te hoeven raken. Ze voelt met haar vingers aan haar wallen en opgezwollen oogleden.

Ik voel wat ik voel, denkt ze, de gevoeligheid van mijn borsten, de hormonen die dit lijf klaarstomen voor een ander soort leven, hoe kan ik mijn kind ooit weg laten halen? De kosmische oermoeder zou me beschimpen: 'Voor de kunsten je kind weghalen, poeh! Wat is daar groots of belangrijk aan? Nog een rol in een Tsjechov, nog een Ibsen, een Strindberg, poehpoeh, het is je droom, so what, een tournee dwars door de staten, een eerste roman, een avond gewijd aan het fenomeen speekselvorming, dat alles verbleekt bij wat er in je groeit.'

Zo moet je niet over jezelf of mij denken, mama.

Ga ik het dadelijk beëindigen, fluistert ze, het weg laten halen, een moord plegen, een massacre, zoals Claire het noemt, en voor wat? Om wat rond te hupsen op het toneel? Dat zou een regelrecht pad naar het haten van mijn kunst worden, het pad naar een wrokkig leven vol spijt. Mijn uitgever Alexander heeft zijn kind, maar niet zijn vrouw. Wat wordt mijn verhaal? denkt ze. 'Rose had haar kind, maar niet haar Kunst.' Of 'Rose had haar Kunst, maar niet haar Kind.' 'Ze had zelfs geen Liefde.' Wat heb ik nodig om dicht bij mijn bron en instinct te komen. Kunst was het enige wat me overeind hield, en nu denk ik alleen nog maar aan zelfdoding.

Rose heeft zich in deze weken onttrokken aan de wereld, haarzelf de rol van toeschouwer toebedeeld.

'Laat de kraken maar los,' ontsnapt er uit haar mond. 'Ik ben niet bang dat ik het niet alleen kan. Ik ben niet bang.'

Ik weet dat ze het tegen mij heeft, al weet ze dat zelf waarschijnlijk niet eens.

'Een moeder te zijn. Een kunstenaar. Schrijver. Vrouw. Opnieuw beginnen,' fluistert ze.

Opnieuw bestaat niet, mama. Je neemt altijd het vorige mee.

'Laat de wereld donder en bliksem slaan,' murmelt ze, 'laat de wereld verschroeien tot zwarte damp. Laat een wilde hond het afgescheurde vlees opvreten.'

Ze is woedend sinds ze ziet hoe de wereld werkelijk in elkaar steekt.

Niet bang zijn, mama.

'Niet bang zijn,' zegt ze ineens, alsof ze mij gehoord heeft. Mijn jonge hart maakt een sprongetje.

'Niet bang zijn,' herhaalt ze nog eens.

'De mantra moet nóg simpeler. Tot het kind in mij het

begrijpt. Welke taal spreekt het in godsnaam? Hoe kan ik het uitleggen? Hoe kan ik het kind vertellen over de maan, de moeder, over de wereld die het ingaat, de wilde dieren die erin rondlopen. Over alles wat er is zodra mijn kind ter wereld komt. Nee, het moet nog nóg simpeler, tot het kind begrijpt dat ik doe wat ik doe, waarom ik doe wat ik doe.'

Ik hoor je, wil ik zeggen, ik hoor je, moeder.

'Hoe moet het dan,' vraagt ze. 'Wie moet ik bellen?'

Tijdens het doorspoelen praat ze tegen het luchtledige: 'Hoe moet het dan, wie moet ik bellen? Ik ben helemaal alleen.'

Nee, mama, je bent niet alleen, want je bent met mij.

Dan moet ze ineens hard huilen. Snikkend en kreunend. Ze weet zich nauwelijks staande te houden, ze doet haar best te stoppen met huilen, iemand als zij, bij wie de tranen terug naar binnen werden geslagen, zou er een meester in moeten zijn, maar het lukt haar niet.

'Een of andere eikel?' vraagt een vrouwenstem uit het niets.

Rose houdt haar adem in. Ook ik dacht dat er verder niemand op het toilet was.

Gerommel in een handtasje. Het geluid van het pompje van de zeep. Een kraan die open wordt gedraaid. De vrouw aan de andere kant van de deur wast haar handen. De ploppende zeepbellen zijn duidelijk hoorbaar, zacht en soppig, grote bellen die gevormd worden en die weer knappen, het geeft me een rustgevende sensatie.

'Schat, huil je om een of andere eikel?' herhaalt de vrouw.

Met haar broek nog op haar enkels antwoordt moeder: 'Zoiets.'

'Mijn eikel heeft van de ene op de andere dag zijn spullen gepakt,' zegt de vrouw.

Rose zegt niets.

'Omdat ik hem geen pijpbeurt wilde geven. Zo zijn ze.'

De vrouw drukt hoorbaar nog eens op het zeeppompje, het is bijna leeg, de kraan laat ze tijdens het gesprek lopen. 'Toen hij me verlaten had zeiden mijn vriendinnen: "Het was ook een eikel, je bent beter af zonder hem." Maar op een avond zag ik ineens hoe het werkelijk in elkaar stak. Mister Davislee was geen eikel. Ik was woedend dat hij me verlaten had, maar het was mijn eigen schuld geweest. Ik liet hem me aanraken op plekken die niet aangeraakt wilden worden. Weet je,' zegt de vrouw, 'het was slopend om elke dag seks te hebben op openbare plekken, maar om hem bij me te houden deed ik het. Neuken op openbare plekken wond hem op.' Ze klakt met haar tong, alsof ze haar eigen gedrag afkeurt. 'Ik liet hem mijn panty verscheuren, liet hem likken en spuiten waar hij maar wilde. Een keer nam hij allerlei speeltjes mee in het bos, ik dacht goddomme dat we een doodnormale middagwandeling zouden maken. Ik liet me aan een beuk vastbinden en hem aan mijn schaamlippen sabbelen. Ik voelde geen enkele opwinding, toch drukte hij mijn hoofd tegen zijn pik, op mijn knieën liet ik hem in mijn mond komen. Altijd keek hij na afloop toe of ik het zou doorslikken. Woedend was ik. Het was mijn eigen schuld dat ik hem het signaal gaf dat je er met mij geen spelregels op na hoefde te houden, ik liet hem denken dat ik het soort vrouw was dat alles toeliet.' De vrouw spuugt in de wasbak. 'Pas na acht maanden had ik eindelijk de moed op de zaak terug te komen, ik wilde niet op die manier seks hebben, dat hij me daarom verliet kan ik hem moeilijk aanrekenen, toch?'

Moeder leunt met haar voorhoofd tegen de deur, alsof het te zwaar is geworden.

'Dat ik in het begin van nieuwe relaties me anders voordoe dan ik ben,' gaat de vrouw verder, 'is natuurlijk pure oplichterij. Maar wat zeg ik allemaal, ik ben dronken. Jezus, de cocktails zijn sterk gemixt vanavond. Heb jij die rivierkreeften al gehad, schat?' De vrouw vervolgt haar tirade, niet gericht aan Mister Davislee of aan de wereld, maar aan zichzelf.

'Al die identiteiten die ik tijdens mijn zoektocht naar liefde heb gecreëerd. Wat een tijdverspilling.'

Rose blijft op de toiletbril zitten. Andermans urine koud en nat tegen haar billen.

'Ik zocht naar manieren,' zegt de vrouw nu op zachtere toon, 'om gewone seks te hebben. Hij hield ervan om in een restaurant terwijl hij de bestelling opnam, zijn vingers in mijn kutje te steken, dat soort dingen. Ik probeerde hem binnenshuis te krijgen, tijdens de seks liet ik dramatisch de gordijnen open om hem te laten zien dat, als de buitenwereld mee kon kijken, het ook een soort buiten was.

Ik kreeg de man eindelijk in mijn bed en ik vond het geweldig. Toen pas werd ik echt verliefd op hem. Ik wachtte op de dag dat hij zou vragen waar ik vandaan kwam, hoe ik was opgegroeid, wat voor mensen mijn vader of moeder waren, maar zover is het nooit gekomen. Hij vertrok. Joy, mijn vriendin, zei nog: "We hebben ze niet nodig, die hufters." Ze heeft me na de breuk bijgestaan, droogde mijn tranen, hield me in haar armen, waarin ik lag te huilen als een klein kind, ik kon urenlang verdwijnen tussen haar borsten, dat grote lijf van haar dat zo groot was geworden door een leven lang zoete maispap te eten. Joy veegde mijn snot af met haar blote handen. Ik kon in die momenten alleen maar denken: in vriendschap schuilt werkelijke liefde. Ik had het altijd gezocht bij de mannen, maar de vriendin die ik mijn leven lang kende en die me op een reusachtige manier opving, was geweldig. Ze nam me elke dag mee. Hotdogs eten. Een week later overleed mijn moeder. Ik was kapot. Ze heeft de hele uitvaart geregeld zonder enige klacht, ze viel me niet lastig met wie ik wilde uitnodigen, of wat het budget was, maar vroeg me alleen de afbeelding aan te wijzen voor op het rouwkaartje. Een rode roos, wees ik aan. Nou, ik vind dat je de lelie moet kiezen, zei ze, daar hield je moeder van. En ze had gelijk.

Nog geen week later liep ik richting de supermarkt, het was zo'n mooie dag. Ik voelde dat ik weer kon ademen. Ik sloeg af ter hoogte van Lamanche Street en daar zag ik ze. Neukend tussen de vuilcontainers. Mijn beste vriendin Joy samen met Mister Davislee. Ze schreeuwden het uit van genot.'

Rose en de vrouw op het toilet konden elkaar niet zien, elkaar niet ruiken of aanraken.

'Wat heeft jouw man je aangedaan?' vraagt ze aan Rose.

Alles was gehuld in een waas, een sluier over de wereld. Hoe kon ze aan deze vreemde uitleggen wat er allemaal was gebeurd?

'Hij moet iets van je hebben afgenomen,' zegt de vrouw, 'anders voelde je je niet zo ellendig op andermans feest.'

'Hij heeft niets van me afgenomen,' antwoordt moeder. 'Ik weet niet goed wat er is gebeurd, het ging allemaal zo snel.'

De vrouw klakt weer met haar tong.

'Hij heeft me hooguit iets laten zien en dát van me afgenomen,' zegt moeder.

De vrouw draait de kraan dicht. 'Dat is nogal wat.'

'Ja.'

'Bij de volgende verliefdheid vergeet je al je wonden. Zo werkt liefde. Het maakt je een ezel die bereid is zich dertig keer te stoten.'

Rose sluit haar ogen. Ze wil de vrouw alles vertellen, een poging doen haar verdriet te delen, maar ze krijgt het niet over haar lippen. Het verhaal van haar geliefde dat ze keer op keer gereconstrueerd heeft in haar hoofd, maar waar ze geen geheel van kan maken; op de momenten dat ze de moed vindt, deinst ze net zo hard terug, alsof het daarmee werkelijkheid zou worden en zij als een idioot gezien zal worden. Iemand die in de valkuil van de liefde is gestapt.

'Hoe lang is hij al weg?' vraagt de vrouw.

'Hij is...' Rose stopt even en hapt naar adem, 'nog niet weg, nog niet echt, tenminste.' Over mij zegt ze niets. Zwanger zijn is ook een eenzaam proces, wil ik moeder zeggen, het geeft niets dat je niemand over mij vertelt. Al kan ik op mijn beurt niemand uitleggen dat verzwegen worden mij ook eenzaam maakt.

'Ik ben boeken gaan lezen toen Mister Davislee me verliet,' zegt de vrouw, die ondertussen haar handen droogt onder de blazer, 'mensen zeiden dat dat een remedie voor liefdesverdriet was, drank en boeken.'

'Hielp het?'

'Niets.'

‘O.’

‘Natuurlijk hielp het niets. Zoals het me niets hielp toen ik op mijn dertiende zwanger was. Ik wist de zwangerschap nog lang te verbergen, op een dag kwam het er gewoon uit, de jongen. Na drie weken stierf hij. Niemand sprak erover. Ook mijn oom niet, die de vader was. Over het misbruik werd gezwegen, maar de pijn moest ergens op afgeschoven worden, op het kind, op de vrouw. Een promiscue walgelijkheid was ik. Daarna was ik bang voor seks. Ik heb geen kinderen meer gekregen. Omdat ik bang was. En nu is het te laat.’

‘Wat vreselijk voor je,’ zegt Rose nauwelijks hoorbaar.

‘Je hebt een man in je leven nodig, anders red je het niet, zei mijn moeder altijd.’ De vrouw zucht. ‘Ik zei tegen d’r dat ze op kon rotten. Toen mijn wasmachine lekte heb ik via YouTube geleerd hoe je het zelf kunt oplossen. Ik voelde me zo sterk. Dat is de vrouw die ik wil zijn, dacht ik.’

De vrouw opent haar handtasje, ritselt wat. ‘Shit, wat zie ik er vanavond uit. Daar moeten we maar wat aan doen.’ Ze haalt er iets uit, waarschijnlijk een lippenstift, te horen aan hoe ze de volgende zinnen met halfgesloten lippen murmelt: ‘Nou, schat, ik ga weer naar voren. Droog je tranen, je klinkt als een geweldige vrouw. Laat niemand je anders vertellen. Wij zijn op deze schitterende aarde geboren om te stralen.’

Terug in de drukte vraagt Rose zich af wie de vrouw was. Ze ziet dat het elke vrouw had kunnen zijn; de vrouw met haar getatoeëerde wenkbrauwen, de vrouw met haar fluorescerende hotpants, de vrouw die wanhopig tegen een jongen aan hangt, de vrouw met uitgezakte foundation.

Het is inmiddels twee uur in de nacht. Rose kan Dorian

niet meer vinden. Een man op de dansvloer blaast rook in haar gezicht uit. 'Sorry, dame. Dat ging per ongeluk.'

Ze kijkt hem aan, en werpt vervolgens een blik op zijn sigaret. 'Nee, nee,' hoor ik moeder zeggen. 'Doe nog eens.'

Deze avond doet ze lafhartige zelfmoordpogingen door mee te roken van andermans sigaretten en laat ze scheutjes whiskey in haar cola druppelen. Door het luisteren naar slechte poëzie en de dansende mensen tegen zich aan te laten vallen, hoopt ze langzaam te verdwijnen. Ze rookt me uit, denk ik, ze vergiftigt me, waarom doet ze dat?

'Hi, ik ben Canray.' De man is lang en stevig, het lichaam van een rots waar je tegenaan wilt leunen, met handen waar zware instrumenten in hebben gelegen, of veel vrouwen. Hij danst soepel op het ritme van de elektrische blues en dixielandjazz die door de ruimte galmen. Hij mist geen enkele beat, alsof hij ze zelf heeft gecomponeerd.

'Doe nog eens,' herhaalt Rose.

De man neemt een diepe hijs en blaast in het gezicht van moeder. 'Zo bedoel je?'

'Ja, precies zo,' zegt ze.

'Is dat wat je mist?'

'Wat?'

'Het roken... alleen mensen die zijn gestopt, vragen om zoiets.'

Ze begint ineens te lachen: 'O, ik mis zoveel, zoveel, ik kan het niet eens omschrijven, maar dat is niet het roken. Ik heb nooit gerookt.' Hij geurt naar dennen, maar ook naar drank en zweet, een wonderlijke combinatie.

'Ja,' zegt de man, 'het zit altijd anders dan je denkt.'

'Ja,' zegt ze. Voor het eerst hoor ik haar lachen. Ik voel een tinteling. Een die opwekkend is, hoopvol, iets van opwinding. Ze wil ineens niets liever dan dat de man haar aanraakt, haar huid voelt, zodat iemand kan voelen hoe zacht die is, zodat haar zachte huid niet verspild zal worden.

Canray draait zich naar haar toe. 'New Orleans is zo groot niet. Ik dacht dat ik al het moois hier al wel had gehad. Maar jij bent prachtig.'

'Ik ben hier maar toevallig.'

'In New Orleans, of hier vanavond?'

'Hier, vanavond.'

'Wat brengt je hier?'

'Ach, een aaneenschakeling van toevalligheden.'

'Praat jij altijd zo?'

De man heeft een zware stem waar een kalmte van uitgaat. Mensen om ons heen verheffen hun stemmen om zich verstaanbaar te maken, maar hij niet. Er zit een bastoon in zijn stem die onder de frequentie van al dat andere uit komt, des te zachter hij spreekt, des te beter hij te verstaan is.

'Je komt me bekend voor,' zegt hij.

'Dat lijkt me sterk.'

'Niet die actrice?'

'Nee,' liegt ze.

'Ja, jij bent het! Die ene met de krankzinnige moeder, ik heb een interview met je gelezen.'

Ze kijkt hem overdonderd aan.

'Doe niet zo flauw, heb ik je beledigd? Beroemde mensen raken zo snel beledigd. Rijke mensen ook overigens. Die kunnen niets hebben. Ik heb één rijke vriend.'

'Eentje maar?' lacht Rose.

'Nou, de rest van mijn vrienden heeft geen cent te makken. Die éne rijke vriend ken ik nog van de basisschool, hij heeft zich opgewerkt tot nummer drie van Exit.'

'De app voor het daten?'

'Ja, die datingapp voor de elite. Voor dat soort mensen gelden op het gebied van liefde blijkbaar andere spelregels.'

'Ja, wie kent Exit niet,' zegt Rose met iets verleidelijks in haar stem. Ze neemt hem in zich op, zijn kaaklijn is strak en in zijn hals heeft hij tatoeages van zwarte luipaardvlekken.

'Die vriend waar ik het over heb, had vorige week een evenement in Brussel,' vertelt Canray terwijl hij doordanst, 'hij belde me op en zei doodleuk dat hij geen zin had. In tien dagen was hij al van Bangkok naar New York gevlogen, en van Dublin terug naar New Orleans. Ik wil wel gaan, zei ik hem in een opwelling. Hij vond het allemaal best. Nou... ik heb nog nooit zoiets meegemaakt, daar werd ik onthaald als een vorst.' De man lacht. 'Een privéchauffeur haalde me van het vliegveld, ik kreeg een verguld bandje voor het diner. Ze zetten me naast een Europese kroonprins neer, ik weet niet meer welke, de hele avond heb ik met hem gepraat, geinige gozer. Ineens raakte ik volledig in paniek. Alles in me wilde zeggen: ik ben niet degene die jullie denken dat ik ben, geen belangrijk iemand, ik ben niemand. Ik werd alleen maar op deze manier onthaald omdat ze dachten dat ik iemand anders was. Ze serveerden hele kreeften die de kok al had losgepulkt en in hun geheel weer terug in de schaal had gedaan, ze serveerden foie gras en champagne. Wanneer word je in het leven nou zo onthaald, als de meest onmisbare persoon op aarde, die zijn kreeft compleet geprepareerd op zijn bord krijgt? Zelfs eten werd een minimale inspanning.'

De toon van zijn stem geeft Rose een rustig gevoel, en tegelijk een zindering in haar buik. Ze gaat dichter bij hem staan, ook ik ruik nu de mengeling van zweet, sigaren, en alle dennen van het hele bos bij elkaar.

'Mijn god, wat ben jij schitterend,' zegt Canray nog eens, 'het mooiste meisje in de kamer.'

Ze bloost, maar doet alsof ze hem niet gehoord heeft. Rose voelt haar gevoelige borsten, haar honger naar sinaasappelen. Waar komt dit ineens vandaan? denkt ze.

Ik weet dat ik het ben, ik jaag haar naar sinaasappelen en mango's, naar een onweerstaanbare trek in zuidvruchten.

'De andere vrouwen hier zijn knap, maar jij bent mooi.'

'Dank je,' zegt ze op precies dezelfde toon als ze het na het spelen tegen het publiek in de theaterfoyers zegt. Complimenten incasseren heeft iets vermoeiends; wegwuiven wekt de suggestie van valse bescheidenheid, maar klakkeloos aannemen wekt de indruk van arrogantie. Garrett had haar geleerd dat die complimenten niet over haar gingen, maar over de ander. Ze moest leren de complimenten in ontvangst te nemen, dat hoorde nou eenmaal bij het vak, ze was er beroerd in, verweet Garrett haar, zich met complimenten te laten overladen. Dat was iets wat zij hún moest gunnen. Er waren maar weinig dingen in dit vak die over háár gingen, leerde Garrett haar.

'Ben je hier alleen?' vraagt Canray.

'Zie ik eruit alsof ik hier alleen ben?'

'Mensen die alleen zijn gekomen blijven dicht bij de muur. Vind je het erg als ik wat dichter bij je kom staan.'

Ze lacht. 'Dat vraagt nou nooit iemand aan me.'

'Wat?'

'Of ze dichterbij mogen komen. Meestal doen ze dat gewoon ongevraagd, of ze gaan zomaar weg.'

'Aziatische vrouwen zijn tenminste nederig, anders dan die opgefokte feministen. Ik ben na een MeToo-incident alleen maar bezig met consent, voor ik ook maar een vinger durf uit te steken. Instemming vragen voor seksueel contact, jezus, daarmee hebben we geen enkel fundamenteel probleem opgelost.'

'Wij gaan geen seks hebben.'

Canray zegt niets. Hij neemt een laatste hijs van zijn sigaret en gooit hem op de vloer.

'Wat voor MeToo-incident?' vraagt moeder terwijl ze de brandende sigaret nakijkt.

'Ach, het was niets.'

'Iemand heeft je blijkbaar ergens van beticht.'

'Praat jij altijd zo?'

'Hoe?'

'Zo uit de hoogte. Als ik met vrouwen op date ga, wil ik hun tijd gewoon niet verspillen,' zegt hij op resolute toon. 'Ik wil geen kinderen, heb er zelfs een knipje in laten zetten. Anticonceptie is niet alleen de verantwoordelijkheid van de vrouw, nee,' hij tikt met zijn vinger verwoed op zijn borst, 'maar denken die vrouwen wel eens aan mij? Zij kijken niet naar mij, zij scannen of ik potentieel sterk zaad heb. Ik heb ze allemaal laten gaan, vrouwen met kinderwens, hoe knap ze ook waren, ik heb ze laten gaan, omdat ik een zuiver verantwoordelijkheidsgevoel heb.

Kijk, bij jonge vrouwen vond ik geen tikkende eierstokken. Zij stellen geen moeilijke vragen en vinden het gewoon cool met een muzikant te zijn. Zo belandde ik op een avond in bed met een studente die me later van machtsmisbruik betichtte. Ik was stomverbaasd, jezus, zij was drie keer gekomen, dus waar hebben we het over? Door met jonge studenten op te trekken, eerstejaars blijven eeuwig twintig, vergat ik dat ik ondertussen wel ouder geworden was. Voordat er sprake is van machtsmisbruik moet er toch sprake zijn van een machtsverhouding? In mijn hoofd was ik nog altijd dat arme, ondergeschoven jongetje dat maar wat blies op zijn sax. Ik had niet door dat ik iemand anders geworden was; de docent die het allemaal weet, de coole, beroemde saxofonist. Ik voel me er heus wel rot om, als je dat wilt weten.' Canray kijkt met een uitdagende blik naar moeder. 'Jij bent de eerste die ik sinds lange tijd probeer te versieren. De eerste twintiger, bedoel ik dan.'

Ze zegt niet dat hij ernaast zit wat betreft haar leeftijd.

'Er is iets aan jeugdigheid wat begeerlijk is. O god, dit klinkt heel fout. Of niet?'

'Ja,' zegt ze, 'nogal.'

'Voor mij geen kinderen, toch zijn vruchtbare vrouwen betoverend.'

Zo'n twee of drie minuten zeggen ze niets. Ze luisteren naar de muziek die om hen heen swingt. Ik luister in stilte mee.

'Mag ik je nu zoenen?' vraagt hij.

Ze zegt geen ja, knikt zelfs niet.

Voor ze het weet voelt ze zijn lippen op de hare, hij zoent

haar hevig en lang. Ze laat het toe. Alles om haar heen verstomt. Ze zoent na een paar seconden zelfs terug. Voorzichtig, maar vastberaden. Dat leven van haar dat ze dacht te kennen spat in minuscule deeltjes uit elkaar. Er bestaan geen entiteiten meer. Ook mijn stem komt niet meer door. Zijn tong is warm en glad. Een kus die een soort geruststelling in zich draagt, al weet ze dat ze verder niets van hem wil. Ze kwam deze avond een belofte terughalen, de belofte die het leven haar ooit deed, die kwam ze vanavond halen.

'Kom, laten we daarheen gaan.' Hij wijst naar de verlaten donkere hal verderop. Ze loopt achter hem aan naar het meest onverlichte hoekje van de ruimte. Voorzichtig leunt ze tegen de muur waaraan een abstract schilderij hangt. Canray pakt haar vast bij haar heupen, trekt haar een meter van de muur af. 'Nu ben je niet meer alleen, je hebt die muur niet nodig.'

'Nee,' zegt ze.

Hij legt zijn hand op haar borst, op zoek naar een stukje huid. Ze ontknoopt haar blouse om hem toe te laten. Zijn rechterhand gaat regelrecht naar haar blote borst, die gevoelig en gezwollen is. Met zijn lijf dicht bij het hare laat ze hem in haar tepel knijpen.

'Hm,' hoor ik hem zeggen. Haar adem versnelt.

Hij haalt zijn hand vervolgens uit haar blouse en maakt het knoopje van haar broek los. 'Is dit oké voor je?'

'Ja,' zegt ze.

Hij glijdt met zijn hand in haar broek en weet moeiteloos haar ongeschoren bos schaamhaar te vinden. Zijn middelvinger steekt hij bij haar naar binnen, terwijl hij haar ondertussen blijft kussen. Ze staat zijn vinger daar toe alsof hij daarmee het leven, het leven dat ik ben, met zijn vingertop kan beroeren, kietelen.

Even maakt hij zijn lippen los van de hare, hij hapt naar adem en zegt: 'Nat.'

'Dat betekent niets,' zegt ze, 'hecht daar maar geen waarde aan.'

Voor het eerst in dagen is ze in staat zich over te geven aan de situatie. Ja, soms moet ze gewoon even leunen op het leven. Een kale vlakte zonder pilaren, schraal en rauw, is niet voor mensen zoals zij weggelegd.

Hoor jij mijn stem nog, moeder, hoor je me?

Ik wou dat ik mijn kind boven alles uit kon tillen, hoor ik haar op haar beurt denken, onzichtbaar voor hemel en aarde, waar ze je allemaal met rust zouden laten.

Ja, ik ben er, moeder, in volle aanwezigheid.

Canray maakt zich los van de kus, haalt zijn hand uit haar broek en likt zijn vinger af. 'Nat en zuur.'

Moeder kijkt om zich heen. Ze ziet niemand die ze nog herkent. De muziek klinkt ineens luid, alsof die dwars door muren heen slaat. Wat doet ze hier? Waarom is ze hier vanavond gekomen?

'Zoek je iemand?' vraagt hij.

'Nee, het is gewoon...' zegt Rose verward.

Canray trekt haar hoofd weer terug. 'Sssst,' probeert hij geruststellend. 'Je hoeft niet bang te zijn voor wat anderen denken.'

Ze doet een stap naar achteren, richting de muur. 'Sorry, ik heb even lucht nodig… ik weet niet…’ Een scherpe steek gaat door haar borst, dwars door haar hart, alsof Jason hier plotseling in de kamer staat en naar haar glimlacht. De lach die haar in angstige tijden kalmeerde. Haar benen voelen wankel, alsof alle kracht eruit is getrokken door het idee dat Jason hier naar haar staat te kijken.

‘Maak je geen zorgen,’ zegt Canray terwijl zijn hand weer richting haar broek gaat.

‘Wacht… ik…’ Dan zakt ze ineens in elkaar en valt ze neer op de vloer. Haar wang tegen het hout. Een uitgetrapte sigaret recht voor haar neus. Ik ruik het vuil op de vloer, de geur van het hout dat krom staat van de verspilde drank. Ze begint onbedaarlijk te huilen.

Canray staat eerst een tijd verbaasd naar de plotselinge omslag te kijken.

‘Jezus. Gaat het?’

‘Nee,’ snikt moeder.

‘Kom, sta op.’

‘Nee, ik kan het niet, ik kan het niet. Ik kan het allemaal niet.’

Hij probeert Rose bij de arm te pakken om haar omhoog te trekken, maar zij is er niet klaar voor, niet klaar om weer op haar voeten te staan.

‘Je moet opstaan. Het ziet er raar uit, een volwassen vrouw op de vloer. Jezus.’

Ik voel haar hele lijf trillen, de tranen blijven komen. Ze hapt naar adem, maar met elke nieuwe teug lijkt het zuurstoftekort nog groter, het doet me tollen, deze toestand van haar.

‘Je hoeft me niet overeind te helpen,’ snikt ze, ‘niemand kan me overeind helpen.’

Ze wou dat Jason hier was, hij zou haar nooit ongewild omhoogtrekken omdat het er voor anderen raar uit zou zien. Van hem heeft ze niets hoeven te doen waar zij nog niet klaar voor was. Ze zou hem juist vragen of hij bij haar wilde komen liggen, net zo lang tot ze weer op kon staan.

'Wil je hier bij me komen liggen?' vraagt ze snikkend. 'Hier met me op de vloer.'

Hij staat onbewogen en kijkt haar nog altijd verschrikt aan.

'Ik smeek het je,' zegt ze. 'Trek me niet omhoog, alsjeblieft.'

'Wat wil je dat ik doe, het ziet er echt raar uit.'

'Dat is nog geen reden om op te staan!' schreeuwt Rose. 'Ik wil dat je hier bij me komt liggen.' Ze trekt haar lijf in een foetushouding.

'Het ene moment fluister je dat je me wilt, en het volgende moment dit. Jezus.' Hij kijkt om zich heen alsof hij een aanleiding zoekt om weg te kunnen lopen, maar hij vindt er geen.

Ze blijft liggen, hij staat in stilte naar haar te kijken. Als ze zich weet op te hijsen, merkt ze dat haar borst ontbloot is, ze doet de knoopjes van haar blouse dicht.

'Kom, we gaan naar de bar,' zegt Canray, 'ze hebben daar de beste whiskey. Ik kan wel iets gebruiken.'

'Nee,' hoor ik haar zeggen. 'Ik ga naar huis.'

'Waar woon je?'

'Doe maar niet,' zegt ze.

'Wat.'

'Het heen-en-weervragen, wij gaan elkaar toch niet meer zien.'

'Ben je beledigd. Ben ik niet goed genoeg voor je.'

'We schieten er niets mee op. Dank je voor de avond.'

'Wie denk je wel dat je bent,' zegt hij verontwaardigd.

Ze knoopt haar broek dicht.

'Maar mooi ben je,' zegt hij, 'het mooiste meisje van het feest, maar... wat is er mis met jou?'

Ze kijkt hem in stilte aan, knippert een paar keer met haar ogen, alsof ze de vraag goed in zich opneemt: 'Wat is er mis met jou?' Haar lippen gaan iets van elkaar om iets te zeggen, maar sluiten zich weer. Dan vraagt ze alleen nog maar: 'Kun je me op weg naar huis helpen, ik wil gewoon naar huis.'

De man bekijkt haar alsof ze een vreemd wezen is. 'Nee, sorry, daar heb ik echt geen zin in.' Hij draait zich om en vlak voor hij wegloopt zegt hij: 'Dit is echt borderlinegedrag.'

Moeder wurmt zich door de menigte naar de gigantische patio waar ze nachtvogels hoort zingen. In de verte is Dorian druk in de weer met de hoofdredacteur van Pelican Publishing. Stagiaire Jenna is er blijkbaar ook, die staat te dansen met dat jonge, geweldige lijf van haar dat ze tegen de beats aan gooit, zo soepel, zo vanzelfsprekend, onbevangen danst ze in de nacht. Dat Jenna op deze nacht, ondanks de hitte, een oversized trui heeft aangetrokken, het ziet er waanzinnig uit. Als je met je jonge lijf dat niets te verbergen heeft te wijde kleren aantrekt, is dat puur zelfvertrouwen, denkt Rose terwijl ze wegloopt.

In de taxi terug naar huis sluit ze haar ogen, maar dat helpt niet tegen de misselijkheid, de chauffeur trekt flink op.

Ja, ze had zich haar leven anders voorgesteld. De wereld ligt aan je voeten, zeggen mensen je, maar iedereen weet dat de kaarten voor je geboorte al geschud zijn, uitgedeeld. En de kaarten die Rose in handen dacht te hebben, bleken vals.

Op sommige dagen is Jason er nog, dan komt hij het huis binnen alsof er niets aan de hand is. Maar hij is al vertrokken, dat weten ze allebei.

Haar telefoon houdt ze strak tegen zich aan geklemd, in de hoop dat haar moeder haar zal bellen, dat iemand haar zal bellen, maar vooral dat hij haar zal bellen.

Laat de kraken maar los, denkt ze in de taxi, laat de aarde openscheuren, het lava opkolken.

De taxichauffeur neemt een scherpe bocht. 'Sorry,' zegt hij. Hij vraagt haar iets onbenulligs over haar afkomst, ze knikt, daarna kijkt ze weer wezenloos voor zich uit.

Buiten vaart een vrachtschip over de Mississippi.

Aan haar natte onderbroek voelt ze dat ze zich niet goed heeft afgeveegd.

De taxichauffeur lijkt wel zestien. In het licht van de koplampen van de tegenliggers glinstert het gouden montuur van zijn bril in de nacht, om zijn nek draagt hij een sjaal van een of andere sportclub. Hij vertelt over de eerste keer dat hij sneeuw zag, vorige winter hier in Amerika. Bij zijn aankomst in Minnesota was hij blij gelijk een baan te hebben gevonden, taxiritjes bieden bij uitstek een goede gelegenheid om de taal te leren, maar tijdens een eerste sneeuwstorm ging het mis. Hij heeft de klant moeten vragen om het stuur over te nemen. Daarna verhuisde hij naar New Orleans. 'Het is maar beter ook, daar in de kou lachte nooit iemand.'

'Waar kom je dan vandaan?' vraagt Rose.

'Mumbai, India. Weet u waar dat ligt?'

Rose zucht, ze haalt een kauwgom uit haar tas, ze biedt de jongen er geen aan.

'Heeft u wel eens sneeuw gezien, mevrouw?'

'Ja,' antwoordt Rose smakkend. 'Dat heb ik wel eens gezien.'

'Dat is toch prachtig.'

'Hm-hm.'

Ik wilde meepraten, meer dan dat. Het klinkt waanzinnig, sneeuw. Hij praat er in ieder geval lang over, maar in de korte tijd dat ik de mens bestudeer, zeggen ze wel vaker dingen zonder er echt verstand van te hebben, zomaar ditjes en datjes, dingen die ze wel of niet kennen, gewoon om maar te blijven converseren. Alsof stilvallen de dood is.

3 MEI – OUR PLANET

Ik ben in staat grote dingen waar te maken
(mantra – blijven herhalen – tot je gelooft).
Ik ben in staat grote dingen waar te maken.
Dit herhaalt moeder tot ze het gelooft.

Wie ik eerder was, ben ik niet meer,
fluistert ze.
Maar de persoon die ik zal worden,
ben ik nog niet.
Het is zwart, te donker om te zien.
Helemaal alleen.
Ik ben met niemand,
zelfs niet met mezelf.

Rose zit opgekruld in de badkamer. De tegels voelen koud aan haar billen. Jason zit slechts drie meter bij haar vandaan in de woonkamer, met een Netflix-serie op. Hij is teruggekomen zonder echt thuis te komen. Zijn schoenen doet hij niet meer uit. Alsof hij zit te wachten tot hij weer kan gaan naar waar hij liever wil zijn. Hij kijkt gespannen naar een aflevering van *Our Planet*, zeehonden vallen een voor een van een rotswand af. Ze knallen te pletter op de scherpe rotsen, bloedspetters en vlees vliegen door de lucht. Golven voeren genadeloos het platgeslagen vlees de zee in.

Moeder laat het zeepblokje over haar huid glijden. Het glibbert over haar borsten, haar buik, ze weet het niet vast te houden, het glijdt telkens uit haar hand. Ze pakt het weer op en probeert zich net zo lang te wassen tot het blokje op is.

Ik hoor hem huilen, hij vindt het vreselijk, niet de situatie met mij, maar het dierenleed van zeehonden die van een rots te pletter vallen.

Moeder ademt in, moeder ademt uit.

Ik adem in, ik adem uit.

Ik ben het wonder in haar buik, waar is de vreugde gebleven die ze eerder om me voelde?

Moeder probeert het aandachtig luisteren te oefenen, zoals de monnik het haar leert, het blijven ademen. Blijven ademen. Zie hem, zegt ze tegen zichzelf. Niet mezelf, maar hem. Blijven ademen, al heeft de ander je de wereld ontnomen, blijven ademen, om de pijn van de ander te zien. Het gaat in tijden van paniek alleen maar om het vermogen om kalmte te vinden, compassie te hebben voor je vijand, daar worden hele oorlogen mee afgewend, ze leert me alles wat de monnik haar leert.

Deze lente, toen ze nog in het witte huis van Jason leefde, is ze iets van haar onschuld kwijtgeraakt. Die kinderlijke blik waarmee ze in staat was het leven elke dag opnieuw uit te vinden raakte vertroebeld als een vuile ruit die niet meer te lappen viel. En toch leerde ze me van Jason te houden.

Ze blijft zich wassen tot haar huid weer schoon is, tot de wereld weer helder voelt en schoongewassen voor haar verschijnt.

Wat is er gebeurd voor ik er was?
Wat is er precies tussen hen voorgevallen?

Terwijl ze zich rond drie uur in de middag in de badkamer omhooghijst en zich afdroogt, het zeepje in het putje laat liggen en richting de keuken loopt, vallen al haar goede voornemens toch in duigen. Blijkt die onverwoestbaarheid in haar toch verwoestbaar. Ze zakt naast de oven door haar knieën. Jason komt in de keuken naast haar zitten. 'Je bent mijn alles,' zegt hij, 'pleeg alsjeblieft geen abortus.'

Ze houdt haar adem in, durft hem niet aan te kijken. 'Meen je dit?'

Hij vraagt haar wat haar het leukste lijkt aan het hebben van kinderen, alsof hij met die vraag al het voorgaande ongedaan kan maken. Zijn stem klinkt ineens zacht en troostrijk. 'Iedereen vertelt me maar hoe zwaar het is, het vaderschap,' zegt hij.

'Ik weet het niet,' zegt Rose zachtjes terwijl ze haar rug tegen de oven laat leunen.

'Mij lijkt kleertjes kopen het leukst,' zegt hij, 'bij de crèche op de hoek van het werk mogen ouders niet mee naar binnen, dan zullen de kinderen nooit kunnen wennen. Ik zie om de tien minuten een jong stel even voor het raam staan om te zwaaien naar hun kind, om hun baby luchtkusjes te geven.'

Dan kijkt Rose hem recht in de ogen. Ze staat op en loopt naar de woonkamer, pakt de glazen kandelaar van de salontafel, loopt terug de keuken in, en smijt de kandelaar tegen het hoofd van Jason. Hij krimpt ineen. Na een klein moment waarin hij met zijn hand op zijn hoofd voelt of hij bloedt, kijkt hij op en roept met een verschrikte blik: ‘Wat doe jij in godsnaam?!’

4 MEI – MARJORIE

In de stoffelijke wereld is er tijd en ruimte, zijn er auto's en uitlaatgassen, landsgrenzen en stinkende kaas, uitstervende vissen en grote emoties als onzekerheid en razernij, maar in de spirituele wereld niet, daar bestaan geen grenzen en uitsterving, er bestaat alleen maar de oneindigheid.

Kon ze het maar voelen, mijn arme moeder, kon ze het maar.

Wat is de reden van dit alles, vraagt ze zich af. Zouden de goden voor alles een reden hebben? Ook ik vraag me dat af. Sommige dingen in de wereld lijken me zo onzinnig. Zweetvoeten bijvoorbeeld. Wat kan daar de functie nou van zijn? Of van verdriet. Misselijkheid. Aangestuurd door mijn gedachten die nog geen gedachten zijn, drijf ik maar wat, heb ik nog geen voet op de aarde gezet, en toch ben ik er al eens geweest. Voor we geboren worden, zijn we namelijk overal al eens geweest.

Deze weken groeien de cellen voor mijn oren, ook van mijn tenen en vingers, straks wordt het zichtbaar. Het is waanzinnig, een wonder. Er groeien klauwen om me straks in de wereld vast te kunnen grijpen. Dat is hier in het vruchtwater nog niet nodig, en toch is alles er al. Nog voor ik besta, is alles er al. Roze belletjes dwarrelen om me heen. Ik zou hier wel eeuwig kunnen blijven.

Rose smeert een boterham met pindakaas en jam, eet hem vervolgens gedachteloos op. Ze staart naar de muur die ze vorige maand samen met Jason geverfd heeft. Ocean Metallic, de kleur waarop het zonlicht zacht reflecteert als de late middagzon erop schijnt. Jason zwaait vanaf een van de foto's aan de muur naar ons. Heel anders dan de blik die hij haar gaf toen zij de kandelaar naar zijn hoofd had gesmeten. Hij had haar aangekeken alsof hij haar ter plekke zou vermorzelen. Maar dat deed hij niet, zoiets heeft hij nog nooit gedaan. In plaats daarvan haalde hij een paar keer woest adem, draaide zich om en was de deur uitgelopen.

Ze zou die foto's van de muur moeten halen. Maar ze kon het niet. Ze voelde zich verlamd. Op momenten dat ze aan mij denkt, komt er zo'n woede in haar naar boven, dan pakt ze haar telefoon om tegen Jason te krijsen dat hij terug moet komen. Het ene moment wilde ze zeggen dat hij haar niet zomaar achter kon laten, maar op andere momenten, waarin ze zich te moe voelde om te eten of te drinken, verstopte ze de telefoon ergens onder het kussen, omdat ze bang werd van een telefoon die stil bleef.

Ze kon het niet verdragen dat de Jason die zij kende van de ene op de andere dag zomaar weg was. Kende ze hem dan toch niet goed genoeg? Dacht ze met een andere man samen te leven dan ze werkelijk deed? Was hij een klootzak, een psychopaat, wie is die man die dit zomaar kon doen? Soms huilde ze uren achtereen, en vroeg ze zich af hoe dat lijf van haar die tranen in een rap tempo kon blijven produceren. Sinds gisternacht was het allerlaatste stukje hoop dat Jason terug zou keren vervlogen. Ze veegde de scherven van de gebroken kandelaar bijeen en bleef gefascineerd naar het scherpste stukje kijken.

Ze liet de scherf van de ene naar de andere hand gaan, draaide hem om, hield hem tegen haar pols, en daarna tegen haar hals. Ze ging op de keukenvloer liggen en hield de punt recht boven haar buik, alsof ze lag te wachten tot de zwaartekracht hem vanzelf naar beneden zou trekken om haar buikwand te doorboren. Ze had er geen betekenis aan moeten hechten, maar de tekenen waren onweerlegbaar. De tarotkaart die ze eerder die dag had getrokken had het al aangegeven. *De Toren.*

> 'Een ingrijpende transformatie staat te gebeuren, moeilijkheden staan op uw pad, explosieve gebeurtenissen die onomkeerbaar zijn, een crisis, er komt een einde aan iets wat niet meer in uw leven past. Pas op.'

Toen ze na het trekken van de kaart las waar het voor stond, stokte haar adem. Ik zou haar willen zeggen dat het totaal onduidelijk is of de voorspelling voor iets goeds of slechts staat, dat ze er geen betekenis aan moest hechten. Maar de woorden die ze las over deze tarotkaart maakten haar bang.

Kun je het kind al missen voor het er is, fluistert moeder.

Kan ik iets missen wat ik nog niet ken, vraag ik me op mijn beurt af. Wie ben ik, die nog nooit een zonsondergang heeft gezien, of sneeuw, of de zee. Hoe kan ik een zonsondergang missen die ik nooit gezien heb, hoe kan ik mijn moeder missen die me nog nooit heeft vastgehouden? Ook ik word bang voor de voorspelling, alsof er iets vreselijks staat te gebeuren.

De volgende middag opent ze de deur voor Marjorie. De luide stem van de schoonmaakster vult op donderdagen tussen twaalf en twee het hele huis. Rose is vergeten haar af te bellen.

'What have you done?' roept Marjorie terwijl ze het huis binnenkomt. Ze draagt haar gebruikelijke Haïtiaanse hoofddoek en een shirt met drukke prints. 'You broke up? Why I don't see clothes of Jason. He is not here anymore? Where is he? Why you break up with man is good to you? He is very good man. Why you do that?'

Moeder zegt niets. De stofzuiger wordt door Marjorie bruut uit de kast getrokken. Per schoonmaakbeurt gaat er een liter bleek doorheen en elk microvezeldoekje wordt na eenmalig gebruik de prullenbak ingegooid.

'He broke up with me,' zegt Rose zachtjes.

De vrouw heeft een raar accent dat ik niet eerder gehoord heb, diep en zangerig.

'Oh...' zegt Marjorie. 'No, not possible, Jason loves you so much. By the way, you don't have coffee?'

Rose loopt naar het koffiezetapparaat en komt terug met een kop zwarte koffie voor de vrouw. Koffie met vier klontjes suiker, zo heeft Marjorie het graag. De vrouw trekt ruw aan het snoer van de stofzuiger, dat om de poot van de kamerstoel gewikkeld zit. Ze gebaart naar moeder dat zij de koffie op de tafel neer kan zetten. Dan schudt Marjorie haar hoofd en zegt: 'You really made it. I don't understand why you cannot be happy.'

De prullenbak wordt wild heen en weer geschoven zodat ze ook in de hoeken kan stofzuigen, dan sleept ze het ding als een ongehoorzame peuter achter zich aan de kamer door. Er komt een vreselijke stank uit het ding. 'What happened in your life, you always look so sad.' Als Marjorie na een klein kwartiertje klaar is met de kamer, loopt ze de badkamer in, daar trekt ze lange, zwarte haren uit het putje. De stem van Marjorie echoot vanuit de badkamer: 'Maybe it is because you're always so stressed. Always so uncomfortable. You always want quiet. Or maybe because you always work. A woman should not always work. A woman should make man happy. If not, he leave. You don't have milk for the coffee? Not enough sugar.'

Rose gaat op de bank liggen en sluit haar ogen. 'Next time you cannot come anymore,' hoor ik haar zeggen.

Marjorie stopt met waar ze mee bezig is, loopt de badkamer uit. In haar handen heeft ze een emmer bleek. Ze kijkt moeder aan met een blik alsof ze het niet kan geloven. 'Jason always paid me,' zegt ze terwijl ze naar de lade in het dressoir wijst. Blijkbaar weet ze dat daar het geld ligt. 'Even if you don't have job. Jason would not have let me leave. You lose everyone because of your sad look.' Er klinkt gekletter. Ze heeft de emmer uit haar handen laten vallen, de bleek stroomt over de houten vloer. Marjorie loopt naar het kastje en pakt er een briefje van honderd dollar uit. Zonder verder nog iets te zeggen loopt ze de deur uit.

Moeder haalt diep adem, misschien uit onbehagen, misschien om het idee dat ze straks al die bleek moet opdweilen. Voor nu blijft ze liggen op de bank, met haar ogen nog altijd gesloten.

'Ik hou al van je,' fluistert ze. 'Je hebt nog geen hart misschien, je leeft op het mijne en toch hou ik al van je.'

Ik zit op de plek die ze het meest wil beschermen. Ik zinder bij het idee binnenkort mee te mogen kijken naar die geweldige wereld die moeder voor me schept. Ik zou wel eens zo'n havik willen zien waar ze zo opgewonden over kan zijn. Een waterhyacint die met haar paarse bloemen uit het water rijst. Een slagroomsoes. Een magisch beekje met kronkelende meervallen. Ik zou alles wel willen zien, zelfs enge beesten in het moeras. Ik wil meespelen, meedoen, meepraten.

Ik maak me er vaak een voorstelling van. Een grutto die ik kan volgen in zijn vlucht, het idee dat hij me vanuit de hoogte de uitgestrektheid van ons landschap toont, ik zou hem helemaal volgen tot het moment dat hij slechts een puntje aan de hemel is.

Ze vertelt me over de wereld alsof ze daarmee alle pijn van zich af kan schudden. Niet in woorden, zoveel spreekt ze niet tot me, maar ik doorvoel het in elke vezel van haar lijf, dat voor nu ook het mijne is.

Ik kijk ernaar, luister naar haar, verzadigd, zonder afschuw of angst, zoals alleen een ongeborene dat kan.

In dit tussengebied, in dit niemandsland waar zij zich bevindt, leef ik dicht bij mijn oerinstincten. Dicht bij een van de resterende mysteries van ons bestaan.

Sinds een paar uur klopt mijn hart, waar behalve mijn arme moeder verder geen mens weet van heeft.

6 MEI – GARRETT

De telefoon gaat over, dwars door het gekraai van de haan van de buren. Het is zes uur in de ochtend. Rose wordt bezweet wakker.

'Waar ben je nu?' vraagt moeder aan Garrett. Ze gaat rechtop in bed zitten en zet haar telefoon op de speaker.

'Ik sta ergens op de dijk in Nederland,' zegt Garrett. 'Het is hier prachtig. Er groeit flink wat fluitenkruid tussen het koolzaad. Heb je dat wel eens gezien, koolzaad? Zoek het maar eens op.' Garrett is vooruit gevlogen om de speellocaties in Europa te bekijken. 'Je gaat het hier prachtig vinden. De mensen gaan je solo prachtig vinden. Ze staan hier enorm open voor experimentele theatervormen.'

Moeder kucht, ze weet dat het tijd is. Ze weet dat het geheim dat ze met zich meedraagt niet nog veel langer een geheim kan blijven. Haar stem klinkt krakerig en schokkerig als ze begint te praten.

Dan doet ze het, ik kan het nauwelijks geloven. Voor het eerst praat ze over mij.

Ze praat en stopt niet tot alles verteld is.

Ze praat en praat en praat aan één stuk door. De ochtendzon schijnt zachtjes haar slaapkamer in. Het verlicht haar bureau, haar vieze was op de vloer.

Dan is het echt zover.

Ik ben er.

In het hoofd van Garrett besta ik nu.

Het voelt alsof de wereld even stilstaat, in de paar minuten dat ze over mij praat.

Met de woorden die ze de wereld instuurt, besta ik. Ik ben er.

Haar hart bonkt alsof er een aardbeving op komst is, alsof ze de goden aanroept.

Ze vertelt Garrett alles.

Ze vertelt dat Jason weg is. Voor het eerst hoor ik hoe ze klinkt als ze een vriend in vertrouwen neemt. Met grote haperingen en broosheid, alsof ze hem toelaat op een plek waar weinig mensen ooit zijn geweest.

De lucht voelt stil. De wolken hangen kalm in de lucht. De strakblauwe lucht doet langzaam pijn aan haar ogen, er ontstaan vreemde vormen in, ultramarijne bolletjes, ijskoude druppels water.

Aan de andere kant van de lijn blijft het stil.

Door de telefoon hoor ik een vogel. Hollandse vogels maken een heel ander geluid dan de vogels hier.

'Weet je wat je gaat doen?' vraagt Garrett.

Moeder kijkt naar het plafond, zonder iets te zeggen.

'Met het kind...' vraagt Garrett.

'Ja,' antwoordt moeder, 'ja, dat weet ik.'

'En?' vraagt Garrett.

Ik houd mijn adem in.

Ik stel me een compleet windstille dijk voor, daar aan de andere kant van de oceaan. Een zon die lui in de lucht hangt.

Het voelt alsof alles voor even op pauze is gezet. De moeite die het kost om door te ademen als je op zoek bent naar de lichtpuntjes in het bestaan. Klanken om haar heen verstommen, er klinken geluiden die niet van hier zijn.

Dan zegt moeder: 'Ja, ik weet wat ik ga doen.'

'Wat?'

Ze haalt diep adem: 'Het tegenovergestelde van wat ik dacht.'

◆

Ook al heb ik ze nog nooit gezien in het echte leven, ik kan ze zo uittekenen, zo vaak heeft moeder ze aan me omschreven; de zwaluwen, het fluitenkruid, de karpers waarover Garrett vertelde. Maar ook de alligators hier, de zon, het kolken van de rivier op de plek waar ze opgroeide.

Straks ben ik niet meer één met de heuvels, dalen, grotten en bergen, niet meer één met de oergoden vanuit de baarmoeder waar ik me bevind, maar ben ik ook in staat me te manifesteren als een persoon die kan lopen en praten. O, ik heb zo'n onweerstaanbare zin om de wereld te zien, om volwaardig te zien wat zij daar allemaal zien. De woorden van anderen klinken soms rot en ik begrijp niet alles, toch zou ik mijn moeder willen zeggen: alles heeft een vibratie, moeder, de bomen, het water, ons gemoed. Gewoon goed luisteren, daarin hoor je alles wat je moet weten. Als je gelooft dat je het niet verdient, ga je het niet vinden.

Hier ben ik.

Een goddelijk verlangen voel ik. Niet per se om de betoverende avondschemering te mogen zien, maar om háár te zien, mijn moeder, op precies dezelfde manier zoals de mensen haar nu zien.

9 MEI – PATEL

De slaapzak ligt al dagen onaangeraakt op de bank. Rose ontving midden in de nacht een sms.

Jason: Ik ga dat niet redden.
Rose: Waar ben je?

Ze zag dat hij direct na het versturen van zijn bericht offline was gegaan. Ze legde haar hand op haar buik. Met de telefoon naast haar op het hoofdkussen viel ze pas uren daarna in slaap. Pas toen de nachtelijke wind tegen de takken woei, viel ze met een klam lijf in slaap.

Terwijl ze richting het Garden District fietst, sms't ze hem nog een keer.

Rose: Ben je in de buurt?
Rose: ?
Rose: Het is de eerste echo. Je zou erbij moeten zijn.
Rose: ??

Al ziet de straat er schaduwrijk uit, het is heet. Naast de kliniek staat verborgen tussen de eikenbomen een piepkleine chocolaterie. In de vitrine staat een ballerina van pure chocolade op haar spitzen te dansen, om haar heen bonbonnetjes, gewikkeld in gouden foliepapiertjes.

Rose blijft ronddwalen voor het gebouw alsof ze daarmee wat tijd kan rekken. Jason kwam wel vaker te laat. Sommige mensen hebben nou eenmaal meer tijd nodig voor hetzelfde leven dan een ander. Dat zegt ze tegen zichzelf: hij heeft gewoon tijd nodig.

Ze heeft haar haren gewassen, een strakke eyeliner getekend die haar oogopslag vergroot en een jurk aangetrokken die ze had bewaard voor een speciale gelegenheid. Ze wilde de gynaecoloog geen enkele reden geven om te kunnen denken: ik zie waarom je vriend je verlaten heeft.

Na twintig minuten drentelen op een klein stukje schaduw voor de ingang, stapt ze het gebouw binnen.

'Hij is niet gekomen?' vraagt dokter Patel.

Ze schudt haar hoofd.

Hij zegt niets over haar jurk die premièrewaardig is. Achter het gordijntje kan ze die ook gelijk weer uittrekken. Het lijkt op een pashokje, al staat hier een doos met tissues op het plankje en een pak maandverband. Haar sokken mag ze aanhouden.

'Het is waarschijnlijk te vroeg om iets te zien,' zegt dokter Patel als ze met haar benen wijd in de beugels ligt, 'dus verwacht er niet te veel van.'

Ze knikt.

'We gaan alleen eventjes kijken of het een meerling is, of een leeg zakje. Dan is de keuze of je het gaat houden snel gemaakt, toch?'

In haar poging goed voor de dag te komen, heeft ze iets over het hoofd gezien. Niet geschoren. Ze zou haar bos schaamhaar willen bedekken, maar dat zou er nog meer nadruk op leggen.

'Je hoeft niet op het scherm mee te kijken als je niet wilt,' zegt de man. Zijn stem heeft iets troostends. 'Sommige vrouwen houden er levenslang last van, meekijken naar de vrucht en het daarna toch afbreken... Jij weet nog niet wat je gaat doen, toch?' Dokter Patel waarschuwt dat de echokop een beetje koud kan aanvoelen.

'We hebben sinds kort een hoogwaardig echosysteem.' In zijn stem klinkt kinderlijk enthousiasme. Hij trekt haar schaamlippen uit elkaar en brengt de staaf bij haar naar binnen. Het geeft haar een prettige sensatie. Op een wonderlijke manier voelt het goed, geil zelfs. Ze kreunt.

'Doe ik je pijn?' vraagt dokter Patel.

'O nee,' zegt ze zonder te laten merken dat ze zich betrapt voelt, 'dat is het niet.'

'Wat is er dan?'

'U bent aardig voor me,' zegt ze.

De gynaecoloog kijkt een tijdlang naar het scherm, terwijl hij de echokop wat heen en weer beweegt. Ze wil dat hij daar voor eeuwig mee doorgaat. Dan stopt hij abrupt met zijn bewegingen, zijn ogen blijven bij iets op het scherm hangen. 'O nee...' zegt hij zachtjes.

'Wat is er, is er iets mis?'

Ze kijkt naar het scherm, ondanks dat dokter Patel haar heeft gewaarschuwd, maar ze ziet niets anders dan schaduwen. Zwart, wit en grijs. Donkere wolkjes op het scherm, niets wat ze herkent. Een voortdurend in beweging zijnde, donkere, drassige onderwaterwereld.

‘Hier.’ Dokter Patel wijst op het scherm naar een klein, langwerpig puntje. ‘Hier.’

‘Wat is dat?’

Het flikkert als een kerstlampje. Fel en sterk. Aan, uit, aan, uit. Zo gaat het een tijdje door. Alsof het in morsecode haar iets wil zeggen. Ze blijft kijken, maar weet niet wat het tegen haar wil zeggen. Ze blijft ernaar staren, zonder dat ze het kan begrijpen.

‘We hebben wel genoeg gezien zo, Rose.’ De gynaecoloog trekt de staaf terug.

‘Nog even,’ zegt ze zachtjes. ‘Mag ik nog even blijven kijken?’

‘Natuurlijk.’

Dan beseft ze het. Ze ziet mijn hartje kloppen.

Alsof ze het *hoort* kloppen.

Maar dat is niet zo, er is niets te horen.

Het is ineens zo helder.

Wat vastligt in het leven en wat niet.

Dit gaat over leven, dit gaat over de dood, dit microleven in wording dat ik ben.

Het is prachtig, hemels. Het is voor haar de maan, het heelal.

Waar komt dit vandaan? vraagt ze zich af.

Ik wil tegen haar schreeuwen: uit jou, moeder, het komt allemaal uit jou.

Zou het al iets meekrijgen van wat er daarbuiten allemaal gebeurt? vraagt zij zich af. Als dit kind er niet komt, waar gaat de ziel dan heen? Ze bijt op haar lip om niet in tranen uit te barsten.

‘Het is geen drieling,’ zegt hij. ‘Ook geen leeg zakje. Ik kan niet anders zeggen dan… dat het er allemaal fantastisch uitziet. Fantastisch werkelijk. Een perfect plaatje. Vrouwen die bij mij komen dromen hiervan.’ Dan valt hij even stil en kijkt geconcentreerd naar het scherm voor hij zegt: ‘Waar jij de afgelopen twee jaar ook van hebt gedroomd.’

‘Alstublieft… zegt u dat soort dingen niet tegen me. Dat voelt nu als de droom van een andere vrouw.’

‘Je mag de echo wel hebben,’ zegt dokter Patel. ‘Wacht, ik print hem wel voor je uit.’

Ze kan zich nauwelijks bewegen. Felle steken in haar borst, alsof er iets uit wordt gerukt. Dan begint ze toch te huilen, schaamteloos met grote schokken, als een kind dat achtergelaten is.

‘Je mag er ook later nog voor terugkomen,’ zegt hij als hij haar reactie ziet, ‘als je eraan toe bent. Dan maak ik geen printje. Kleed je maar aan. Stop alstublieft met huilen, ik kan er slecht tegen.’

‘Tegen huilende vrouwen?’

‘Nee, dat bedoel ik niet, ik kan slecht tegen mensen die verdrietig zijn om iets wat zo…’

‘Wat zo wat?’

‘Zo fortuinlijk is.’

‘Wat vindt u dat ik moet doen?’ vraagt Rose wanhopig.

‘Je bent hier twee jaar geleden gekomen om dit te bereiken.’ Hij laat haar nog even in de stoel zitten. Duidelijk ongemakkelijk om deze huilende vrouw. ‘Wil je een tissue, die hebben we genoeg.’

‘Het is toch geen prestatie,’ zegt ze, ‘wat bedoelt u met

bereiken, wat heb ik met een zwangerschap bereikt.' Ze doet haar best om niet haar stem te verheffen. 'Mijn vriend zegt dat het in deze fase slechts een klompje cellen is.'

'Ik heb vrouwen eraan onderdoor zien gaan, vrouwen die nooit meer over de abortus heen zijn gekomen.'

'U heeft makkelijk praten. Ik ben helemaal alleen.'

'Je bent niet alleen.'

'Wat weet u ervan!' zegt ze feller dan bedoeld.

'Je bent met je kind.'

'U heeft geen idee waar u het over heeft.'

'Rose, ik snap dat je dit allemaal zo voelt, maar met een kind ben je nooit alleen. En bovendien, het is niet dat je nog alle tijd van de wereld hebt. Tegen de tijd dat je een nieuwe vriend hebt gevonden en daar zo ver mee bent dat je aan kinderen kunt beginnen... ik bedoel, het heeft je nu ook twee jaar gekost. Ik hoor alleen maar afschuwelijke verhalen over het moderne daten.' Dokter Patel praat in kosten en baten, met een zwangerschap als eindpresentatie.

Met haar benen nog wijd in de beugels begint hij te praten over zijn dochter Chrissie. 'Ze is nu achttien.' Tijdens het gesprek laat de dokter zo nu en dan zijn blik over haar benen glijden.

Uiteindelijk heeft hij Chrissie alleen moeten opvoeden, vertelt hij. Haar moeder wilde het kind toch niet. 'Mijn exvrouw was er van de ene op de andere dag klaar mee, zo had ze dat tegen me gezegd: "Ik ben er klaar mee."' Chrissie was toen zes. In een rap tempo werd het huis verkocht, zonder strubbelingen waren ze uit elkaars leven gegaan. Te stilletjes zou je haast kunnen zeggen, waardoor hij begon te denken dat de relatie nooit had plaatsgevonden. Na zoveel jaar samen geruisloos uit elkaar gaan was een degradatie van de relatie die ze ooit hadden, alsof het een illusie was, een droom, gereduceerd tot: 'Dat was het dan.' Alleen de aanwezigheid van Chrissie, een persoon van vlees en bloed, was het bewijsstuk dat er iets had bestaan tussen hen.

'Chrissie praat nog steeds over het huis,' zegt dokter Patel, 'het huis waar we na de breuk kwamen te wonen. De grot, noemt ze het. Ze vond het fantastisch, een huis waarin er geen muren stonden die de kamers verdeelden, waar we vrijuit konden rennen om tikkertje te spelen.'

Samen keken ze door het raam naar de mensen in de stad. Dan gaven ze hun fictieve namen of verzonnen ze waar ze vandaan kwamen of heen gingen, bedachten hele lotsbestemmingen voor al die vreemden. Ze sliepen samen in de woonkamer, ieder op hun eigen eenpersoonsbed. Ze speelden 'ik zie ik zie wat jij niet ziet' tot ze in slaap vielen, maandenlang achtereen. Er was leven en reuring. Chrissie voelde zich er nooit alleen.

De assistent klopt op de deur en wijst dokter Patel erop dat hij genoeg moet blijven drinken. Ze zet een glas water op zijn tafel. Moeder wil een deken over zich heen trekken, maar er is niets binnen handbereik om zich te bedekken. Dokter Patel zegt dat hij liever nog een koffie wil. Water is beter, zegt de assistent en ze vraagt hoeveel hij denkt nog uit te lopen. 'Maar de waarheid is,' vervolgt hij nadat zijn assistent de deur achter zich dichttrekt, 'dat we na de scheiding het huis met een enorme restschuld hebben moeten verkopen.' Hij had een hypotheek met een te grote overwaarde op het huis genomen en de eerste jaren van hun huwelijk hadden ze er ook nog eens flink op los geleefd. 'We leerden Chrissie sterren tellen, niet die in de lucht, maar die van de restaurants waar we kwamen. We boekten weekendjes naar de oostkust, kochten een Porsche, huurden een nanny voor Chrissie, niemand lag er van wakker. Mijn ex en ik kochten beiden een racefiets met alles erop en eraan, waar we overigens niet één keer op zijn gestapt. Ik denk dat we het deden omdat het kon en in de illusie een gezamenlijke hobby te hebben. We wilden de overeenkomsten tussen ons, die in werkelijkheid helemaal niet bestonden, kopen. Ik monteerde de beugels in de schuur om de fietsen aan op te hangen, die fietsen hebben daar jaren gehangen, het blokkeerde alles.'

Na de scheiding kwam hij in de schuldsanering terecht. In de buurt van Oak Street had hij in een smerig steegje, tussen discotheken en alternatieve barretjes waar happy hour een hele nacht duurde, een kleine studio gevonden. Aan de lopende band dwaalden dronken mensen voor de deur. 'Ik was bang voor ze, die dolende geesten, junkies, waar ik mijn dochter tegen moest beschermen. Ik begon ze namen te geven om minder bang van ze te worden. Door het raam wees ik naar Mister Pumpkin en Miss Sugarbeignet. Chrissie moest erom lachen. Klein en smerig was de studio. Ongelooflijk dat zij er andere herinneringen aan heeft.'

Dokter Patel kijkt Rose met een lome glimlach aan. Hij veegt wat pluisjes van het bed waar zij op ligt. 'Het bleek dat de moeder van Chrissie niet alleen klaar was met mij, maar met *alles*, ze was klaar met mijn werk, de honderden vagina's die ik had gezien, de chutney, dat detail is me bijgebleven, chutney noemde ze in het rijtje alsof ik het haar jarenlang door de strot had geduwd. Ze was klaar met het zijn van een moeder, van iemand zijn waar een ander steeds iets van nodig had. Het had haar te veel gekost. Bij de bushalte zei iemand een keer tegen haar: "Wat een lief kind." Zij was alleen maar blij dat het sliep en even geen beroep op haar deed, dat het monster tot rust was gekomen, het beest terug in de kooi. Daarna had ze het leven met ons nog zes jaar een kans gegeven, maar het zat er echt niet in, de koek was op.'

Dan is hij even stil. Het is onduidelijk of hij iets zit te overdenken. De klok geeft negen uur twintig aan.

'Wat zeggen je ouders ervan?' vraagt hij. 'Van je zwangerschap?'

'Ik heb het ze niet verteld.'

'O.'

'Dank u.'

Ik weet niet waarom moeder de arts bedankt.

'En toch ben je niet alleen. Je bent toch actrice?'

'Ja.'

'En schrijver. Je vriend vertelde er zo trots over.'

'Ja… ik ben met mijn eerste boek bezig.'

'Mooi. Richt je maar op het schrijven, dan hoef je tenminste niet te stoppen met werken. Als actrice pleeg je avond aan avond roofbouw op je lijf, dat lijkt me vrij ongezond voor het kind.'

Ze gaat met haar hand naar haar buik. 'Is dit leven?' vraagt ze zachtjes aan de man. Moet ze het wel of niet houden? Zal ze met de komst van dit kind het allemaal moeten opgeven? De kunsten die haar naar de overkant van de rivier hebben gebracht. Ze begint te kokhalzen, alsof alles wat ze de afgelopen dagen had gegeten of gedronken had er weer uit moet; de broodjes kaas met de uitgever, de cola met druppels whiskey op het feest, de hotdogs, de drankjes met Dorian, de Pringles in de tourbus. Ze voelt ineens ook een sterke afkeer van toneel en literatuur. Ze haat het met elke vezel die ze in zich heeft, alsof de kunst moest concurrent met het kloppende hart dat ze zojuist gezien heeft. Kunst met een grote K, mijn reet, denkt ze. De wereld van het geheimzinnig genootschap dat je geneest van je jeugd, geneest van je gebrekkige persoonlijkheid, je afgestompt en kleurloos leven!

Ze denkt terug aan het gesprek met Garrett. 'Het komt erop neer te kiezen tussen de kunst en het moederschap,' had hij vanaf de Nederlandse dijk gezegd. 'Kunst is je redding geweest, je overleving; met waar jij vandaan komt, moet je dat voor jezelf overhebben. Als jij moeder gaat worden, gaat alles wat je hebt opgebouwd verloren. In dit vak zijn er geen moeders.'

Wat ze zojuist zag op het scherm had slechts de grootte van een rijstkorrel, maar was groot genoeg om de aarde te doen sidderen.

Op de fiets ergens op de kruising van St Charles en Napoleon Avenue begint ze te huilen. Niet om mij of omdat ze haar liefde is kwijtgeraakt, maar om alles, om het verlies van haar vader en haar moeder, terwijl ze beiden nog leven, om haar eenzaamheid, terwijl ze dacht die van zich af te hebben gespeeld. Verdriet om haar falen, om de plek waar ze is beland, alleen, zonder liefde, zonder iets om op terug te vallen, en dadelijk ook zonder haar kunst, waar ze ooit zo op leunde, maar die haar nu futiel en onzinnig voorkomt. Het is onmogelijk, te moeten kiezen tussen twee levens.

Ze denkt aan alles wat achter haar ligt en alles wat nog voor haar staat, een onvermogen het huidige moment te vinden. Het kloppen van mijn hart heeft haar geraakt. Een flikkerend licht. Ter hoogte van het French Truck Café wil ze iemand bellen, maar ze weet niet wie.

Ze is prachtig, fluistert moeder.

Ava, is haar naam.

Ze zegt het zo zacht dat niemand het kan horen. Ze voelt zich belachelijk al zoveel liefde te kunnen voelen voor iemand die ze nog nooit heeft ontmoet. Mij. En het is belachelijk, het geslacht al te raden, en toch wist ze dat ik het zou zijn. Ze huilt, een overweldigend huilen, zoals een kind dat kon, en ze wou dat er iemand was die de naam van haar ongeboren dochter kon horen.

12 MEI – CEMENT

Mama vertelt me een verhaal. Over een meisje dat zich leeg voelde. Wat ze ook deed, ze was leeg; ook al stelden haar vrienden haar gerust, ze voelde dat ze hol was. Haar hart, haar vingers, haar benen. Ze keek naar de mannen en de vrouwen in het dorp die er allemaal anders uitzagen dan zij. Ze smeekte de bakkerszoon of hij haar kon helpen. Hoewel hij herhaaldelijk zei: 'Je bent niet leeg, je bent prachtig', wist ook hij dat deze woorden nergens konden indalen, omdat haar lijf leeg was vanbinnen, zij was niet gevuld met liefde en vertrouwen. Hij riep alle mensen uit het dorp op om het meisje te vullen met cement. Ze at tien dagen en tien nachten achtereen grote happen cement, helemaal tot ze volgestopt was. Toen was ze gelukkig. Tot ze ging zwemmen en zonk.

Het is zover. Ik voel hoe de zon naar de horizon wordt getrokken. Leven in een onderwaterwereld valt niet altijd mee. Ik heb belletjes in mijn oren die maar niet ploppen. Als ik mijn ogen sluit, voel ik mijn lijf deinen alsof het door een stroming meegevoerd wordt. Als ik me er niet tegen verzet, maar me eraan overgeef, is het nog best lekker ook.

Het meisje dat zonk, werd op de bodem van de zee de oudste vrouw ter wereld zonder dat iemand dat aan haar kon zien. Zij is de vrouw die dertig generaties kinderen geboren heeft zien worden, dertig generaties stelletjes verliefd op elkaar heeft zien worden, dertig generaties van vaders en moeders begraven heeft zien worden. Ze aanschouwde hoe sommigen het haalden en anderen ook weer niet. Hoe druk mensen zich ook maakten, uiteindelijk maakte het allemaal weinig uit, het een of het ander.

Soms slaap ik een halfuurtje, maar nooit langer, als het al slaap te noemen is. Er zijn nog weinig dromen te verwerken. Ik houd me vast aan de wereld zoals ik haar in deze korte tijd leer kennen, maar mijn beeld verandert met de dag. Ik denk aan de wonderbaarlijke giraffen die ik te zien zal krijgen, aan de gletsjers en de vissen.

Nam mô A di đà Phật.

Ze is bang voor de keuze die voor haar ligt, voor het voortrazen van de tijd. De tijd die maar doortikt en nooit meer terugkomt. Ze is bang voor mijn steeds groter wordende aanwezigheid. Nog voor ik een onophoudelijke honger ken of een duidelijk karakter heb, weet ik dat er binnen een korte tijd iets te beslissen valt. De klok tikt gewoon door, hoe kan ik haar duidelijk maken wie ik ben? Het vraagstuk over leven en dood, het vraagstuk over wat te doen met mij.

Pas tegen de middag voelt Rose hoe droog haar tong is, ze realiseert zich dat ze al de hele dag niet gepraat heeft. Ze voelt hoe wankel ze op haar benen staat, haar armen voelen slap, niets houdt haar nog bij elkaar. Ze heeft de hele nacht liggen woelen in bed. Toen ze met haar hand naast zich voelde, op zoek naar hem, alsof ze even vergeten was dat ze alleen in het bed lag, wilde ze Jason op zijn kop slaan tot er bloed uit kwam, zo boos werd ze.

Ze loopt de kamer in, doet het raam open en laat haar blik langs de dingen om haar heen glijden, over haar fiets in de tuin, een uil in de boom, ze kijkt naar alles om haar heen zonder haar blik ergens aan vast te haken, zonder er een gedachte aan te verbinden.

Voor mensen aan deze kant van de rivier leidt de brug naar een plek van geweld en verspilde levens, waar geweerschoten regelmatig als vuurwerk de lucht in knallen, waar louche types voor de wasserette staan om simkaarten uit te wisselen. Een plek waar zíj niet dood gevonden willen worden, dat vertellen ze moeder herhaaldelijk. De plek waar immigranten mentaal nog altijd vastgeketend zitten aan hun thuisland en de grond vervuilen met hun resten frituurvet. Rose vertelde hun nooit dat dat precies de plek was waar ze vandaan kwam.

In haar jeugd kleurde de brug juist mee met de strakblauwe lucht, waardoor hij haast doorzichtig leek, zo vertelde ze het aan mij, de poort naar een wereld waar iedereen genoeg geld op zak had, genoeg moed in de borst. Een plek met Amsterdam, Berlijn en New York binnen handbereik. Voor mensen zoals haar ouders bestonden die steden niet, zij kweekten koriander en munt in de tuin, maar nooit genoeg zelfvertrouwen voor zichzelf om het door te kunnen geven aan hun kinderen. Rose is er blij om dat ze nu bij de anderen hoort, bij de mensen die weten hoe ze zich staande moeten houden.

13 MEI – HOLDEN & ALICE

De eerste belofte is me al gedaan. Ze gaat me meenemen naar de dierentuin. Het lijkt me geweldig een luipaard te zien, ik kan mijn geluk nauwelijks op. Ook al begrijp ik nog niet alles van de wereld. Klokken bestaan om te weten op welk punt van de dag je je bevindt. Stoplichten bepalen of je moet stilstaan of lopen, wat een gek idee, dat de kleuren rood en wit de mensen doen stoppen of voortbewegen. Muziek is iets wat dwars door huid en andere weefsels naar het hart kan dringen. Mensen laten zich wekken door een haan of een telefoon. De tegenstrijdigheid van vuur, hoe kunnen diezelfde vlammen zowel een huis wegvagen als mensen op een koude nacht verwarmen. Er bestaan cafés waarin vriendschapsbanden gesmeed worden en liefdesverdriet wordt weggedronken. O! Een goddelijk verlangen voel ik.

Moeder vertelt me waanzinnige verhalen die ze las in haar kindertijd, van sommige heb ik het vermoeden dat ze die maar ter plekke verzint. Ze praat over witte mannen en zwarte vrouwen, maar ook over de goden, de Grieken, die mythisch en wijs klinken. Liever luister ik naar de mensen in haar nabijheid die zomaar kletsen, vooral als ze praten over dingen waar ze zich druk om maken, het is soms best komisch. Ze leert me de wereld helder te zien in haar magie, in haar sneeuwbuien en zonnegloeden.

Hoor je me, mijn kindje.
Ja, ik hoor je.
Hoor je me echt?
Ja, ik hoor je echt.

Rose begint het leven op het toneel te haten, dat ze moet spelen voor mensen die avond aan avond klappen voor haar ellende. Te moeten spelen voor een groep mensen die alleen maar in de zaal zit om aan anderen te laten zien dat zij tot de kunstzinnige elite behoort. Mensen die met een dik boek onder de arm hun intellectualiteit bewijzen. Ze begint haar rol steeds cynischer te spelen, gisteren kon ze het niet laten het publiek woedend aan te kijken tijdens haar slotmonoloog.

Voor de voorstelling eet ze wat droge rijst, op een zo onopvallend mogelijke manier om geen argwaan over haar zwangerschap te wekken. Het overgeven doet ze tussen de scènes door, tussen het derde en vierde bedrijf zit een adempauze waarin ze naar het toilet kan rennen. Meestal zitten de toiletten in de theaters op dezelfde verdieping als het toneel, direct achter de coulissen, maar soms ook niet. Witte rijst uitkotsen is geen pretje, het gaat schokkerig en stroef, wat eruit komt is zuur en klonterig. Met puree gaat het beter. Moeder haat het allemaal.

En dan is er ineens iets zonder dat iemand het nog kan zien.

'Ava is haar naam.' Zo hoorde ik moeder het zeggen. Ik was trots dat ik een naam had, eindelijk mens was. Zonder naam ben je niemand. Het is een teken dat ik binnenkort mee mag doen met die geweldige wereld die ze voor me schept.

Ze denkt aan de liefde die er nog altijd is, aan haar liefde voor hem, ze denkt aan alle momenten die ze gedeeld hebben. Ze zagen tijdens een avondwandeling eens honderd konijnen op het pad, hij had opgewonden naar ze gewezen en het uitgeschreeuwd: 'Zie je ze, Rose, zie je ze!'

Ze denkt aan de middagen waarop ze een beetje hebben zitten luieren op een bootje dat dreef door het moeras, aan hoe ze hadden gekeken naar de mangroves.

Op hun reis naar Mexico sprong Jason onbezonnen het koude water in en zwom voorbij de rots.

Ze zag hem daarna een uur lang niet meer.

Uit angst dat hij door een sterke stroming was meegevoerd, sprong ze ook het water in en zwom naar de plek waar het water wild tegen de klippen beukte. Hij was de kant opgeklommen en was in een spelonk gaan zitten als een gestrande Robinson.

Toen ze hem zag, zat hij bibberend in de schaduw.

'Wat doe je hier?' had ze hem gevraagd.

'Ik ben gewoon een beetje aan het nadenken,' had hij gezegd, 'en ondertussen probeer ik een vis te vangen.' Hij had een losse lijn uitgezet, waarvan zij niet wist hoe hij eraan kwam.

'Wil je even alleen zijn?' vroeg ze watertrappelend.

'Ja,' had hij geantwoord.

Toch hees ze zich uit het water, klom op de scherpe rots en ging naast hem zitten. Ze keek toe hoe hij met een los touw en wat aas naar het water zat te staren. Na een hele middag vissen hadden ze niets gevangen, ze keken naar de eindeloze zee, tot ze iets zagen wat de golven brak. Een ander stel. Die doken uit het niets op uit het water. Zij was mager en de jongen had verwilderd haar. Ze waren niet ouder dan een jaar of achttien. 'Mogen we erbij komen?' vroegen ze. Jason knikte.

Het stel hees zich uit het water. Ze zagen eruit alsof ze dagenlang niets gegeten hadden. De ribben van het meisje waren duidelijk zichtbaar en ook de jongen had geen grammetje vet aan zijn lijf. Jason stelde voor om ze later die avond mee uit eten te nemen, naar een plek aan de haven, veertig minuten rijden van het strand, waar gamba's en krab rechtstreeks uit het water op de weegschaal werden gegooid. Rose had Jason zachtjes in zijn zij gepord, maar hij had dat genegeerd. Op die plek werd al het eten op gewicht afgerekend. Ze hield er niet van als de rekening niet op voorhand gecalculeerd kon worden. Het gaf haar een nerveus gevoel niet te weten hoe duur het zou worden.

Jason liet die avond aan de haven het stel alle zeevruchten aanwijzen waar ze maar trek in hadden. Rose voelde zich gelukkig toen ze naar de onbezorgdheid van Jason keek.

Terwijl het meisje met grote finesse haar dorade aan het fileren was, gaf zij toe dat ze de situatie met Rose en Jason niet hadden vertrouwd, nooit eerder waren ze zomaar meegenomen door vreemden. Zij waren opgegroeid in een omgeving van vioolleraren en kunstexposities, hun leven thuis was belachelijk decadent. Zij hadden van hun ouders geleerd dat mensen altijd op zoek zijn naar een mogelijkheid misbruik van je maken. Nu waren ze gewoon eens op vakantie, ze wilden voelen wat het was om *back to basic* te gaan en ook eens mensen van kleur te ontmoeten, ze hadden hun shirts van Egyptisch katoen en vicuñawollen sokken thuisgelaten, ze wilden naar een plek waar ze zelf hun eten konden vangen, even voelen hoe het was om je onder de armen te begeven. Morgen zou de moeder van het meisje overkomen, die had voor haar een spa geboekt om bij te komen van deze exercitie. De jongen was niet van de massages en zou naar een concert van Bruce Springsteen gaan.

Rose at tijdens dit verhaal stilletjes haar zalmmoot, betaalde de rekening. Jason bood aan hen naar huis te brengen, ze bleken te slapen in een gedeelte van de stad dat versierd was met mooie straatlantaarns langs exclusieve winkels. Rose en Jason hebben het stel afgezet op een enorm resort. Jason keek niet meer om, hij zong mee met een lied op de radio, maar Rose had nog wel omgekeken naar het stel dat verdween in de kunstmatige verlichting die de palmbomen van het resort uitlichtte als een rode loper naar een ander bestaan dat niet het hunne was.

19 MEI – RHEA

En dan nog iets. Iets wat me opvalt.

Voor ik besef van tijd heb, voel ik het ritme van bewegen en stilstaan, van slapen en waken, maar op een andere manier dan hoe Rose het beleeft. Op een bepaalde manier voel ik al iets van verheugenis, op mezelf nota bene, op het ontstaan van iets wat ze daar buiten een persoonlijkheid noemen, karakter, waarmee ik mezelf mag distantiëren van de hemel en de diepe grotten, en af kan dalen naar een meer aardse plek.

Rose vertelt over de godin Thetys die zwanger was van de Nijl, de godin die later nog duizenden rivieren en oceanen zou baren. Mensen zijn vergeten hoe hard de goden hebben geperst tijdens de bevalling van water en graan, het is ook lang geleden, maar ik weet het nog. Ik leef nog dicht bij hen, de zeenimfen.

Ik kan niet wachten te leren lopen, ik kan me daar nog maar moeilijk een voorstelling van maken, maar ik denk dat het zo waanzinnig zal zijn dat ik er niet meer mee zal stoppen.

Het mooie aan ongeboren zijn is dat hier niemand de hemel van me kan afpakken of me de aarde kan ontnemen. Die dingen gebeuren pas zodra de dagen bestaan uit uren en een leven uit jaren. De plek waar mensen die de klok hebben uitgevonden hem ook weer proberen te vergeten in hun zoektocht naar geluk.

Moeder vertelt me een verhaal van een Vietnamese artiest die schrijft dat gedurende het koloniale tijdperk in Vietnam de Fransen geïnvesteerd hadden in treinrails, in het aanleggen van kanalen en wegen. Helden waren ze. Dat ze de barbaarse junglepaden getransformeerd hadden in rijstvelden. Helden, die de Vietnamezen paden hadden gegeven om te wandelen en ze richting gaven, een uitweg boden. Maar hoe kan dit een succesverhaal zijn als ze daarmee de tijger verjoegen, de olifant, de krokodil, als daarmee de rijstvelden het Melaleucawoud verdrongen?

Sinds het telefoongesprek met Garrett fantaseert ze over zwaluwen, karpers, helemaal aan de andere kant van de oceaan in het land Nederland. Ook al heb ik ze nog nooit gezien, ik kan ze zo uittekenen.

Terwijl ik droom over al deze wonderen, word ik steeds gestoord door een onheilspellend gezoem.

Ik zie beelden die me bang maken, drijf af naar een donkere plek die angstaanjagend is.

Het stormt en suist. Het borrelt en het sist. Ik probeer mijn aandacht op iets anders te richten, maar dan borrelt het nog harder, zuigt en bruist het.

Zou de voorspelling van de tarotkaart dan toch uitkomen?

Zou de voorspelling van haar vader en moeder toch kloppen: Ieder die geboren is in ledigheid zal sterven in ledigheid. Alles wat geleend is moet op een dag worden teruggeven. Dit is niet haar land, niet haar haar grond, niet haar leven.

Niet mijn grond, niet mijn land, niet mijn hart.

Wie jaagt op de maan, de olifanten, wie laat ze leven, zodat ik ze nog kan zien, ik heb nog zoveel te zien.

Het moeras en de savanne, de krokodillen, de maan, de moeder.

Wie jaagt en wie sterft?

Ook op het toneel geldt: wie sterft en wie jaagt? Je bestaat alleen bij de erkenning van de ander, van het publiek dat je het bestaansrecht schenkt, maar datzelfde publiek kan je dat net zo makkelijk weer ontnemen.

Hoe kan ik haar duidelijk maken dat het allemaal goed komt. Laat me dat toch doen, dat is iets wat ik kan, haar de liefde voor het leven laten heruitvinden.

Wild is het water waar ik in drijf, alsof er duizenden paaiende karpers om mij heen kronkelen.

Nee, wil ik roepen. Nee.

Rhea smeekte haar man of ze de baby mocht houden. Kijk eens, zei ze. Ze streelde het kind, kuste het kind, toonde het aan Kronos. Maar die griste de baby ruw uit de handen van zijn vrouw en schrokte het kind in één keer naar binnen, in één hap, hopsa, en weg was het. Alsof het er nooit was geweest. Kronos slaakte een boer, sloeg op zijn borst en liet nog een boer. Rhea zakte in elkaar van verdriet, ze huilde onophoudelijk alsof haar vlees uit elkaar gerukt werd.

Ik weet niet waarom moeder me dit soort verhalen vertelt.

Ook al lijkt het voor anderen een piepkleine, onbenullige, vanzelfsprekende prestatie, moeder zijn. De vrouw die weet wat liefde is, maar voor haar voelt het als iets aan de andere kant van het universum, zo ver weg.

Zo wild, stormachtig, ik voel nauwelijks wat onder of boven is. Wat hemel of aarde is.

En dan, zomaar, wordt het stil.

Ineens zo vreselijk stil.

Zelfs geen hartklop.

Donker.

Zoals in het moment vlak voor het doek opgaat.

De spanning van niet weten hoe het allemaal zal eindigen. Ik zou er op dit moment alles voor geven om haar eens op het toneel te zien.

Maar het is stil als op de meest onbewoonde plek op aarde, waar zelfs geen laatste mens bewegingloos ligt.
Zo stil.

‘Alle verhalen eindigen gelukkig, als je maar op tijd stopt.’

– ANNIE M.G. SCHMIDT

◆

‘De ware aard van alles wat is, is niet geboren te worden en niet te sterven, niet te komen en niet te gaan.’

– THICH NHAT HANH

19 MEI – WOMEN'S CARE CLINIC

'Rose… Rose?'

De vrouw die me wekt, ken ik niet. Ze draagt een wit uniform. Als ik wakker word lijkt de wereld gekanteld. Alles lijkt nog precies hetzelfde, alles ziet er nog hetzelfde uit, maar hij is licht gekanteld, alsof de horizon scheef staat. Het is tien over halfnegen in de ochtend. Ik kijk naar buiten, ze hebben me terug de ziekenzaal ingereden. Ik trek het laken op en zie dat ze me een dikke luier hebben aangetrokken.

Ik ben weer alleen. Een stukje weggeknipt uit de geschiedenis, of nee, er is eerder iets weggeknipt uit de toekomst.

Alleen met mezelf.

Gisteravond in de theaterfoyer wilde ik een groot glas rode wijn in één teug leeg drinken. Wat kon het nou schelen, dacht ik, de volgende dag zou het toch weg zijn. Maar het lukte me niet, alsof ik het kind zou vergiftigen. Met mijn handen op mijn buik vroeg ik me af wat het dacht, of het me ooit wist te vergeven.

Nu zijn we nog samen, zei ik zachtjes, morgen ben je weg.
Ik kan je niet geven wat je verdient.
Ik zou je een brief willen schrijven, zodat je het begrijpt.
Ik wil het allemaal zo graag aan je uitleggen,
Begrijp me alsjeblieft, alsjeblieft.

Terwijl de theaterfoyer langzaam leegliep en sommigen zelfs een duim naar me opstaken, bestelde ik dat glas rode wijn alleen om ernaar te kijken. Toen Jenna vroeg waarom ik het niet opdronk zei ik flauwtjes: 'Ja, straks.'

Er kwam een herinnerings-sms van de kliniek binnen. De afspraak stond over precies negen uur en vijftien minuten gepland. Bij het maken van de afspraak had de receptioniste gezegd dat het geen enkel probleem zou zijn om na de ingreep met de bus terug te reizen naar huis.

Ik had geen idee hoe ik er na de ingreep aan toe zou zijn. Zou ik er gehavend, bloedend, verscheurd vandaan komen? Was ik in staat een buskaartje te kopen en dat hele eind over die hobbelige weg terug naar huis te reizen?

Het hing af van mijn pijngrens, wist de receptioniste me te zeggen. Ik kon ook nog altijd een hotel nemen, dan zou ik de volgende dag terug naar New Orleans kunnen reizen. 'Tientallen meisjes komen met het openbaar vervoer,' zei ze, 'die gaan op een gegeven moment ook allemaal weer naar huis, binnen een halfuur gaat het allemaal prima.'

Moest ik iemand meenemen naar de kliniek? Wilde ik een echo als aandenken mee naar huis? Moest ik onder narcose of wilde ik er volledig bij blijven? Het idee om in een verdoofde, onbewuste toestand vreemden toe te laten tussen mijn benen had iets bezoedelends. Het had iets naargeestigs om mensen op mijn meest intieme plek te laten wroeten, zuigen, pompen. Na mijn ontmaagding, die mij min of meer overkwam, had ik me voorgenomen dat nooit meer te laten gebeuren. Al was het niet de schuld van Aiden, hij wist zelf ook maar nauwelijks wat de bedoeling was.

We waren geen geliefden, Aiden en ik, maar vrienden, en misschien dat niet eens. Het was jaren voor ik Jason zou ontmoeten. Na mijn ontmaagding nam ik me voor nooit meer in een verdoofde toestand iemand aan me te laten zitten. Al heb ik Aiden nooit iets verweten.

Het was de eerste keer dat een jongen naast me zat, en het was de eerste keer dat een meisje naast hem zat. In de schoolkantine.

Kinderen waren we. Veertien jaar en praten zoals je dat doet in je tienerjaren, de allereerste keer dat een jongen naar je kijkt.

Toen we zeventien waren begroeven we zijn moeder.

Op mijn achttiende vertelde ik hem hoe ik mijn hele leven al mijn vader en mijn moeder miste. Al waren mijn ouders niet overleden.

Hij begreep dat wel.

Een maand later vertrokken we met een rugzak naar Miami. Een rugzak gevuld met zowat ons enige bezit op dat moment. Een tandenborstel, reishanddoek, wat dichtbundels, een paar onderbroeken en sokken en twee setjes kleding. Niets kon ons wat maken. De wereld niet, niemand niet. We legden ons spaargeld bij elkaar om twee tickets te kopen voor een voorstelling in het Ziff Opera House, waar we over het gouden balkon leunden om de spelers op het toneel te kunnen zien.

We waren geen geliefden, kinderen waren we.

Terwijl ik in de avonduren mijn ouders hielp in de snackbar, ging hij studeren in New York. Economie. Een keer stopte hij me volledig in een sporttas om te bewijzen hoe groot die sporttas wel niet was. En een andere keer nam hij me voor het eerst in mijn leven mee naar een restaurant om zijn moeder te herdenken. Ik had nog nooit meer dan veertien dollar betaald voor een gerecht buiten de deur. We zouden voor altijd vrienden blijven.

Kinderen waren we.

Ik wilde graag het toneel op. Actrice worden. Ik vertelde hem over mijn dromen. Aiden hielp me met de audities voor de theaterschool en terwijl ik in zijn keuken een scène voor hem speelde, begon hij spontaan te huilen. 'Is het omdat ik wegga?' vroeg ik, geschrokken van zijn reactie. 'Nee,' zei hij, 'ik ben ontroerd, omdat je het fucking goed speelt.'

Ik was bang voor de grote stad aan de overkant van het water. 'Het is nog altijd dezelfde stad, ook al voelt dat niet zo voor je,' zei Aiden om me gerust te stellen. De zomer voor ik zou vertrekken nam hij me mee naar waar het allemaal zou gaan gebeuren. We liepen hand in hand en hij zei: 'Zie je, zo eng is het niet. Jij gaat actrice worden.'

Hij ging helemaal op in zijn studie in New York en haalde alles cum laude.

's Nachts keek ik naar de kaart en telde ik hoeveel staten er tussen ons waren. Hij liet de telefoon altijd voor me aanstaan. Altijd. Sowieso. Wat er ook gebeurde. Waar hij ook was. Voor het geval ik zijn stem even wilde horen. Dat beloofde hij. En ik geloofde hem.

Volwassen worden leek in één klap te zijn gebeurd, zonder enige waarschuwing.

We groeiden uit elkaar.

Op een nacht, jaren nadat ik verhuisd was, belde ik hem op.

Ik voelde me zo verschrikkelijk eenzaam, zonder aanwijsbare reden. Wat is de zin van dit alles, dacht ik, van al mijn pogingen iets van het leven te maken. Ik sliep in een kleine kamer bij een hospita, slechts door een kartonnen wandje van haar gescheiden. Zij leefde met haar drie katten en een portret van haar overleden zoon dat prominent in de keuken naast de sinaasappelpers stond. Zij ging nooit de deur uit. Vaak vroeg ze me op de terugweg leverworst in een pot voor haar mee te nemen, of iets anders vies.

Aiden had een late vlucht genomen vanuit New York. Inmiddels liep hij stage bij een van de topconcerns in de wereld. Ik liet hem binnen op mijn smoezelige kamertje. Al was ik best trots dat ik dat had weten te bemachtigen in het centrum, weliswaar dus bij een kattenvrouw in huis die nooit het daglicht zag, maar zij was iemand die zich tenminste nergens mee bemoeide. En ik liet me in de dramalessen binnenstebuiten keren. De opleiding liet me alle rollen van kleur op me nemen, en meer huid laten zien dan ik wilde, maar dit alles zou een opstap zijn naar iets groters. Naar mijn dromen.

Het was inmiddels een uur of twee in de nacht toen ik de deur voor Aiden opendeed, hij hield me vast en zei: ‘Ik wil niets met je, geen verkering of zo.’

‘Prima,’ zei ik. We hadden op onze reizen gedurende onze tienerjaren meerdere malen in hetzelfde bed geslapen, eerder uit nood dan uit liefde.

‘Ik wil niet dat je verkeerde verwachtingen van me krijgt,’ zei hij nog voor hij mijn kamer betrad, ‘jij bent niet het type waar ik op zou vallen.’

‘Dank je,’ zei ik, ‘dat is heel fijn.’ Al voelde ik ook iets raars in mijn maag op dat moment.

‘Hier, ontspan een beetje.’ Hij haalde twee flessen wijn uit zijn tas en schonk me een flink glas chardonnay in, en toen ik het leeg had, schonk hij er nog een in voor me.

‘Alles wat van ver komt is lekker,’ zei hij nog geen tien minuten later, toen hij dwars door mijn T-shirt in mijn tepel beet.

‘Ik wil je niet dronken voeren of zo,’ zei hij. ‘Ik vind het zelf gewoon ook spannend.’

‘Dat hoeft niet,’ zei ik, ‘we kennen elkaar toch’, en in één teug dronk ik mijn glas leeg. Niet om te ontspannen, maar om verdoofd genoeg te zijn, om hem op zijn gemak te stellen voor mijn ontmaagding. We wisten beiden dat het die nacht zou gebeuren. Ik dronk net zoveel en net zo lang tot ik me op mijn gemak voelde. Het moment dat hij bij me naar binnen kwam, kan ik me niet meer herinneren, ook niet of hij klaar was gekomen, alleen nog dat hij me tijdens het likken aan mijn wang vroeg wat Vietnamese woordjes in zijn oor te fluisteren.

Om een onverklaarbare reden had ik vannacht, met het vooruitzicht alleen naar de kliniek te gaan, Aiden weer opgebeld. Het was lang geleden dat ik dat had gedaan. Jaren. Er waren ondertussen andere jongens gekomen, Will, Harper, en toen kwam Jason… En toch belde ik deze nacht niet Jason, maar Aiden. Ik weet niet eens precies waarom, misschien omdat hij de enige was die ik kende die in een andere staat woonde. Nadat de telefoon een paar keer overging, nam hij op. Ik verontschuldigde me dat we elkaar zoveel jaren niet hadden gesproken, en zei dat ik morgen iets spannends moest doen. Een abortus.

Aiden vertelde over zijn nieuwe baan, zijn net gekochte woning in de Upper West Side die uitkeek over het Central Park, en dat hij een boek aan het lezen was over geluk, een boek dat zijn leven compleet veranderd had. Zijn taal was formeel, zakelijk, dat was ik vergeten, dat hij altijd zo beleefd sprak. Ik voelde me te zwak om door te vragen over dat boek dat hij aan het lezen was. Ik dacht terug aan die blik van hem. Hij klonk een stuk jonger dan hoe ik me hem herinnerde, opgewekter. 'Vriendschap gaat boven alles,' zei hij met zijn vertrouwde stem, 'je kunt me alles vertellen, Rose, dat weet je.'

'Ja.'

'Gaat het niet goed?'

Ik kneep mijn keel dicht om niet in tranen uit te barsten.

'Ach, meisje toch,' zei hij, 'ik ben het maar.'

Ik knikte, al kon hij me niet zien.

'Jou lukt altijd alles,' zei hij, 'ik ken je niet anders. Ik las in een interview dat je naar Europa gaat om te spelen?'

'En ik ben ook bezig met een boek.'

Aiden viel even stil, en zei toen: 'Maar dat is... dat is geweldig, ik ben zo trots op je. Maar jezus, wat is er met je gebeurd dat je dit doet.'

'Heb je een vriendin?' vroeg ik zonder dat ik erover nadacht.

'Ja.'

Ik vertelde hem over Jason. Over mijn zwangerschap. Halverwege het verhaal onderbrak hij me: 'Sorry, Rose, het is me te veel, als jij het echt kwijt wilt, zal ik luisteren, maar ik ben ook met mijn pad bezig. Ik ben tegenwoordig in therapie en kan weinig negativiteit toelaten...'

'O, sorry...'

Hij wilde geen mensen meer toelaten die hem energie kostten, die had hij stuk voor stuk opgebeld om te zeggen dat hij per direct de banden zou verbreken. 'Ik nam op omdat ik zin had in een leuke avond,' zei hij.

'Ik begrijp het.'

We zeiden elkaar gedag alsof we elkaar weer zouden bellen, beiden in de wetenschap dat het niet meer ging gebeuren. Dit was ons laatste gesprek.

Dat hij er altijd voor me zou zijn, zweefde als een valse belofte door de nachtelijke uren van de stad.

De ingreep scheen gepaard te gaan met een vreselijke herrie, er was een pomp, een soort harde stofzuiger, die een slurpend en rochelend geluid maakte. Het was beter om de ingreep onder narcose te doen, stond er op internet. Sommige dingen in het leven kun je beter niet bij volle bewustzijn doen. De intieme plek die bedoeld was voor genot en plezier en baren werd nu een plek van een gruwelijke handeling. Zo hadden zelfs de goden het vast niet bedacht toen ze hemel en aarde schiepen. Het geluidloos creëren van de hemel, rivieren, en bergen, daar waren de goden goed in, en de mensen maken op hun beurt een slurpend, zuigend, rochelend geluid voor het onnatuurlijk beëindigen van een leven.

In de kleedkamer had Jenna gisteravond een kreet geslaakt. 'Abortus!' riep ze zomaar uit het niets. Ik keek haar een moment ongelovig aan. Had ik me ergens versproken? Had ze in mijn agenda gezien dat ik de volgende ochtend naar de kliniek zou gaan? Maar toen Jenna haar telefoon ophield, zag ik dat het niet om mij ging. Het was volop in het nieuws. Er waren protesten tegen het ongedaan maken van Roe v. Wade in heel het land.

'Ze jagen op de moeders!' riep Jenna terwijl ze zich verder afschminkte.

'Vreselijk,' antwoordde Ethan die alleen met een boxer aan onze kleedkamer binnen was gelopen, 'abortus wordt dadelijk als een misdaad gezien. Ze staan als mierennesten rondom de klinieken,' zei hij, 'vreselijk, vrouwen die door dat protest moeten. Heb je de beelden gezien?'

'Ja, echt bizar,' zei Jenna.

'Mijn vriendin had het onder deze omstandigheden echt niet gekund,' zei Ethan.

Ik leunde achterover op de bank van de kleedkamer en probeerde het gesprek verder niet te volgen. Ethan ging naast Jenna staan en pakte wat watjes van de tafel om zijn getekende wenkbrauwen van het gezicht te vegen.

'Mijn vriendin was destijds dankbaar dat het in ons land gewoon kon,' zei Ethan. 'Ik heb het altijd prachtig gevonden dat zwangere vrouwen een keuze hebben. Alles gaat naar de kloten.'

Jenna keek met een felle blik naar Ethan. 'Zeg je nou echt prachtig? Het is nooit prachtig. Het lijkt op een keuze,' zei Jenna, 'maar dat het allemaal kan, maakt het niet makkelijker. Wie wilde het weg hebben?'

'Wat bedoel je?'

'Nou, je zegt net dat je vriendin het weg heeft laten halen. Wie wilde het weg hebben?'

'Ik heb haar niet gedwongen of zo. We zagen allebei in dat het nog te vroeg voor haar was. Waarom kijk je me zo aan! Je gaat me niet zeggen dat je vindt dat abortus illegaal zou moeten zijn,' riep Ethan.

'Als het voor je wordt besloten, hoef je tenminste nooit met je geweten in de knel te komen. Het is maar een schijnkeuze.' Jenna draaide haar lichaam van Ethan af.

'Het is toch het recht van de vrouw!' zei Ethan verbolgen.

Jenna draaide zich weer terug naar Ethan en zei op ijzige toon: 'Jij hebt makkelijk praten, jij was degene die tegen je vriendin zei: ik wil het niet, maar ik kan je niet dwingen. Daarmee heb je alle ballen bij haar neergelegd. Dat is zo fucking oneerlijk. Zij moet er nu mee leven.'

'Ze had het ook niet kunnen doen.'

'Het kwam je maar al te goed uit,' riep Jenna.

'Verdomme, nu ben ik ineens de boeman. Ik ben nooit tegen de vrouw. Ik ben pro-vrouw. Ik snap niet waar je je druk om maakt, Jenna. Ik ben het toch met je eens. Ik ben pro-vrouw, pro jou.'

Ik trok de col van mijn trui hoger op, maar toen ik met mijn hoofd tegen de muur leunde, was die koud en vochtig. Het was dadelijk nog een lange rit terug. Ondertussen was het al ver na middernacht. De komende weken reizen we met het gezelschap naar Houston, Pensacola, Montgomery, Memphis en Shreveport. Ik liep naar de koelbox en haalde er een fles cola uit. Kleine slokjes, dat hielp tegen de misselijkheid. Daarna at ik een oude boterham die ik nog in mijn tas vond.

In de bus richting de kliniek was de airco kapot. Ik was er niet op voorbereid dat het de heetste ochtend van de week zou worden, voor negenen trok de hitte de ijzeren bruggen al krom. De wegen werden permanent gesproeid. Bij aankomst keek ik verbaasd om me heen, ik had me er een heel andere voorstelling van gemaakt, de kliniek was babyroze, alsof de kleur van de muren iets zou kunnen verzachten. Ze stond op een verlaten industrieterrein met een gebrek aan groen in de hele wijde omgeving. Bij de ingang stonden drie Pro-Life-activisten met een spandoek. Hun woorden galmden over de parkeerplaats. 'Je gaat naar de hel!' riep een van de mannen naar me. Ik wist dat ik ze moest negeren, toch kruiste mijn blik die van de man toen hij me de weg versperde. Ik had hem nog nooit eerder ontmoet, maar hij had een blik die ik herkende, het was mijn blik als ik in de spiegel keek, een waarin ik geconfronteerd werd met mezelf.

'Moordenaar!' riep hij. 'Kindermoordenaar!'

'De hel! De hel, daar ga je naartoe!' riepen de andere twee.

De enige vrouw in het gezelschap spuugde op me. Ik wilde wegduiken, wegkruipen, maar daar was het te laat voor. Ik dacht aan wat Jenna in de kleedkamer zei: 'Er wordt op moeders gejaagd.'

De man maakte met zijn armen het gebaar van een onzichtbaar geweer dat hij vervolgens op mij richtte. Hij sloot één oog om zijn vizier scherp te stellen, klaar om te schieten. Ik bleef verstijfd staan. Met zijn wijsvinger haalde hij de onzichtbare trekker over en riep: 'Paf, dood jij.'

Voor de poort werd ik neergeschoten. Diep vanbinnen voelde ik dat hij gelijk had. Dit was wat ik verdiende. Paf. Paf. Dood jij.

Ademen.
Blijven ademen.

Het deed er niet veel toe dat ik een afspraak had, ik moest alsnog een nummer trekken. Het gebouw was leeg en kil, met een systeemplafond en een koffieapparaat zoals op een doodgewoon kantoor. De lamellen waren dicht alsof de buitenwereld moest worden afgeschermd van de praktijken die hierbinnen plaatsvonden. De lift ging open voor zwangere vrouwen en weer dicht achter de leeggezogen vrouwen. Waarom staat er niet een plant? dacht ik. Waarom hadden ze niet een plant neergezet voor de moeite, wat zei dat over deze plek? Deze gedachte kon ik maar niet loslaten.

De meisjes in de wachtkamer waren jong. Het meisje dat naast me zat te wachten, had haar telefoon opgenomen: 'Hoi. Ja, ik ben schoenen aan het kopen. Kom zo terug. Ik weet niet wanneer.'

De rest van de ochtend liep ik een stappenplan door, waarbij ik bij elke stap steeds dieper een grot in trad, het pad werd benauwder, smaller, met een wirwar aan gangen en afslagen. Ik kon me nu nog bedenken, zolang ik dat knipperende hart voor me kon zien, zolang ik de misselijkheid kon voelen, kon ik nog weglopen en weggaan. Nu kon ik op het nippertje nog het kind in mij redden. Alle gevoerde gesprekken van de afgelopen weken buitelden over elkaar heen. Iets in me riep iets naar me, maar ik drukte het weg.

Ik kreeg een bed toegewezen, helemaal bij het raam, mijn pyjama mocht ik bij me houden. De rest van de spullen stopte ik in een kluisje zoals ik die kende van het zwembad. Verder was het gewoon wachten. Op de ziekenzaal lagen vier meisjes met de witte lakens hoog opgetrokken. Er werd een vrouw binnengereden. Ze was lijkbleek, had haar ogen dicht alsof ze dood was. Haar hoofd was zwaar van de narcose en schudde heen en weer. Ik onderdrukte het verdriet om wat er te gebeuren stond.

Waar was hij?

Waar ben je?

Het blauwe topaas van mijn verlovingsring, daar dacht ik ineens aan. Ik wilde Jason opbellen om te zeggen: 'Wist jij dat de steen verkleurd is?' Ik hoopte dat Jason de zaal binnen zou stormen om te zeggen: 'Dit is gekkenwerk, ik neem je mee.'

Ik keek om me heen. Waar was de uitgang? Wat haalde ik in mijn hoofd? Ik kon nauwelijks ademhalen. Ik riep de zuster erbij en zei dat het een verkeerde beslissing was, dat ik bang was. Ik greep haar bij de mouw en zei dat dit alles een fout was.

Ze legde een hand op mijn voorhoofd: 'Het is goed. Je hebt er goed over nagedacht, het is goed.'

'Doet het pijn?' vroeg ik. 'Ik las dat het pijn doet.'

'Je merkt er niets van,' zei ze. 'Doe je onderbroekje maar alvast uit en leg het onder je kussen. Dan hoeft de arts dat niet te doen.'

'Ik weet niet of ik het moet doen.'

'Het is al goed, trek je broekje maar uit.'

In de operatiekamer vertelden de twee mannelijke artsen

me dat ik mijn benen wijd in de beugels moest leggen. Dokter Stevens bond mijn beide benen vast met een dikke gesp. 'We willen je niet van de grond rapen.' Hij gaf me een knipoog alsof het een grap betrof. Dokter Cornwell draaide zich naar me toe en drukte het narcosekapje op mijn gezicht: 'Waar vliegen we vandaag naartoe?'

Ik begreep niet wat hij bedoelde. 'Ik vlieg vandaag nergens naartoe.'

'Jawel, we vliegen je ergens naartoe.'

Ik haalde mijn schouders op.

'Het helpt als je het een beetje met ons meespeelt.'

Ik dacht aan de honderd konijnen verstopt in het gras, ik dacht aan het koolzaad dat Garrett zag op de dijk. 'Europa,' zei ik.

'Daar gaan we dan, we vliegen erheen in één, twee, drieee...'

Met mijn benen vastgegespt in de beugels kreunde en kromde er iets in me. Ik wilde me losmaken. Ik klemde mijn kaken stevig op elkaar om het niet uit te schreeuwen. De intieme plekken die ik in mijn leven niet zomaar weg wilde geven lagen nu op de markt in de uitverkoop. Ik wist dat ik het op dit moment nog zou kunnen stoppen, ik zou nog nee kunnen zeggen, ik zou... ik... zou...

Ik voelde ineens een sterke kracht die ik nooit eerder gevoeld had, een leven, een immense verwondering en moed, het kind in mij, alsof het in een flits een leven aan me schetste dat wonderschoon was, een dat wij samen zouden kunnen leiden, een met giraffen en zonsondergangen. Eindeloze zonsondergangen waarbij de zon vertraagd boven de horizon bleef hangen, en ik wist dat wat ging gebeuren niet het juiste was.

Dokter Stevens telt af.

Als ik het niet moet doen, mijn lieve kind, geef me een teken.

Ik dacht aan mijn moeder. Ik dacht aan Claire. Dat ik haar werd als ik dit doorzette, kinderloos en ongelukkig.

Ik dacht aan het kind dat me misselijk had gemaakt, maar dat me ook met vaart richting had gegeven, een noodzaak en zingeving. Vanaf het eerste moment dat het er was voelde ik een immense haast, een tikkende klok, dwars door alles heen, om de juiste keuze te maken. De kracht van me niet te willen hechten aan het ongeboren kind en tegelijkertijd de onuitputtelijke kracht het te willen beschermen. Alles wat ik tot mijn zwangerschap deed was een momentopname, ik had een immense vermoeidheid gevoeld dat het steeds maar door moest gaan, een leven lang, en dat pas achteraf de optelsom van keuzes en acties bepaalde wie je was en of je het goed had gedaan. Nu kwam alles neer op een enkele keuze.

Grijp ik in terwijl dat niet aan mij is? Ben ik een moordenaar of, zoals mijn moeder zei, een stuk onaangepast wild? Doe ik iets waar alleen de goden recht toe hebben?

'Als het niet voor mij weggelegd is in Moskou te wonen dan is dat maar zo, het ligt allemaal in handen van God, daar is niets aan te doen,' murmelde ik als Irina uit het stuk. Ik murmelde de zinnen, alsof ze me houvast konden geven.

'Als het niet voor mij weggelegd is dit lieve kind te krijgen, dan is dat maar zo, het ligt allemaal in handen van God, daar is niets aan te doen…'

of toch wel?

of toch wel!

In wiens handen ligt het allemaal?

Ik kon nu nog terug.

Maar tijdens het aftellen drukte een zware wolk mijn hoofd dieper het kussen in, al deed ik er alles aan wakker te blijven, bij vier vielen mijn ogen dicht.

Eerst was er niets. Toen kwamen de beelden, de dromen. Ik droomde over hoe ik vroeger wakker werd in een koud en nat bed, op een matras vol opgezogen urine. Er was geen enkele manier dit geheim te houden voor mijn moeder. Zij dacht deze onzedelijkheid wel uit me te kunnen slaan. 'Ook katten moeten afgericht worden, anders blijven ze hun hele leven sproeien,' zei ze. 'Ik doe dit voor je bestwil, niemand wil later een vrouw in bed die nooit zindelijk is geworden.' Terwijl ik op mijn knieën zat, met mijn armen over elkaar, en mijn blik gericht op de posters van mijn helden aan de muur, zei ze: 'Ik doe dit omdat ik je moeder ben. Zodat ik je niet de wereld in stuur als een stuk onaangepast wild. Want dat is wat je bent, een stuk onaangepast wild. Waarom heeft God me geen normaal kind gegeven.'

Als ze me had gevraagd waarom ik 's nachts in bed plaste, had ik kunnen zeggen hoe bang ik thuis was.

Als twintiger deed ik alles om niet zwanger te raken, het zou mijn dromen vermorzelen. Ik moest nog actrice worden, verhalen schrijven, me wegtrekken uit het zware frituurvet dat aan me vast bleef kleven.

Nu ben ik wakker, met een luier tussen mijn benen. Ik voel me zwak. En zo vreselijk alleen. Wazig. De klok geeft elf uur veertien aan.

Het is leeg en stil.

Ik begin te huilen tot een stem in me zegt: ze moeten het kind terugzetten.

Het is er niet meer, dat iets.

Ik wil terug naar hoe het hiervoor was.

Ze moeten het kind in mij terugzetten! Ik trek het laken op om te verbergen dat ik moet huilen. Ik kijk naar de andere vrouwen en besef dat ik nu een van hen ben. Kronkelend van de pijn en binnengereden als een dode. En volledig leeg.

Dan hoor ik een stem, die komt van het bed naast me. Een dun gordijntje scheidt onze bedden, maar door het kiertje zie ik haar liggen. Met een mobiel tegen haar oor gaat ze tekeer. 'Nee, dat is ook zo. Het is ook een klootzak. Genoeg kansen hierna, hij verdient me niet. Ik ben nog jong, weet je,' zegt het meisje in haar telefoon. 'Ja, ik kleed me aan, zie je zo... Ja, dat zeg ik toch. Wat een eikel. Altijd dat gelieg... Ik kan nog duizend kinderen krijgen van een ander.'

Dan tikt een vrouw op mijn schouder.

'Appelsap of runderbouillon?' vraagt de zuster aan me.

'Appelsap,' zeg ik met schorre stem.

De vrouw knikt en loopt weg.

'Ja, precies,' zegt het meisje naast me. 'Ik ga gewoon door met mijn leven, weet je. Boeit me allemaal echt niet. Hij mag zijn Gucci-sweater houden, weet je.' Als ik stiekem naar haar kijk ziet ze er brozer uit dan haar woorden.

'Als je eraan toe bent, wil ik je vragen je spullen uit het kluisje te halen,' zegt de zuster. Ze zet het glas appelsap op het tafeltje naast me neer. 'Het is een drukke dag vandaag. De anderen willen ook zo snel mogelijk. Dat snap je vast wel.'

Ik knik.

Nu ben ik alleen. Hoe ik mijn hoofd ook draai, ik krijg die wereld niet meer recht.

Waar gaan al die ongeboren zielen heen. Mijn Ava. Waar ben je nu?

Waar ben je?

Bij het afrekenen haal ik het geld van vader uit mijn tas.

'Dat is een flink pakket in je hand,' zegt de vrouw achter de balie.

'Ja,' zeg ik, 'een behoorlijk pakket, nemen jullie cash aan?'

'Liever cash.'

Ik leg biljet voor biljet neer, het snijdt een stuk uit mij. Duizenden kilo's gebakken meervallen en kibbeling hebben geleid tot dit pakket aan geld. Wat er over is, is genoeg voor een leven waarin ik weer kan gaan en staan waar ik maar wil, denk ik met een immens verdriet.

Het lukt me nauwelijks op mijn benen te blijven tot de bus komt. De man die op het bankje zit, staat niet voor me op, het leed is niet aan me af te zien.

Ik krimp ineen, kramp, een stroom bloed vloeit dwars door mijn broek heen.

De man kijkt me raar aan.

Iedereen heeft zijn verhaal klaar. We hebben allemaal ons verhaal klaar.

22 MEI

Ik word huilend wakker en strompel naar de badkamer. Onder de douche knijp ik in mijn buik. Alsof ik daarmee al het verdriet uit me kan wringen. Nu het kind uit mij gezogen is, is ook alle wil die me mijn hele leven zo krachtig voortgestuwd heeft, weggezogen.

In het theater praten mijn collega's over de maakbaarheid der dingen, als je maar hard genoeg iets wilt, ligt alles binnen handbereik. Mislukking in het leven wordt de persoon zelf aangerekend, het zou een gebrek aan wilskracht zijn. Ik haat het als zij zulke dingen zeggen. Ik voel nu alleen nog maar een immense ruimte tussen dingen waar ik naar verlang en de dingen die binnen handbereik liggen, ik voel een grote afkeer tegen het idee dat persoonlijk geluk afhangt van de juiste geesteshouding.

Ik ben niet mijn lichaam.
Ik ben niet mijn bezit.
Ik ben niet mijn gezondheid.
Zo spreekt de monnik in zijn lessen.
In de onteigening schuilt ware vrijheid.

Onthechting is een van de moeilijkste dingen in het leven, zelfs die van mijn vrouw-zijn, mijn huidskleur, het verdriet, geluk, niets behoort mij toe. Dit kind is nooit van mij geweest, zelfs mijn relatie met Jason is nooit van mij geweest. Mijn lichaam is geleend, voor dit leven, zoals de snackbar van mijn ouders nooit van hen is geweest, laat staan de grond waar ze op leven.

Ik smeek het heelal om een kleine adempauze. Een plek waar het windstil is om op adem te komen, waar het warm is, met in de verte stemmen, de liefste kinderstemmen, en een eeuwige branding. Waar het water af en aan stroomt en de trilling van het heelal hoorbaar is, een plek waar ik vrij van mijn verlangens en verwachtingen ben. Vrij van mijn angsten. Waar zelfs geen kunst bestaat, geen voortbewegen, geen religie, alleen maar ruimte voor genade.

Ik ging als een ander mens de kliniek uit en werd de rauwe versie van mezelf.

Dit leven dat ik dacht te hebben gegrepen, de geborgenheid van het gezinsleven is als water tussen mijn vingers weggesijpeld. In mijn leven met Jason leek het zo dichtbij, zoals de horizon vanaf de kust zo nabij lijkt. Maar ik wist natuurlijk dat het onmogelijk is erheen te zwemmen, aan de rand van de wereld zal ik nooit geraken, hoe hard ik ook zwem.

Het was allemaal maar een illusie; de grijpbaarheid ervan.

Ik werd wakker in een nieuwe wereld, een die nieuwe mogelijkheden met zich meebracht, zo moest ik het maar zien. Ik pakte mijn tas in, alle luchtige kleding liet ik achter, alles van waarde liet ik achter, maar de biljetten van mijn vader verspreidde ik over de bodem van mijn koffer in de hoop dat de douane het niet zou opmerken. Ik hield me voor dat ik daarginds weer naar adem zou kunnen happen. Een nieuw begin, maar dat was niet zo. Het aankomend najaar zou alles veranderen.

Europa

‘Doe maar voorzichtig als je het woord *liefde* gebruikt.’

– WILLIAM SHAKESPEARE

26 MEI – VLISSINGEN

Ik zit voor het huis, alsof het van mij is. Het huis aan de boulevard dat uitkijkt over waar de Noordzee en de Westerschelde elkaar ontmoeten. Het is hier in de lente nog fris. In de ochtenden drink ik kopjes koffie op het balkon, doe ik geen moeite me uit mijn badjas te hijsen, friemel wat aan de hortensia's en zwaai naar de voorbijgangers als ik er zin in heb.

Het was Garrett gelukt de sponsoring voor deze tournee bij elkaar te sprokkelen. Een experimenteel ontwikkelingstraject van een Aziatisch-Amerikaanse actrice zagen ze wel zitten. Het budget was net genoeg voor een ticket, accommodatie en wat onkosten. Zo ben ik zeven dagen na de abortus vertrokken.

Ik had veel verhalen over Europa gehoord.

De eerste dagen verblijf ik in dit Zeeuwse gebied waar water en land over elkaar heen buitelen, in een stad aan de kust genaamd Vlissingen. Het huis is voor een acteursverblijf behoorlijk decadent, er staan volle boekenkasten en dure sojakaarsen. Op de salontafel staat een lamp met een kap van flinterdun rijstpapier, tegen het raam een chaise longue in fel lakrood, allesbehalve comfortabel, maar wel een eyecatcher. De meubelstukken en kunstwerken lijken regelrecht uit een museum te komen, ze vormen samen een geheel bedoeld om te aanschouwen, niet om te benutten.

Op een dag zou dit mijn huis kunnen zijn, of een dat erop lijkt. Een plek voor mezelf waar niemand me kan verjagen. Gevuld met spullen waar overvloedigheid van afstraalt.

Alles wat er vervolgens gebeurt voelt als een droom. Flarden aaneengeregen.

Ik kijk naar de ruige zee, soms spring ik erin en laat ik me door de golven onderdompelen.

De vaargeul bevindt zich hier zo dicht op de kustlijn dat je de schepen bijna kunt aanraken. Als het immens grote vrachtschip de *Freesia Seaways* langs me vaart, trekt de onderstroom me naar haar toe.

Op de derde dag zegt de strandwacht dat het gevaarlijk is hier de zee in te gaan. Ik wijs naar een grijze man in zee. ‘Die man daar zwemt toch ook elke dag?’ ‘Die man,’ zegt de strandwacht, ‘zwemt hier al veertig jaar, dag in dag uit. Ook in de winter. Karel kent de zee verdomd goed. Als je niet dood wil, zou ik hem niet achternazwemmen.’

Ik maak wandelingen over de dijk, waar de golven ruig tegenaan beuken. Ik loop over het opgespoten zand op het strand, over grond die anders zou verdwijnen. In de verte zuigt een schip het zand op, om het vervolgens aan de kust weer op te spuiten. Onder invloed van stroming, golven en wind slijt de kust hier sterk, staat er op de borden. Dit is land dat eigenlijk niet bestaat.

Aan de boulevard staat een pizzeria, gerund door een Turks gezin. Het meisje dat er werkt, net zeventien geworden, lacht me uit: 'U zou hier wel willen wonen? Er gebeurt hier niets. In de winter is er niets.' Dat zegt ze. Het handjevol jongens van haar leeftijd kent ze allemaal. Als er niets voor je tussen zit, is het pech. Als ze me een bord dampende spaghetti bolognese komt brengen zegt ze trots: 'Mijn vader heeft er een Turkse twist aan gegeven.'

Ze vraagt wat voor wijn ik wil.

'De duurste die je hebt,' antwoord ik.

'U moet vast een heel belangrijk iemand zijn,' zegt ze.

'Ja,' zeg ik. 'Dat ben ik ook.'

Op donderdag breekt de zon door, het is ineens volop lente. Als winterdieren komen de mensen tevoorschijn, gezinnen, geliefden. Op deze zonnige dag voel ik me pas echt alleen. Ik leg mijn handen op mijn buik.

Niets.

Als een vrouw naast me haar handdoek met zandkorrels uitwappert, zeg ik: 'Geeft niet.' Maar ik betrap mezelf erop dat ik op hen neerkijk. De dagjesmensen.

Wie waren hier in de herfst en winter, als het water en de regen tegen de dijk beuken?

Wie is er voor het meisje in de pizzeria, met haar lange gelnagels en nepwimpers? Voor wie flaneert zij als een popster als haar kans op liefde hier nihil is?

Als ik in de supermarkt een zwangere vrouw passeer, zie ik mijn verloren zwangerschap. Een sterk gevoel van verlies, niet alleen van het kind, maar van een wereld waarvan ik dacht onderdeel te zijn. Een nieuw leven dat ik voor even gevoeld heb, een droom die bruut uit me weggesneden is. Ik voel een verscheurende pijn om de glimp die het me gaf nog voor ik het heb kunnen verwelkomen.

Ik probeer niet te denken aan alles wat ik verloren heb. Niet meer aan de diep bulderende rommelende geluiden. Nu is het stil.

Al die loze pogingen om zwanger te worden.

Nu kijk ik naar foto's op Instagram van andermans kinderen.

Naar een pasgeboren kind dat voor het eerst de zee ziet.

Een peuter die voor het eerst lacht, loopt, praat.

Olijven eet.

Ik probeer het gevoel van diepe vreugde terug te halen, maar ik kom er maar moeilijk bij. Een doffe, verre herinnering uit een ander leven, alsof het nooit van mij is geweest. Ik probeer te huilen, in de hoop dat het me iets van opluchting zal geven, maar zelfs dat lukt niet. Ik voel niets. De woeste zee lijkt meer te voelen dan ik.

Zal het stuk dat van me weggesneden is ooit weer aangroeien? Er is de vrouw van voor de zwangerschap, er is de vrouw van na het verlies, wie is deze vrouw die tussen die twee laveert?

Dan schud ik mijn hoofd. Ik ben een moeder, al was het maar omdat ik als een moeder een beslissing heb moeten maken.

Morgenavond speel ik in Amsterdam.

Ze beloven me uitverkochte zalen.

Ik heb een Europese productieassistente toegewezen gekregen die me tijdens de korte theatertour door Europa zal bijstaan en rondleiden. Vooralsnog geen bericht wie dat zal zijn, of wanneer zij zal arriveren.

Ik besluit in een chic restaurant te gaan lunchen.

Alsof ik mezelf iets wil bewijzen.

Ik bestel alles waar ik mijn leven lang geen toegang toe had; exclusieve kobebiefstuk, dure rauwmelkse kazen, ik laat de ober witte truffels over mijn pasta schaven.

31 MEI – HYACINT

Hyacint heet ze. De drieëntwintigjarige productieassistente komt zich vijf dagen na mijn aankomst in Vlissingen aan me voorstellen. Ze draagt haar haar in een vlecht, op haar hoofd een wollen muts.

Ik geef haar een compliment over haar Engelse uitspraak. Zij antwoordt dat het *no big deal* is hier in Nederland. Nadat ze een rondje door het huis maakt, waarbij ze vol ongeloof uitroept: 'Heb je hier wel geleefd de afgelopen dagen? Het lijkt zo onaangetast', zet ze mijn koffers achter in de auto. Eerst stoppen we nog bij de eigenaar van het verblijf om de sleutel van het huis terug te brengen. Vanuit de auto zie ik Hyacint met de man kletsen, ze lachen om iets. Ze wijst richting de auto, naar mij. Ik draai mijn raam naar beneden om naar de man te glimlachen. Dat hoort nou eenmaal bij het werk, glimlachen naar vreemden alsof het oude vrienden zijn.

Op de snelweg zegt Hyacint: 'Ik hoop dat je hem oké vindt.'

'Wie?'

'De auto. Ik heb hem van mijn vader geleend. Je gaf in je lijst aan in een prettige auto vervoerd te willen worden.'

'Ja,' zeg ik. 'De auto is prima.'

'Er is zelfs stoelverwarming.'

'Zet maar aan, alsjeblieft.'

Ze draait aan een ronde knop op het dashboard. 'Als het te warm is, moet je het maar zeggen, hoor, anders voelt het net alsof je in je broek hebt geplast, dat is niet fijn.'

Op onze eerste dag in Amsterdam huurt ze een fiets voor mij. Ze wil me iets van de omgeving en cultuur laten zien. 'Niet de grachten, hoor,' zegt ze, 'ik heb een veel beter plan.'

We fietsen dwars door Durgerdam richting Ransdorp, naar de plasdras. Hyacint wil met me naar Marken, maar onderweg krijg ik kramp in mijn buik en begin ik weer te bloeden.

Alsof het kind nog in me zit en iets tegen me wil zeggen.

Op het toilet van een buurtcafé verwissel ik het maandverband. Ik pulk met mijn blote vingers aan een geleiachtig propje bloed en speel er een beetje mee, als ik erin druk, veert het weer terug. Zo stel ik me de kleur van de onderwereld voor, een dieprode kleur. Zou dit nog een stukje van mijn kind zijn? Ik stop het broedpropje in mijn mond en slik het door, terug mijn lijf in. Door de steken in mijn onderbuik voelt het alsof daar in de onderwaterwereld een gevecht gaande is. Als ik een abrupte beweging maak, voel ik een stekende pijn, maar zodra ik een paar keer diep ademhaal, weet ik hem weg te drukken.

De fiets heeft negen versnellingen, al zijn ze in dit platte landschap niet nodig. Ik gebruik er maar twee.

'We hebben misschien geen bergen,' zegt Hyacint met een lach, 'maar wel heel veel wind.'

Als we even stoppen voor een foto van het landschap, haalt ze de flyer van mijn voorstelling uit haar tas.

'Je staat er mooi op. Ik herkende je nauwelijks toen ik je ophaalde. In het echt ben je zo anders dan op de foto.'

'Anders?' vraag ik.

Ik kijk naar de vrouw op de flyer, die ik nauwelijks herken.

'Ik weet niet, ja, anders,' zegt Hyacint. 'Is deze foto heel lang geleden gemaakt?'

Ik zou me opnieuw willen voorstellen aan de wereld. Maar dat kan niet meer.

Ik probeer om de paar honderd meter anders op mijn zadel te zitten om de krampen in mijn buik te verzachten.

'Het is warm, veel te warm, voor de tijd van het jaar,' zegt Hyacint.

Ik heb geen idee waar ze het over heeft.

Ik dacht na de ingreep naar een wereld terug te gaan die ik kende, maar zij is anders, er komt me niets bekend voor, terwijl alles er hetzelfde uitziet en de mensen zich nog altijd gedragen zoals ze altijd al deden, zelfs aan deze kant van de wereld.

Zou dit gevoel ooit weggaan? vraag ik me af. De ultieme verbinding is verdwenen, een ultiem samenzijn, zoals ik dat nooit eerder heb ervaren in mijn leven.

'Heeft je moeder het theaterstuk gezien?' vraagt Hyacint. We zijn ter hoogte van Holysloot even gestopt voor appeltaart en koffie in een bruin café.

'We kunnen ook niet praten,' stel ik voor, terwijl ik met mijn vork in een stuk natte appeltaart prik.

Ze knikt.

'Wil je nog iets anders? Neem alles wat je wilt,' zeg ik terwijl ik haar de rest van de kaart laat vertalen. 'Er staat vast meer op dan appeltaart. Ik betaal alles.' Het pakket geld heb ik niet in het hotel laten liggen. Dat draag ik mee in mijn rugzak.

'Ze zal wel trots op je zijn,' zegt ze.

'Ja,' antwoord ik nonchalant. 'Ik heb ouders die razend trots zijn. Zij volgen alles wat ik doe op de voet.'

'Wat een perfectie.'

'Ja.'

'Ik wil dat je weet dat dit niet iets is wat ik normaal doe,' zegt Hyacint. 'Hier ligt mijn kracht niet, anderen te assisteren. Ik ben zelf ook kunstenaar, snap je, al heb ik dan nog nooit een echt kunstwerk gemaakt, maar ik vóel dat het ergens zit. In de weekenden werk ik in een bar bij mij om de hoek, ook al heb ik een universitair diploma op zak. Ik ben al sinds mijn veertiende met een manuscript bezig. Iemand als jij zal daar wel op neerkijken.'

'Ik zou nooit in de horeca werken voor de kost,' zeg ik.

'Dat snap ik,' zegt ze. 'Met jouw talent snap ik dat ook.'

Langs de sloot woekert het koolzaad, in de lucht de geur van mest. De knalgele bloemen staan in het graslandschap met zuring. Ik kan alleen maar denken: het is zo mooi, zo verdomd mooi. En ik ben er woedend om.

We zien een blauwborst. Een vogel met een wonderlijke schietschijf op de borst.

We zien irissen.

Citroenvlinders.

'En net voorbij het wilgje zitten twee grasmusjes,' zegt Hyacint, 'die zitten daar al weken.' Het is onduidelijk waar ze naar wijst. En toch knik ik.

We gaan zitten op het bankje aan de plas.

Het water in de plas staat hoog.

Hyacint weet niet of dat altijd zo is.

'Het lijkt op een Japans landschap,' zeg ik.

'Echt?' vraagt Hyacint verbaasd. Ze knijpt één oog dicht om het landschap op een andere manier te vangen. 'Nee,' zegt ze vervolgens, 'Japan ziet er heel anders uit. Voor Amerikanen lijkt alles buiten Amerika misschien op elkaar.'

Het is één en al vruchtbaarheid, het lenteseizoen, nieuw groen woekert zich een weg richting de zon, jonge eendjes zwemmen moedig voorwaarts. Ik herken de kracht waarmee een moedergans naar me uithaalt. De eerste selectie is al geweest, ze heeft nog maar twee jonkies over. Boven ons de roofvogels die op haar jongen azen, en onder haar de snoeken die liggen te loeren. Twee gansjes, niets meer dan kleine, fluffige bolletjes, die in een oogwenk verslonden kunnen worden, opengescheurd en opgevreten. Overleven en beschermen. In mijn geval is er geen snoek of roofvogel, ik ben hooguit mijn eigen roofvogel geweest.

Op een steile loopbrug zien we een oude man met zijn fiets aan de hand. Hij komt de brug nauwelijks op.

'Heeft u hulp nodig?' vraagt Hyacint in het Engels aan de

man, vast om te vermijden dat ik me een buitenstaander voel.

De man kijkt ons verward aan en praat in het Engels terug: 'Zijn jullie hier op vakantie?' Als hij zijn hoofd richting de zon draait, zie ik pas hoe grijs hij is en hoe iel zijn spillebenen zijn.

'Zij is een actrice uit Amerika,' zegt Hyacint terwijl ze naar mij wijst. 'Een heel bijzondere.'

De man kijkt naar mij. 'Really?'

'Yes, really,' zeg ik, 'a really special one.'

'Dit ging mij vroeger makkelijk af,' zegt de man, 'ik heb het vijftig jaar gedaan, deze route. Vandaag is de dag dat het niet meer gaat, kun je dat geloven?'

Hyacint knikt begripvol.

'Je hoeft geen medelijden met me te hebben, hoor,' zegt de man, 'op een dag komen jullie de brug ook niet meer op.'

Tot voor kort voelde ik een onmiskenbare oerkracht. Ik moest en zou het kind in mij beschermen. De kracht voor mijn kind is nu uit me weggesijpeld, verdampt, alsof die er nooit is geweest. Als ik naar de beesten in het landschap kijk, voel ik me kwetsbaar. Ik heb niets om te beschermen.

Ik heb allerlei dromen.
Ik droom dat ik op een dag onbeschaamd ben.
Op een dag ben ik vrij,
heb ik me losgezongen van alles.

Ik voel me intens verdrietig.

Ik had gehoopt dat ik in Europa heimwee zou krijgen, maar dat is niet zo.
Waar is thuis?

Claire wil me na de abortus niet meer spreken.

Ze appt:
Welk argument je ook aandraagt, ik zal er nooit sympathie voor kunnen hebben. Het is moreel verwerpelijk, walgelijk. Er is een reden dat het in onze staat illegaal gaat worden. Omwille van je kunst een kind doden, wat dacht je wel niet?

Ik heb geen moeite gedaan het haar uit te leggen. Ik heb gedaan wat ik heb gedaan, niet om mijn kunst, of omdat Jason wegging, het was om een heel andere reden.

Claire appt:
Ik heb verdomme je hand vastgehouden toen je huilde omdat er maar geen kind kwam. In de jaren dat jij en Jason de kliniek platliepen. Toen je je wanhopig afvroeg waarom het jullie niet gegund was zwanger te raken.

Ik:
Ja.

Claire:
Wat ja?

Ik:
Ook dat is allemaal waar.

Molly, de assistent van Garrett, mailde dat ik erover moest praten, ook al zat ik aan de andere kant van de wereld. Ik kon haar altijd bellen, maar liever mailen.

Dorian appt:
Wat een eikel is Jason. Wie laat een zwangere vrouw achter?!
Zelfs in mijn boeken komt zoiets niet voor.

Ik:
Het zit anders in elkaar dan je denkt.

Dorian:
Nee, sommige verhalen zijn niet duaal. Die hebben één kant, één perspectief.
Had je me het maar verteld.

Ik:
Dan had je me gered?

Dorian:
Nee, dat kan natuurlijk niet.

Dan stuurt hij een emoticon van een vlinder. Ik probeer te begrijpen wat het betekent.

Van Levi hoorde ik niets.

Jason kon niet alles in één keer uit het huis meenemen. Als een worm die een appel uitholt, haalt hij stukje bij beetje zijn leven uit het huis nu ik in Europa ben. Zijn rondslingerende spullen in het appartement gaven me het gevoel dat hij er nog was, alsof ons leven bij terugkomst nog onberoerd zou zijn. Mijn hart springt op als er een bericht van hem binnenkomt. Als ik het open zie ik de punten van zijn schoenen me aanstaren.

Geen schattige kattenfilmpjes of selfies meer, maar een reeks foto's van spullen, afgewisseld met de teksten: 'Was dit van mij of van jou?' En vervolgens:

Van jou

Van mij

Van jou, jou, jou

Van mij

De foto van het paar schoenen dat ik hem cadeau heb gegeven.

Wat gegeven is, is gegeven, typ ik terug.

Maar dat gold natuurlijk niet voor je hart.

Ik had het in mijn leven voor elkaar gekregen van een man te houden. Te leren wat liefde was. Uiteindelijk was het mij ook gelukt.

Garrett appt:

Ik hoor dat de kaartverkoop slecht gaat daar. We moeten snijden in je budget en je overplaatsen naar een betaalbaardere plek. Nou, hou maar vol. Wat een ramp met theater.

Jason:
Over een maand doe ik het huis in de verkoop.
Neem je tijd om ook jouw spullen te pakken als je thuiskomt.

Het heeft hier al weken niet geregend. Het is ongekend heet volgens Hyacint. We gaan door open velden en fietsen tussen weilanden door. De zwaluwtjes zijn nog maar net terug van ver weg geweest. De tijd van het geweldige nieuwe beginnen knalt van het landschap af.

De zon staat zo laag dat ze ons verblindt.
Een zwaan zit op haar op nest, majestueus, krachtig.
Een klein veulen ligt bij zijn moeder in gras.
Boterbloemen glanzen vol in het zonlicht, alsof iemand de moeite heeft gedaan ze stuk voor stuk in te vetten met boter.
We fietsen slalommend om de grote paardendrollen op de weg te ontwijken.

Op de pont terug naar de stad voel ik restanten verdriet over mijn wangen rollen. Aangekoekt in het binnenste van mijn lijf, weekt het zich nu los. Hyacint merkt er niets van.

'Ze gaan je solo verplaatsen,' zegt ze terwijl ze een kauwgompje in haar mond stopt. Ze staart naar haar telefoon en scrolt vluchtig door haar mail. 'Je gaat spelen op alternatieve broedplaatsen. Maak je maar geen zorgen. Deze plekken zijn veel cooler.'

Niemand ziet het. Het verdriet.

Ik voel me broos als nat rijstpapier, toch ben ik blij even kleurloos te kunnen zijn, doorzichtig. Dat niemand me hier kent of iets van me verwacht.

'Je verblijf hier in Amsterdam bevindt zich in een fijne wijk,' zegt Hyacint, 'wel wat krap, we moesten intern zoeken naar een geschikte slaapplek, het is de zolder van een vriend van mij geworden.'

'Nee,' zeg ik. 'Boek een hotel voor me. Ik betaal het allemaal zelf.'

'Je hebt daar vast goed verdiend in New Orleans.'

Zo vruchtbaar lijkt de aarde in deze tijd van het jaar. De aarde die uit tranen geboren is, waar nu nieuw leven uit voortvloeit, en de narcissen omhoog doet schieten. De oergoden zijn met niets anders bezig dan met voortplanting. Het is weelderig en overdreven, ik kan er nauwelijks naar kijken.

Vlak voor de pont aanmeert, raak ik volledig in paniek. Uit het niets overvalt me een vreselijk gevoel, het gevoel iets te zijn vergeten. Verward kijk ik om me heen. Ik had het moeten vertellen. Ik heb mijn kind het einde nog niet verteld. Het einde van het verhaal van de vrouw van cement. Ik had moeten vertellen hoe het afliep met haar!

Ik had het kind in mij moeten vertellen waarom ik heb gedaan wat ik heb gedaan.

1 JUNI – LISELORE

De theaterdirecteur is een lange blonde vrouw, ze had best model kunnen zijn. Liselore heeft een markante oogopslag en een natuurlijke schoonheid, met een scheve voortand die haar buitengewoon charmant staat.

'Ik zeg je gedag en dan moet ik gauw naar huis,' zegt ze tegen ons.

'Naar de kids?' vraagt Hyacint.

De vrouw kijkt haar even kil aan, dan haalt ze fel uit: 'Nee, ik ben veertig en vrijgezel. Ik heb geen kinderen.'

Hyacint friemelt wat aan haar lokken. 'O sorry, het was niet mijn bedoeling…'

'Nee, geen sorry, je hebt gevraagd wat je gevraagd hebt.'

'Ik bedoelde er niets mee.'

'Dat mensen vragen of je kinderen wil,' zegt Liselore, 'is eigenlijk heel onbeleefd. Als iemand me ongevraagd foto's stuurt van haar baby, denk ik aan welke levenskaarten ik wél in handen heb; ik kan reizen, ik heb prachtig werk, ik ben financieel onafhankelijk, ik woon aan het water, ik kan een bh kopen van honderdvijftig euro zonder aan wie dan ook verantwoording af te hoeven leggen. Ik ben iemand die veel slikt, dus lieg ik de hele dag steeds een beetje. Als je iemand bent die veel slikt, moet je nou eenmaal liegen, anders vinden ze je wrokkig en zuur, mensen zouden eens moeten weten wat ik echt van ze denk.'

'Sorry,' zegt Hyacint nogmaals.

'Mijn vrienden verwijten mij dat ik gefixeerd door het leven ga... maar weet je wat het is...' Liselotte kijkt Hyacint nu indringend aan, 'ik maak ze ongemakkelijk met mijn situatie, die van een alleenstaande vrouw zonder kind, alsof het een handicap is. Maak ik je nu ongemakkelijk?'

Nee, nee, schudt Hyacint.

'Mijn vriendinnen zeggen dat een dure bh niets betekent, want als je kinderen hebt, weet je pas echt wat je hebt gemist. Zij denken dat ze me helpen door dit soort dingen tegen me te zeggen. Of als ze tegen me zeggen: "Ik snap niet dat zo'n leuke vrouw als jij alleen is." Je hebt er niets aan. Ik heb zo'n rijk leven, zoveel vrijheid. Ik leer tenminste eerst goed voor mezelf te zorgen voor ik voor iemand anders ga zorgen, dat kan ik van die vriendinnen van me niet zeggen.'

Als het slotapplaus klinkt in het theater, buig ik voor het publiek alsof ik een wereldprestatie heb geleverd. Ik buig en buig en buig, ook al sterft het applaus algauw, ik kom nog een keer terug op om applaus te halen. Ik kom hier alles halen wat me toebehoort. Er zitten achttien mensen in de zaal, enkel genodigden. Omdat Liselore het lullig vond om een Amerikaanse actrice voor een nagenoeg lege zaal te laten spelen, heeft ze wat mensen van de straat proberen te plukken, dat is niet gelukt. Uiteindelijk hebben de barmedewerkers van het theater zich door haar met lichte tegenzin de zaal in laten dirigeren.

Na afloop brengt Hyacint me een glas appelsap. In een smoezelige kleedkamer schrob ik de schmink van mijn gezicht en naai ik een losgeschoten knoopje terug op mijn kostuum. Ongevraagd geeft Hyacint haar mening: ‘Ik dacht dat het stuk... heel anders was... dit werd dus heel goed ontvangen bij jullie?’

Ik zou het liefst willen verdwijnen. Ingekapseld zijn in iets veiligs, een cocon, ik zou me willen nestelen diep onder de grond en pas weer bovenkomen als mijn verdriet gezakt is.

‘Ga maar slapen,’ zegt Hyacint, ‘morgen hebben we een lange reis te maken. De trein vertrekt al om negen uur.’

Ze pakt haar tas en vlak voor ze de deur uit stapt, draait ze zich nog even om. ‘O... mag ik je trouwens wat teksten opsturen die ik heb geschreven, misschien dat je een goed woordje voor me zou kunnen doen bij je uitgever?’

‘Nee,’ zeg ik. ‘Je zou het op eigen kracht moeten doen.’

Ze knikt. ‘Ja, dat is ook zo. Slaap lekker.’

2 JUNI – MÜNSTER

Hyacint draagt een korte roze jurk en klaagt nu al over de warme dag. Er komt een man naast ons zitten. Ik kijk hem woedend aan, ik had gehoopt op een coupé helemaal voor onszelf. De man installeert zich onverstoorbaar en slaat de krant open. We stappen over in Rheine, dan is het nog een halfuurtje naar onze eindbestemming Münster.

In Bad Bentheim is er een geplande stop van tien minuten voor de wisseling van het personeel en de locomotief. De conducteur roept om: 'We gaan verder naar Rheine, Hannover, Berlin Ostbahnhof. Het Nederlandse personeel neemt hier afscheid van u.'

De tijd komt vertraagd en uitgerekt op me over.

We kunnen pas om vier uur inchecken in het hotel Boardinghouse Münster. Ik stuur Hyacint om boodschappen en dwaal zelf wat door het Picassomuseum, waar ze achthonderd etsen van hem zouden hebben. Na een kwartier zonder iets in me te hebben opgenomen, koop ik een veel te duur wollen wandkleed in de museumwinkel dat ik naar huis laat verschepen. Als het papierwerk afgerond is, geef ik de vrouw achter de kassa vijftig dollar fooi.

Ze neemt het aan.

In een donker, oubollig Duits café kies ik het gerecht met het meeste vlees. Kartoffeln en frikandel. Als Hyacint me appt om te vragen of ze zich bij me mag voegen, antwoord ik haar niet.

'Vond u het niet lekker?' vraagt de vrouw van de bediening als ze naar mijn bord kijkt.

'Ik vond het heerlijk,' zeg ik terwijl ik met het linnen de randjes van mijn lippen dep.

Ze wijst naar het halfvolle bord. 'Zal ik het dan maar meenemen?'

'Dank u.' Het geeft me een goed gevoel om eten te verspillen. Ik eet met zelfvertrouwen en maak er een gewoonte van bij elke maaltijd iets over te laten op het bord wat ik door het personeel laat meenemen. In twee maanden het geld opsouperen waar bloed, zweet en tranen in zit. Het geld dat mijn ouders in een leven hebben opgespaard. Spenderen zonder een kik te geven, alsof het allemaal van geen waarde is.

Voor het eerst in mijn leven ben ik zonder verwachtingen naar een plek gegaan. Gedachteloos ben ik de trein in gestapt, te moe om me erop te verheugen. Misschien komt daardoor de stad zo prettig over; het water, de mensen, de grote ijssalon, het bolletje malaga-ijs, alles voelt warm. Een ring van bomen omarmt de binnenstad als een vriend.

Ik ga naar de dierentuin. In de gids staat dat het een diervriendelijke is. Een lange tijd zit ik voor een aap met een hooibaal op zijn hoofd. Hij knaagt vol overgave aan een blad. Af en toe kijkt hij me aan.

Later in de middag vraag ik aan Hyacint of ze een therapeut weet.

Daar moet ze over nadenken. 'Is het voor jezelf?'

'Ja.'

'Ik weet niet hoe dat zit met de zorgverzekering als buitenlander,' zegt ze.

'Het geeft niet.'

'Wat voor therapeut zoek je?'

'Een die diep graaft, de beste die je kunt vinden.'

Ze kijkt me aan alsof ik in geld geboren ben, en ik laat haar in die waan.

's Avonds is er in restaurant Spitzner overal asperge. Witte aspergesoep, witte aspergecarpaccio, gekookte asperges. Als de thee van Hyacint wordt gebracht, doet ze er minuten over om het nietje uit haar theezakje los te peuteren, waarna ze de bediening vraagt het nietje in een gescheiden container te gooien, ze staat erop dat het gebruikte theezakje bij de compost wordt gedaan en het lipje in de papierbak.

'Waar vecht je voor?' vraag ik.

'Nou, voor wat niet. Voor de dolfijnen en walvissen, de lhbtiqa+-gemeenschap, voor vrouwenrechten,' antwoordt ze op een toon alsof ze daarmee haar identiteit wil bezegelen. Zij vertelt over haar vriendin, die hele donkere gedachten had, waarom wij hier op aarde zijn en dat soort dingen, ze kon niet meer zien wat er nou zo schitterend is aan onze aardbol. 'We zitten samen in de klimaatgroep,' zegt Hyacint, 'met elke klimaatmars die we organiseerden, wist ze zich op te trekken uit haar depressie. Ze is de eerste vrouw waar ik mee ben,' zegt Hyacint terwijl ze sabbelt op een asperge. Ze toont me haar ringvinger.

Ik kijk naar de ring, waar een ruwe steen in zit.

'Leuk hè? Wij verheugen ons enorm.'

'Ik ben heel blij voor je. Gefeliciteerd. En de ruzies?' vraag ik.

'Ach, die gingen sowieso nergens over.'

'En jij?' vraag ik.

'Wat?'

'Vind jij de wereld de moeite waard om te leven?'

'Ja,' zegt ze, 'ze is prachtig, geweldig. Vind je ook niet?'

'Ja,' antwoord ik.

Als ze me toevertrouwt dat deze tournee ook iets voor haar betekent, voelt het alsof ze me iets ontneemt.

Dan klinkt er een notificatie. 'Sorry,' zegt Hyacint, 'ik dacht dat ik hem uit had staan.' Ze opent het bericht en leest het vluchtig door. 'O nee...'

Met mijn vork speel ik met het plakje ham dat over mijn asperge gedrapeerd ligt.

'Is er iets?' vraag ik.

'Nee, nee, alles oké,' zegt ze stamelend.

'Dan is het goed.' Ik wenk de ober voor de rekening.

'Of nou... eigenlijk is er wel iets, er is een technische storing,' zegt Hyacint. 'De lichtinstallatie is kapot, we moeten de voorstelling vanavond en morgen afgelasten.'

'Ach ja, die techniek,' zeg ik zogenaamd nonchalant. Ik weet dat het optreden geannuleerd wordt omdat er te weinig animo is.

Dan moet Hyacint ineens huilen.

Vreemd.

'Moet je nou huilen?' vraag ik.

'Sorry, Rose, ik vind het zo erg voor je.'

'Stop met huilen. Op deze manier ga je het nooit redden.'

Ze weet het verbazingwekkend snel te doen. Ze zucht een keer diep, dan zijn de tranen verdwenen en zegt ze: 'Dan hebben we tenminste wel de hele avond nog voor onszelf.'

Ik weet niet waarom ze zich er zo op verheugt. 'Maak je maar geen zorgen,' zeg ik. 'Dan hebben we inderdaad de hele avond helemaal voor onszelf.'

'Ja, en ook de hele volgende dag,' zegt Hyacint terwijl ze de laatste hap van haar aspergebavarois met frambozen neemt.

◆

Er is de volgende dag geen werk te doen. Ik loop langs de Münstersche Aa, een meer aan de rand van de binnenstad. Het is windstil. Een ondergaande zon kleurt het water melkachtig, het kabbelt tegen de kade en in de verte varen kleine zeilbootjes rustig voorbij. Er klinkt geroezemoes van mensen uit een restaurant aan de overkant, hier en daar een verloren iris langs het water.

Iedereen in het park lijkt ineens zo jong. Ik zou naar ze toe willen lopen en tegen ze zeggen dat ze zich maar geen illusies moeten maken. Niemand blijft jong. Ze lijken volledig op te gaan in het moment zelf. Wat valt er zo te lachen, zou ik tegen ze willen schreeuwen. Het voelt een eeuw geleden dat ik actief onderdeel was van het leven, plotsklaps sta ik erbuiten. Als ik een gezin passeer, voel ik niets meer dan een diep falen.

Ik spreid mijn jas uit in het gras en doe een dutje. Als ik een paar uur later wakker word is de grond onder me klam en koud geworden.

Er is op dit moment geen wijze raad te geven. Toch belt Garrett me op. 'Je moet de boel gewoon diep begraven,' zegt hij, 'gewoon doorgaan met je leven.' De Dinosaurus spreekt met zijn krakerige stem: 'Doen alsof het nooit is gebeurd, er zit niets anders op. Mensen maken de verschrikkelijkste dingen mee, nog erger dan wat jij hebt meegemaakt, ook zij stappen eroverheen.'

's Nachts in het hotel komen de demonen. Ik beweeg me door het landschap, het land kraakt en straalt iets mythisch uit. Verwarring over het soort leven dat ik geleid heb de afgelopen jaren, waarvoor ik gekozen had. Ik spat uit elkaar in hele, hele kleine, fijne, scherpe fragmentjes, stukjes van mijn identiteit en verwachtingen van het leven zweven in onlijmbare scherven door de kamer.

Badend in het zweet word ik wakker.

Ik houd mijn hoofd onder de koude kraan en ga met natte haren weer op bed liggen. Ik begin dingen te zeggen, hardop, alsof er nog steeds iets aanwezig is wat het allemaal kan horen:

'Het was niet je tijd. Ik had je geen geluk of vreugde kunnen geven, geen gezin zoals ik mijn jongere zelf had toegewenst. Je zou de slechtste versie van mezelf hebben gekregen, de eenzame, verlaten vrouw, vol wrok, en toch hou ik van je, zoveel.

Jij bent het wonder, ik dank je dat je even bij me was. Het was wezenlijk, je was er.'

Ik herhaal dit hele ritueel tot ik in slaap val. Loze woorden, niemand in de nacht die het kan horen.

◆

De trein terug naar Amsterdam heeft een uur vertraging. In Rheine wachten we in het zonnetje op het perron tot we verder kunnen. Mijn lichaam denkt nog steeds dat het zwanger is. De hormonen blijven nog een paar maanden door het lijf circuleren, zei de arts.

Eindelijk appt Levi:
Als je nog zoveel bloed verliest moet je veel vlees eten. Rood vlees. Las ik op internet.

Ik antwoord hem niet.

Dan komt er gelijk nog een van hem binnen:
Lang gezocht naar een passend kaartje, maar tussen gefeliciteerd en oprechte deelneming zit maar weinig. Gek eigenlijk, dat er geen sociale erkenning bestaat voor jouw soort verlies. ps. Nu pas hersteld van Nepal.

Op dit stuk van het traject is er geen bereik. Ik zou de machinist willen vragen eeuwig door te rijden. Hyacint zit te vloeken dat ze haar werk niet kan doen. Ze haalt een boek uit haar tas en zoekt naar de pagina waar ze gebleven was.

Als het landschap vanuit de trein aan me voorbij schiet, vraag ik me af waar Jason nu is, wat hij aan het doen is.

'O... Ik heb trouwens een therapeut gevonden die je geweldig gaat vinden,' zegt Hyacint terwijl ze van haar boek opkijkt. 'Wel een beetje grachtengordelelite. De man heeft een sofa waar je op moet liggen, de hele reutemeteut.' Ze haalt een kaartje uit haar jaszak. 'Het was even puzzelen iemand te vinden die bereid was losse consulten te doen, aangezien je hier dus niet echt woont, maar deze man staat open voor alles.'

'Wat ben je aan het lezen?' vraag ik.

'Ach, een stomme kasteelroman,' zegt ze beschaamd, 'het geeft me rust.'

'Waar gaat het over?'

'Nou, over een vrouw op retraite en ze ontmoet een man. Maar dit is niet zo leuk als *Onverwachts verliefd*.'

'Waar ging die over?'

'Die ging over een vrouw op weg naar vakantie en ze ontmoet in het vliegtuig een man.'

'Ah, ja.'

Als Hyacint naar het toilet gaat, pak ik haar boek en gooi ik er wat van mijn koffie overheen. Ik kijk toe hoe de pagina's de koffie opzuigen tot er bruine vlekken ontstaan.

'Sorry,' zeg ik als ze terugkomt. 'Het ging per ongeluk.'

'Verdorie,' vloekt ze.

Ter hoogte van Hengelo zegt Hyacint: 'Ik ben echt jaloers op je, jij leidt een ander soort leven dan de rest van ons.'

'Is dat zo?'

'Ja, zo spannend en onstuimig, het is nooit een dag hetzelfde. Ik voel een eeuwige strijd tussen een burgerlijk en onstuimig leven. Je kan niet beide hebben, dat weet ik heus wel, al heb ik altijd gehoopt van wel. Maar jij, kijk waar je nu bent. Je reist de wereld over, doet iets waar je hart naar uitgaat, elke dag een beetje voor je uit staren om te kijken wat het leven je ingeeft om over te schrijven. Je leven op het toneel… Je hart uit je lijf huilen op het toneel, alsof er geen morgen is. Dat is pas weten wie je bent.'

Ik knik, ook al is het onzin wat ze zegt. Weinig mensen kunnen het aan te weten wie ze werkelijk zijn. 'Dank je wel,' zeg ik. 'Ik zou zelf ook jaloers zijn op dit leven, als het niet het mijne was.'

5 JUNI – AMSTERDAM

Terug in Amsterdam heb ik met de psycholoog precies één sessie gedaan. Ik heb me keurig op de sofa gedrapeerd en alles in een uur eruit geramd. Ik heb hem alles verteld: over een gelukkige jeugd, een fantastische moeder, een geweldige vader, een buitengewone carrière.

Daarna heb ik ter plekke afgerekend.

De man vraagt of ik een vervolgafspraak wil maken.

'Nee,' zeg ik, 'ik verklaar mezelf genezen.'

'Je klinkt zo eenzaam.'

'Nee, dat is niet zo, alles is opgelost.'

Buiten rijdt een tram piepend over de rails, regenspetters tegen het raam. Ik loop door een vies plantsoen vol hondenpoep. Ik kijk op naar de lucht. Er zijn bloedrode wolken vanavond. Dat zijn de beste avonden. Over een paar dagen zal ik vervroegd terug vliegen naar New Orleans, de tournee is wegens gebrek aan interesse afgebroken.

'Goed dat je naar huis komt,' zegt Garrett.

'Ja,' zeg ik.

'Jenna doet het hier fantastisch in jouw rol,' belt Garrett door, 'mensen lopen met haar weg.'

'Fijn.'

'Heb je mijn mail gelezen?'

'Nee.'

'Er komt een nieuw stuk aan, ik heb een vrouwenrol te vergeven. De eindproducent vindt dat ik iemand moet hebben waar we geen enkel risico mee lopen. Eigenlijk iemand waarvan het publiek niet kan denken dat ik die potentieel zou willen neuken. Ik dacht aan jou. Sinds je vertrek is hier een heuse heksenjacht op mij losgebarsten.'

'Ik heb het gehoord.'

'Ik zal je eerlijk vertellen, Rose, ik dacht aan zelfmoord toen ik werd meegesleurd in dat hele MeToo-gebeuren, ik zie nu ook wel in dat het geen oplossing is, maar emigreren is ook geen optie. Het is na de aanklacht tegen mij van de ene op de andere dag doodstil geworden, er is blijkbaar geen werk meer voor me. Rose, ik word hier helemaal paranoïde, wantrouwig, ik ben publiekelijk afgevallen en te schande gemaakt, alsof de mensen een stil verbond met elkaar hebben gesloten. Iedereen mijdt me. Dezelfde mensen die ik een dag daarvoor nog van me af moest slaan. Maar je hoeft je geen zorgen te maken dat ik me voor mijn kop ga schieten, hoor.' Garrett kucht diep. 'Ineens kreeg ik gisteren een dikke klus binnen. Alsof ze dachten: we moeten die Garrett aan het werk houden. Geen idee of het uit medelijden is. Ik kom om in het werk, met een flinke donatie, negen ton op mijn naam, je hoeft het maar te googelen. Ik ben gestopt met drinken en roken, dat is nogal wat voor iemand die het bourgondische leven omarmd heeft. Rose, het is ondraaglijk, dat permanente wantrouwen, vooral naar mezelf toe. Gedrag dat eerder geaccepteerd werd wordt zomaar van de ene op de andere dag als grensoverschrijdend bestempeld. Zo kunnen we toch niet werken, wij kunstenaars moeten elkaar toch gewoon kunnen vastpakken? Rose, ik heb jou toch nooit iets aangedaan?'

Het kind was uitgerekend op 29 december.
Tegen die tijd zal ik me wel beter voelen.
Ja, dat moet gewoon.

Mijn moeder neemt niet meer op. Ze zal zich wel redden, mij heeft ze niet meer nodig. Wat er gebeurd is met Mai, weet ik niet.

Als ik de rol weiger zegt Garrett: 'Je bent niet de enige met ellende. Ik trek je verdriet niet meer.'

Tot de dag dat ik terugvlieg, dompel ik me onder in het applaus van andermans theaterstukken. Elke avond zit ik in een ander Amsterdams theater, maar naar de voorstellingen kijk ik niet. De mensen klappen en klappen en klappen. Ik kijk naar hoe de acteurs buigen voor een volle zaal, hoe ze met een bezweet lijf het applaus in zich opnemen.

Ik had mijn kind het einde moeten vertellen van het verhaal over de vrouw van cement. De vrouw is zo oud geworden dat ze regelmatig bezocht werd door Hera. Ze hield van de zee, die woest en onstuimig leek als je niet de moeite nam haar te leren kennen, maar gul en voedzaam met haar schollen en dorades, als je er met eerbied in durfde te duiken.

Nog meer applaus. De ene acteur weet het beter te incasseren dan de ander.

De laatste biljetten uit het pakket weet ik op te souperen.

Zo verloopt de rest van de tournee in Europa.

Na een lange vliegreis ben ik weer thuis.

Ik ben er.

De aankomende winter in New Orleans is net zo zacht als elke winter.

Ik loop richting het water, klim over de betonnen muur en loop naar de schommels.

Daar zit hij.

Het is 29 december, voor anderen zomaar een dag.

Terug van nooit weggeweest

‘Het is onze fantasie die verantwoordelijk is voor liefde,
niet de andere persoon.’

– MARCEL PROUST

29 DECEMBER – JASON

Vraag me niet waar ik ben. Vanwaar ik praat en denk. Mijn naam is Ava. Een geest van de aarde, de lucht en het water. Ik leef met mijn zusters in het zoete water, in het riet en in de irissen. Ik ben een nimf van de bergen en de grotten, van de heuvels en de rivieren.

Sommige mensen kunnen zich niet voorstellen dat er op deze plek nog iets kan zijn. En toch ben ik er. In een wereld van eeuwige verbondenheid verdwijnt niets en gaat ook niets verloren.

Ik ben Ava.

Een intelligent wezen dat nog voor haar geboorte alles van het leven verstaat.

Ik huil. Om alles. Om alles wat gezien was, alles wat geproefd en aangeraakt was. Ik huil om iedereen die ik achter heb gelaten. Het is inmiddels winter en ze zijn me nog niet vergeten, sterker nog, ik ben de reden dat ze besloten hebben elkaar nog een keer te zien. Mijn naam is Ava, en dit is het gesprek van mijn vader en moeder aan de rivier, ter hoogte van Holy Cross.

Het is avond, de zon schijnt voor ze ondergaat nog even sterk. Ze geeft een limonadeachtige oranje gloed af aan de wolken.

In de verte het gekletter van borden die in een gootsteen worden gegooid.

Het tumult van een huis met daarin een gezin dat zich klaarmaakt voor de avond.

Het gewapper van een ekster die de lucht doet trillen.

Dit alles had niets met hen te maken, en tegelijkertijd alles.

Ik heb zijn stem nooit goed kunnen horen, die was eerder zo ver weg, de stem van mijn vader. Ze hebben elkaar al maanden niet gezien of gesproken. Vanavond is ze gekomen zonder jas, niet meer bang om kou te vatten. Hij draagt een dure jeans met scheuren ter hoogte van zijn knieën.

'Ik heb alleen maar gewild dat je me fantastisch vond,' zegt Jason, 'alles wat ik deed stond in het teken daarvan.

Je was je zo aan het bewijzen, aan je kleine zelf, aan de buitenwereld, dat er geen ruimte meer over was voor de persoon die er altijd was.

Of voor ons kind.

Je was op zoek naar je grandioze zelf op het toneel, in je verhalen, om je geschiedenis uit te wissen, zo leek het. Vaak bevocht je het hele universum, vond je dat je een ander leven moest leiden dan het jouwe.'

Het is een compleet windstille avond. Die zijn op een bepaalde manier het meest angstaanjagend. Alsof in de eerste aanzet van de nacht iets ergs staat te gebeuren.

'Je Vietnamese accent wegwerken in je spraaklessen,' zegt hij. 'Je heet Hoa, maar je liet je Rose noemen. Jij zei dat het niets uitmaakte, dat beide namen precies hetzelfde betekenen, maar het heeft alles uitgemaakt. Alles wat je hebt gedaan om het frituurvet uit je te wissen heeft ook het fundament uit je getrokken.'

Rose kijkt hem in het gesprek niet aan, ze tuurt in de verte. In de lucht hangt een vliegtuig compleet stil. Aan een touwtje, lijkt het wel.

'Ik weet niet goed waar ik zou moeten beginnen,' zegt hij. 'Ik heb veel nagedacht hoe dit allemaal heeft kunnen gebeuren, waar de oorsprong van dit mislukte verhaal van ons ligt.

Begon het bij je ouders, bij de oorlog waar ze niet over kunnen praten. De napalm die hun huizen wegbrandde en een allesverwoestend vuur in henzelf ontketende, een vuur dat een hele generatie na bleef smeulen, en wie weet voor hoeveel generaties nog.

Begon het bij de snackbar die ze runden in dit vreemde land en die zo verliesgevend was dat hij als een vraatzuchtig monster maandelijks geld uit de kas vrat.

Begon het vanaf het moment dat je je in een artistieke wereld onderdompelde, waarin je je eigenwaarde uit handen gaf en de goedkeuring van anderen als enig voedsel voor jezelf accepteerde.

In dit vacuüm had ik geen rol, Rose. Ik gaf je een ander soort liefde, een die je niet kon ontvangen, omdat je haar niet herkende. Ik snap dat je onrealistische dromen voor het leven hebt gekregen, hoge eisen stelde aan de liefde, aan je partners, ik snap het allemaal.'

Rose kijkt naar een verse snee in haar duim. Witte uitlopers van de aardappel zijn giftig, heeft ze gelezen. Pas als je de giftigheid diep genoeg wegsnijdt, kun je de aardappelen eten.

Ik zie ze zitten, op een bodem vol opgehoopt restmateriaal van verdriet, bloed en vreugde, grote lagen tranen samengeperst tot gesteente. Een hele geschiedenis van heen en weer deinzen, van uitproberen en opnieuw proberen, gedurende de lengte van hun relatie die het hele bestaan van de mensheid leek te omvatten, om maar een balans te vinden waarop leven mogelijk was.

'Je hebt me nooit naar je ouderlijk huis meegenomen,' zegt hij. 'Wie je vader is, je moeder, ik heb geen idee. Hoe kan ik de vader van je kind zijn als ik niet weet wie je ouders zijn. Hoe je oude slaapkamer eruitzag. Je werd boos als ik ernaar vroeg. Alsof ik dom was. Elke keer dat je me onderbrak voelde het alsof ik dom was.

Je afkeer van het begrip familie was zo onweerlegbaar dat het zelfs doorsloeg naar mijn familie, die wel warm en betrokken is. Je liet me geloven dat ook zij het slechte in zich hadden.

Liefde werd gewantrouwd. Alles wat je niet kende, wantrouwde je.

Ik hield zoveel van je dat ik het liet gebeuren. Ik begon mijn familie te verafschuwen. Als ze me omhelsden, liet je me geloven dat ze iets van me wilden. Over hun kerstcadeaus deed je me geloven dat het iets heel fouts was, dat ik ze maar beter niet kon aannemen, want alles wat me ooit gegeven werd, zo zei je, zou op een dag weer terugbetaald moeten worden. Ik ben ze verloren in onze relatie. Om dichter bij jou te komen, ben ik ze verloren.

Je idealiseerde de andere kant van de brug. Die brug waar je het altijd over had.

De wereld is niet wit en decadent, Rose. Dat maakte jij ervan. Het gaf jezelf een identiteit, zodat je je ergens tegen af kon zetten. Witte mensen zijn je vijand niet. Je naam is niet Rose, je naam is Hoa.'

Deze avond waarin de stilte over de wereld valt, gebeurt er van alles.

Kleurschakeringen in de lucht.
Windveren in de lucht,
ze kondigen een weersverandering aan.

Al die talloze ontmoetingen, al die talloze samenkomsten en willekeurige bundelingen van gebeurtenissen, daar is dit moment uit voortgekomen, het heeft geleid tot dit leven.

Zachtjes dein ik met de wind mee, zo stil, helemaal alleen.

Konden ze me maar zien.

Wie herinnert zich het nog? Mensen zijn het vergeten; de aarde die een tijdlang even kaal is geweest als de maan op dit moment. Wie herinnert zich nog hoe ze door de druk van haar eigen massa en opgekropte energie opgewarmd werd? Er ontstonden gassen die de lucht in stegen om daarna weer neer te dalen tot er oceanen ontstonden.

Ergens in dat moment ben ik ontstaan, zijn wij allemaal ontstaan.

Niemand weet meer hoe lang het heeft geduurd, hoeveel moeite het kostte.

Ik nestelde me samen met mijn broers en zussen in de golven, in ondiepe kustwateren, in riviermondingen en oevers, in het drassige land. Vanuit deze allereerste bewoonbare gebieden verspreidden we ons later over de hele aarde.

Rose kijkt naar hem.

Niets bestaat op zichzelf, alles hangt met elkaar samen.

De man met wie ze, als ik er was gekomen, tot in de eeuwigheid verbonden zou zijn geweest.

Nu zijn ze uit hun rollen gevallen en zitten ze als twee vreemden naast elkaar.

De ongemakkelijkheid van andermans mislukkingen is haast ondraaglijk.

Ze mist hem. Ze mist het samen gevonden ritme. Het opstaan, het naar bed gaan, samen eten, schoonmaken, een nieuwe taal die alleen zij onderling konden verstaan. Wat houdt ze van hem. Ze houdt zoveel van hem dat het diepe kerven in haar hart maakt. Zou hij dat ook voelen?

Soms zeggen mensen dat het leven zomaar uit elkaar valt, veel vaker valt de mens uit elkaar, in piepkleine stukjes. En toch, nu ze naast hem zit, heeft ze een onweerstaanbare zin om de wereld te zien.

'Ik vond je mooi,' zegt hij, 'onder alle omstandigheden. Kon je maar zien wat ik zag.'

Hij huilt.

'Je wilde jezelf superieur maken, alsof je dan pas mee mocht spelen. Rijke mensen pik je er zo uit, Rose, dat zie je aan hun manier van lopen, al doen ze er alles aan om het te ontkennen. Jij zal dat nooit zijn. En ik hield daarom van je.

Wat jij deed, het hele universum bevechten en het dwingen je lot te keren, je uit de modder vechten. Je was altijd bang dat mensen dat aan je konden zien, de modder aan je. Terwijl ik je juist nam voor wie je werkelijk was. Je hebt het leven geforceerd, Rose. Iets te veel geforceerd.'

'Ik weet het.'

'We zijn geen goden, we kunnen alleen maar nederig luisteren naar wat ze ons influisteren, waar we heen moeten, wat ze ons laten zeggen, tegen wie.'

'Wat heb jij de afgelopen maanden gedaan?' vraagt ze hem.

'Ik was op zoek naar iets wat ik heb achtergelaten.'

'Wij waren gelukkig, toch?' vraagt ze.

'Soms,' zegt hij.

'Maar niet gelukkig genoeg voor...'
'Nee, niet gelukkig genoeg voor...'
'Ava...' fluistert zij.

Mijn adem stokt als ze over me praten.

'Gisteren in het park riep een baasje tegen zijn hond: zit. Blijf. Goed zo. Foei.' Jason beeldt het uit. 'Op een rare manier moest ik aan onze relatie denken.

De oorlog in het thuisland van je ouders heeft het duister in hen naar boven gehaald, maar het heeft jou juist een levenskracht gegeven, kon je het zelf maar zien, Rose. Altijd maar die bekende weg.'

'Waarom zei je dat niet?' vraagt Rose.

'Ik ben onderweg gestopt met praten omdat ik nooit het gevoel had dat ik het van je kon winnen, jij hebt woorden, denk niet dat mensen die die toegang niet hebben minder oprechte, ware gevoelens hebben.'

Ze kijken samen naar het rivierwater dat aanzwelt en weer wegvloeit. Het water van komen en gaan, van toen en nu, in een ritme waarmee ook het bloed in snelle vaart naar haar hoofd stijgt en weer afdaalt en alles doet tintelen. Het is inmiddels winter, 29 december, al is het hier nooit echt winter, anders dan aan de andere kant van de wereld, waar de mensen elk nieuw seizoen een nieuwe kans hebben zichzelf opnieuw uit te vinden.

‘Hoe was Europa?’ vraagt hij.
‘Het was alles wat ik ooit wilde.’
‘Alles wat je ooit wilde,’ herhaalt hij zachtjes.

Ik zou er op dit moment alles voor geven om haar eens op het toneel te zien.

‘Ik zou altijd wel in de lente willen wonen,’ zegt Rose.
‘Op deze plek is het altijd lente,’ zegt hij.
‘Ja,’ zegt Rose. Ze kijkt naar hem. ‘Moeilijk hè?’
Ze waren ouders, ook al was het maar voor heel even.

Hij haalt twee rode appels uit zijn tas. ‘Wil je er een?’

‘Dank je.’

Ze veegt de appel af aan haar shirt, net zo lang tot hij glimt, voor ze er een hap uit neemt.

‘Als ik iedereen overleef,’ zegt Rose, ‘stel dat ik op een dag de oudste vrouw van de wereld zou zijn…’

Jason begint te lachen. ‘Ach Rose.’

‘Nee, luister. Als ik de vrouw van cement zou zijn… dan zou ik het allemaal wel hebben uitgevogeld, hoe het leven in elkaar steekt.’

Dan begint ze te huilen.

‘Niet huilen.’

‘Ik weet het.’ Als ze haar tranen van haar wang veegt, zegt ze: ‘Ik heb nooit gedacht dat ik het zou halen.’

'Wat?'

'Alles.'

'Garrett is inmiddels dood,' zegt Jason.

'Ja.'

'De opkomst bij zijn uitvaart was teleurstellend, hoorde ik.'

'Zijn assistent Molly was er,' zegt Rose.

'De vrouw die hem aanklaagde?'

'Ja, ze hield een toespraak, ze was compleet in het geel gekleed.'

De Dinosaurus kon dus toch sterven, hij was taai, maar niet onsterfelijk, het hart van Garrett dat van de ene op de andere dag halt hield en bewegingloos in de borstkas lag als een muis in de val. Molly was de enige die sprak. Dramatisch, vol snikken, het was ook erg triest. Rose voelde een groot en diep verdriet. Toch schrok ze van zichzelf dat ze bij het schrijven van haar toespraak voor hem geen positieve woorden kon vinden, bij elk compliment zat iets van verwijt of wrok, dus liet ze de toespraak maar zitten. Molly droeg een knalgeel, kort pakje bestaande uit twee delen, met een top die haar buik ontblootte. Voor velen ongepast, maar onder kunstenaars was zwart dragen op een uitvaart pas misplaatst.

Niemand had Rose gecondoleerd.

Alleen Jenna.

Die kwam bij de koffie naar Rose en gaf haar een knuffel.

'Ik doe alles voor je,' had Jenna gezegd, 'wat je maar nodig hebt,' zei ze. 'Je bent zo belangrijk voor me. Weet dat. Een voorbeeld. Op een dag wil ik jou zijn.'

'Wanneer komt je boek uit?' vraagt hij.
'Ik heb het hele manuscript gewist,' antwoordt Rose.
'Alles?'
'Alles.'

'Ik was niet van plan een ander mens te worden,' zegt Jason, 'en ondertussen ben ik dat wel geworden.'
'Heb je dat van jezelf?'
'Nee, een citaat. Las ik ergens,' lacht hij.

'Je bent een sterke vrouw,' zegt hij. 'Ik heb je er zo om bewonderd, de kracht waarmee je iets wilde bereiken, iets aan wilde tikken. Als ik ernaar keek, leek het alsof je constant tegen een zware stroom in aan het zwemmen was, nooit een moment van ontspanning, altijd op je hoede, het putte zelfs mij uit. Nooit eens iets op zijn beloop laten, het leven vertrouwen en er niets van verwachten.'

'Ik weet het,' zegt Rose.

'Als jij pijn had, wist je alleen via de weg van destructie eruit te komen. Alles en iedereen zou met je meegesleurd worden, iedereen moest precies diezelfde pijn voelen. Ik heb lang gedacht: zij kan er niets aan doen, ik snap waar het vandaan komt. Maar toen het stukje voor stukje ook iets van mij wegvrat, dacht ik: nee, ik ben er ook nog.

Ook al heb ik geen dramatische jeugd gehad, minder leed in de ziel, ik ben er ook nog, Rose.

Alleen als iemand bereid is net zo diep met je te gaan, voel je je verbonden.

Ik moest alle lichtheid uit me lossnijden om dichter bij jou te komen.

Je was bang dat als je het kind zou houden, je in een isolement zou terechtkomen. Dat je net als je eigen moeder zou worden. Kunst heeft je behoed voor gekte, voor krankzinnigheid, als mensen je vroegen hoe iemand met jouw achtergrond toch nog zo'n normaal en leuk mens geworden kon zijn, dacht je dat het kwam door je werk. Ik had er nooit wat mee te maken.

Ik begreep meer van je dan je dacht, Rose. Ik snap dat creativiteit niet in ontspanning komt, in gemakkelijkheid. Ideeën die de moeite waard zijn komen dicht bij je oerangsten, ze borrelen op onder de meest onmogelijke omstandigheden, dringen zich aan je op, als een duiveltje, alleen als je wist wat je ermee moest, werd je niet gek.

Dat ik geen boeken lees,' zegt hij, 'betekent niet dat ik dom ben. Het betekent niets. Alleen maar dat ik iemand ben die geen boeken leest.

Als ik naar je voorstellingen kwam kijken, bleef je dagenlang vragen in welke scènes je het sterkst was, waar je sterker was dan de anderen. In alle scènes, zei ik, maar dat was niet genoeg voor je.

Zwart-witdenken past niet bij de liefde.

Je verweet me dat ik niet goed naar je gekeken had. In welke stukjes was je dan het allermooist, wanneer sprong je boven de anderen uit, bleef je me maar vragen. Toen ik over *Drie zusters* zei: "De eerste scène", werd je woedend.

Nee, dan was dat de scène waarin Jenna juist had geglorieerd en je schreeuwde naar me dat ik dat had gezegd om je te sarren.

De verbindingen naar liefde waren onzichtbaar voor je.

Hoe moest het dan, als het kind er was. Dat dacht ik. Als

de moeder van mijn kind met zoveel scheuren in haar identiteit leeft, met zoveel gaten die onmogelijk gedicht konden worden, zelfs door mij niet.'

'Toch heb je me iets beloofd,' fluistert Rose.

'Ik dacht dat ik het kon, maar ik zat ernaast. We zijn geen goden, Rose.'

'Ik geloofde je.'

'Ik meende het ook. Maar ik zat ernaast. Ik zat er echt naast. We zijn geen goden.'

'Was onze liefde wel echt groot?' Ze kijkt hem aan.

'Ja, die was immens. En toch, als ik niet was weggegaan, waren wij niet bij elkaar gebleven, maar gewoon gebleven.'

'Bij elkaar gebleven, bedoel je,' corrigeert Rose hem.

'Nee, gewoon maar gebleven. Op dezelfde plek. Zonder daadwerkelijk samen te zijn.

Ik rekende het mezelf aan,' zegt hij, 'je was door de dag heen aldoor onpasselijk, alsof je je voortdurend op open zee bevond. Niet in staat de horizon te zien. Elke keer als er een deur dichtviel schrok je, omdat je wist dat er klappen zouden volgen, omdat je je de stok van je moeder herinnerde. Ik wist er niet mee om te gaan. Ik kon alleen maar de deur zachtjes achter me dichttrekken als ik van huis ging. Elke keer opnieuw, zo stilletjes mogelijk bewegen, tot ik op een dag mezelf had weggevaagd. De laatste keer dat ik de deur van ons huis stilletjes achter me dichttrok, voelde het alsof ik nooit bij je binnen was geweest.

Je verwijt het je ouders, maar hoe hadden je ouders kunnen

weten wat het was, liefde. Wat hadden zij kunnen weten over de stevige muren waarbinnen een kind waardig groot kan worden? Zij hebben gezien wat er gebeurt als de zee je in de steek laat. Jouw moeder heeft haar moeder opgeslokt zien worden door de woeste zee tijdens hun overtocht. Sindsdien hebben ze nooit meer land onder hun voeten gevoeld, maar dat was hun leven, niet het jouwe. Er is geen schuld, Rose, ga er eens van uit dat niemand je iets heeft aangedaan. Ik kom ook ergens vandaan, zoals jij ergens vandaan komt. Maar jouw verhaal is zo groot dat er geen ruimte is voor een ander, en ik heb je dat nooit verweten.

Ik hou van je zoals ik nog nooit van mezelf heb gehouden.'

Haar adem is diep en traag, hij komt precies op hetzelfde ritme als hoe de avond indaalt. Als ze naar Jason kijkt, lijkt hij zo ver weg, onbereikbaar.

'Ik wilde je niet hebben als bezit,' zegt hij, 'ik wilde je niet hebben als troost en bevestiging van mijn bestaan. Jij was het die het gezinsleven wilde hebben om iets te bewijzen, halen wat je vond dat je toebehoorde, iets alsnog te ervaren wat je zelf had gemist, de geborgenheid van een gezin.

De dag dat je naar de abortuskliniek ging, zat ik met mijn voeten in het water aan de kade, precies zoals ik deed toen ik een jaar of twaalf was, maar een diep verdriet overviel me, want het leven had me niets gebracht. Ik zat er als dezelfde persoon, maar ook weer niet, ik was ouder, maar zat nog op precies dezelfde plek.

Ik ben zo alleen, Rose, terwijl het doel van dit alles, van alles wat ik tot dusver heb gedaan, een poging was niet meer alleen te zijn in mijn leven. Ik werd ineens zo boos dat ik alleen nog maar wilde krijsen. Ik wilde mezelf vernietigen. Een broos gevoel in mijn diepste wezen.

Zo eenzaam, wist je het maar.

Ineens snapte ik je, Rose, dat diepe gat dat jij altijd gevoeld hebt in je leven. Pas als iedereen op de grond lag net als jij, dan was het goed. Je voelde je niet ellendig omdat je je ellendig voelde, maar om je *alleen* ellendig te voelen. Je onvermogen om de afstand te verdragen tussen het geluk van de ander en je eigen verdriet, het is ook moeilijk om die afstand te verdragen, Rose.'

'Ja.'

'Ik heb een lijstje op Spotify met nummers die ik mooi vind, dat is alles wat ik aan schoonheid nodig heb, dat is genoeg voor mij. Ik ken het gevecht niet zoals jij dat kent. Ik heb geen duidelijk pad, geen duidelijk verhaal, ik kom uit een goed gezin, kan goed overweg met mijn broer en zus.

Ik heb geen recht om op het toneel te staan zoals jij, ik kan niet tegen die grote verhalen op. Ik was altijd ondergeschikt aan het grote verhaal, aan het drama, over mij valt geen boek te schrijven, want er is niets. Waar zit mijn innerlijke kracht, dacht ik alleen maar in het bijzijn van jou, waar?

Ik heb geen onderstromen die me meevoeren, ken geen demonen. Ik kijk geen afgrond in.'

'Zo moet je niet over jezelf praten.'

'Toch is het zo. Ik wou dat ik jou was, Rose. Ik zou een moord doen voor het hebben van een verhaal.'

'Je hebt er nu een,' zegt Rose.

'Ja,' lacht hij, 'ik heb er nu een.'

'Bevalt het je?'

'Niet echt.'

'Sommige mensen kunnen nou eenmaal beter door het leven navigeren dan anderen,' zegt hij, 'hebben een beter werkend kompas dan anderen. Jij staat ergens voor, ik heb je er zo om bewonderd.'

'Ik ben zo bang,' zegt Rose.

'Alles wordt beter, dat dwingen jouw schoonheid en kracht af.'

'Ik weet het niet,' fluistert ze, 'het ligt er allemaal maar aan hoe dit verhaal gaat eindigen.'

'Weggaan was makkelijker dan te moeten veranderen,' zegt hij. 'Hoe zal het ervoor staan aan het einde van mijn leven, denk ik nu. Als ik dan de balans opmaak, misschien dat het dan allemaal duidelijk zal zijn.'

'Ja.'

Ze kenden elkaar door en door, toch was er een onoverbrugbare afstand om de hand van de ander vast te pakken deze avond.

Het huis in de verte maakt nog een laatste crescendo voor het de nacht ingaat. Er klinkt opschudding van kinderen die nog niet klaar zijn om naar bed te gaan.

'Er is zoveel om voor te leven, Rose, de aarde is prachtig.'

'Ja, dat zie ik nu ook.'

'Ook al weet je niet wat het is, liefde, het is de bedoeling je te gedragen alsof het er altijd was, dat is de definitie van liefde, moeder te zijn van jezelf.'

'Ja, dat zie ik nu ook.'

'Iets wensen en het dan weer loslaten. Niet vastgrijpen.

Dat heeft je jeugd je geleerd, maar dat was maar je jeugd.

Je moet het leven ook de kans geven iets jouw kant op te laten waaien.'

Er valt een stilte.

'Er komt nu een ander kind,' zegt Jason.

Ik hoor de seizoenen kraken, een roestige wereldbol die met moeite doordraait naar het volgende hoofdstuk. De eerste vogels trekken uit het land, op zoek naar een koeler oord. Maar ik niet. Ik ben niet weg, ik ben er altijd geweest. Ik ga haar weer ontmoeten, mijn moeder, in de oneindigheid van ons bestaan ga ik haar weer zien.

'Ik heb het gehoord,' fluistert Rose, 'een ander kind. Ben je gelukkig met haar?'

'Ja.'

‘Het wordt een meisje?’

‘Ja, een meisje.’

‘Ze zal hier geboren worden,’ zegt hij. ‘Ik wist dat ik op een dag vader zou worden, alleen niet van welk kind.’

‘Het had ons kind kunnen zijn,’ zegt Rose.

‘Ja, maar die is niet gekomen.’

‘Nee, die is niet gekomen.’

Het gezin in het huis verderop maakt zich klaar voor de nacht. Morgen weer een dag. De kinderlijke stemmen zijn in slaap gesust. Er is voorgelezen en de vuile kleren liggen in de was. Wollen dekens drukken zacht op de kinderborstjes, vetresten zijn losgeweekt van de pannen, er is alleen nog maar een diep ademhalen dat de kamer vult. Er is tijd om het stof van de dag van de tafels te vegen, de haren uit het doucheputje te trekken, voor alles weer opnieuw begint. Uiteindelijk valt ook het jongste kind met een wiegeliedje in slaap.

Onze aarde zal uiteindelijk niet voortbestaan in deze vorm, met vegetatie en dieren zoals wij haar nu kennen, met haar tonijn en levend koraal, maar andere wezens zullen groeien en zegevieren. Mijn naam is Ava. En ik zal er zijn, ik ben nooit weg geweest.